诗词里的中国

诗词里的古典园林

董雁 著

陕西师范大学出版总社 西安

图书代号　WX24N1094

图书在版编目(CIP)数据

诗词里的古典园林 / 董雁著. -- 西安 : 陕西师范大学出版总社有限公司, 2024. 8. -- ISBN 978-7-5695-4564-7

Ⅰ. I267

中国国家版本馆CIP数据核字第20246JN081号

诗词里的古典园林

SHICI LI DE GUDIAN YUANLIN

董　雁　著

出版统筹　刘东风
选题策划　郭永新　焦　凌
责任编辑　宋媛媛
责任校对　焦　凌
封面设计　微言视觉|沈　慢
封面绘图　克　旭
出版发行　陕西师范大学出版总社
（西安市长安南路199号　邮编 710062）
网　　址　http://www.snupg.com
印　　刷　中煤地西安地图制印有限公司
开　　本　710 mm × 1020 mm　1/16
印　　张　22.75
插　　页　2
字　　数　273千
版　　次　2024年8月第1版
印　　次　2024年8月第1次印刷
书　　号　ISBN 978-7-5695-4564-7
定　　价　88.00元

读者购书、书店添货或发现印装质量问题，请与本公司营销部联系、调换。
电话：（029）85307864　85303629　　传真：（029）85303879

自序

中国古典园林，兴于商周，至今已有三千余年的历史。最初称为天子苑囿，为帝王家所有，具有体象天地、包蕴山海的宏大格局，是统一大帝国的艺术象征。自魏晋时始有文人园林，经唐、宋两代的蓬勃发展，至明、清时期达到鼎盛，并形成了独特风格，以“虽由人作，宛自天开”为最高境界。此外，还有寺观园林、邑郊风景园林等不同形制的园林，在中国漫长的园林史中亦得到充分发展。

遗憾的是，中国古代名园，留存至今的不足十之一二，这些园林便成了我们追索历史遗迹的活标本。中国古老的园林艺术是清晰可感的文化载体，它记载着时代的更迭、文化的变迁。徜徉其间，你会看到秀峰耸翠、碧水回环、亭阁翼然、花木葱郁，形形色色的景观在移步换景中悄然涌现，不断变换，令人目不暇接。还有许多被忽略的细节，即使不过是一扇古朴的朱门、一个镂花的轩窗、一对精致的门钹、一块不起眼的汀石，也见证了那许许多多早已逝去的丽日与风霜、辉煌与黯淡，都足够让我们想象往昔的优雅岁月。

古典园林既有可感可触的物理形态，又有潜在的精神意涵，它蕴藏着老庄哲理、佛道精义、魏晋风流、诗文趣味等，这些正是园林艺术发展的原动力。古人对心灵自由放逸的求索，借由园林得到了最恣肆的表达：或钦羡“守拙归园田”的隐士，或向往“摇首出红尘”的渔父，或标榜“寄畅在所因”的志趣，或抒发“容膝之易安”的自得，或沉醉“风月堪为伴”的适意……古人的精神追求，正是值得后人细细品赏的园林之魂。

园林是富有生命力的存在，如果园林只有景观而无精神，那只能是山水、草木、花鸟的简单堆砌，充其量不过是无生命的形式拼凑，不能算是真正的艺术。黑格尔说过，艺术品之所以优于自然界的实在事物，是靠艺术家的心灵所灌注给它的生气，是要显现出一种内在的情感、灵魂、风骨和精神。中国古典园林，不就是这种倾注了生气、情感、灵魂和风骨的艺术品吗？

正是因为这种精神追求，古人于现实园林之外，在文学世界中建构自己心中的乐园。依凭“墨庄幻景”的美好幻象，同样可以体玄识远，寄托高致。“桃花源”“牡丹亭”“后花园”“乌有园”以及“大观园”等，均是活跃于文学经典中的园林影像。这些著名的纸上园林，构成一个富有指涉意味的象征体系，实乃文人心灵之旅的隐喻式表达。这些园林影像与符号，让每个人心中开出了一片乐园，与人的心灵有着永远的交流感应，使人在不完全的现世中，依然能够看到人生的价值与意义。

欣赏古代园林，最好的方式自然是漫步。当你收拾浮躁的心情，放慢匆匆的脚步，走进这些古色古香的中国园林，脚步落在斑驳古旧的小径上，看林木葱郁、水色迷蒙，感受内心的每一处皱折被慢慢抚平，如同得到一次心灵的沐浴，于山水林泉间，自可体验到精神的谐适与生命的诗意。周作人先生曾说过，得半日之闲，可抵十年尘梦。漫步于恬淡而宁静的园林，既可获得一种远离尘嚣的悠游自在，又享受到瞬间的美与谐适。这，不正是古典园林的精神所在吗？

当然还有诗歌。“画廊金粉半零星，池馆苍苔一片青”“粉墙朱阁映垂杨，晴绿小池塘”“元巳清明假未开，小园幽径独徘徊”，当你去读这些美得无以复加的园林诗歌时，眼前是否浮现出那烟雨迷蒙中的黛瓦粉垣，绿水掩映着的小亭曲廊，月光下门前的幽深石径，以及那小桥流水上结着闲愁的女子？面对这一首首园林诗歌、一幅幅静美画面、一个个历史掌故、一则则名人逸事，我们可尽享那些园林曾拥有的辉煌，平淡的日子也因此多了些精致，多了些趣味，多了些落花流水的闲适。

当我们静读古人的园林歌咏，那种淡泊明志、宁静致远的意境，与徜徉于那十不一二的园林遗存，所获得的审美感受实是息息相通的。从古典诗歌中品味、细赏中国园林，可使我们置身于世俗的功利之中而能超越其上，提升艺术心灵，虚静人生种种，并深刻地认识到人生的价值和生命的本质。

在审美活动中，主体艺术想象的发挥常常通过对客观物象的静观默想来实现。刘勰《文心雕龙》认为只有虚静心境，方能达到“神与物游”；宋人程颢《游月陂》诗曰“水心云影闲相照，林下泉声静自来”；黄宾虹先生也说“意远在能静”“内美静中参”。只有摆脱了外在的利害得失，方能返归内在心灵的自得，这都必须“静观”。唯其如此，才能将审美主体融入造化，升华造化，达到涤除玄览、澄怀观道的审美境界。

由于时代的变迁，人们的审美情趣已悄然发生改变。时至今日，当代人愈来愈崇尚物质，诗意渐行渐远，不再用哲理的眼光审视自己，观察事物，对待生活。人们竞相追逐时尚潮流，竞相涌入现代化的娱乐乐园，感受各种极限运动所带来的刺激与震撼，似乎已经忘记，这个时代最需要浸润、抚慰的，是人的心灵。

当前，无论是文化界还是出版界都颇为关注古典艺术与情趣，个中原因无法一一说清。可以肯定的是，自近代以来，一次次的社会动荡与变革，确实使传统文化经历了太多的冲击与损毁。时至今日，许多古老的艺术与情趣早已远离了人们的视野，在经济、科技主导社会发展的当今时代，整个社会的文化与情趣亦日益与传统发生断裂，以至于我们对古老的文化遗产是如此陌生，如此无识。

古典园林与古典诗歌其实正是中国传统文化与情趣的魅力显现，它展示的是古人对于美的品味与追求。在当今这个日新月异的时代，该如何守护先人留下的这份典雅的文化遗产，是我们每个人都应该认真思索的问题。

就让我们在优美的古典诗歌中，虚静心境，细细品味悠久、典雅的中国园林吧。

目录

沿革篇

中国园林的构建本自农业社会中人与自然的亲和，其沿革同上下五千年的中国传统文化息息相关，是从其源头逐渐孕育，一点一点生长、发展，时而缓慢，时而急速，随着历史的变迁，逐渐呈现出一条较为明朗清晰的轨迹：从上古至秦汉初步形成体象天地、包蕴山海的宏大格局；魏晋时期山水文化全面生成；唐宋之际趋于成熟，偏于文人个性的表达；明清期间则臻于鼎盛，硕果累累。

灵台经始话园林

中国园林溯源

当你漫步于那些留存至今的古朴典雅的中国古典园林时，可曾设想过最早的中国园林是什么样子？可曾想象过上古时代那人神共栖的神话图卷？可曾思考过古人最初修建园林出于何种目的？我们不妨先遥望一下被梁思成先生称为“中国史传中最古之公园”的“灵台”吧。

与文化的流向一样，园林也是从大中原地区四散开来的。在最早的上古文字记载中，较之神话和传说，代表中原文化的《诗经》是比较靠得住的文献之一。其中，《大雅・灵台》一诗中提到的周文王的“灵台”“灵囿”和“灵沼”，即构成中国最早的园林。此诗曰：

经始灵台，经之营之。
庶民攻之，不日成之。
经始勿亟，庶民子来。
王在灵囿，麀鹿攸伏。
麀鹿濯濯，白鸟翯翯。
王在灵沼，於牣鱼跃。
虡业维枞，贲鼓维镛。
於论鼓钟，於乐辟廱。
於论鼓钟，於乐辟廱。
鼍鼓逢逢，矇瞍奏公。

如果你去过上海豫园，进入园门会看到一座建筑叫“三穗堂”，里面高高悬挂的一块匾额上写着“灵台经始”四字。这四个字的出处，即《灵台》这一篇。“灵台经始”的匾额出现在豫园中，指明了“灵台”一词与后世园林的渊源。

《灵台》一篇的开头对周文王所建灵台明言“经始”，严粲《诗缉》释曰：“经度而始为之，言剏建也。”[1] 而“经始灵台，经之营之。庶民攻之，不日成之”几句，用现在的话来说，

1 严粲：《诗缉》，见《景印文渊阁四库全书》经部诗类，第 75 册，上海古籍出版社 1989 年版，第 369 页。

大抵就是文王招募大量工人，日夜赶建，不久建成了灵台。那么，文王为何如此急切地赶建这座灵台，灵台究竟有何特殊功用，诗人要特地为之赋诗，记述灵台建成后，人们在巫觋的带领下娱神祭祖的场面？

灵台最早是供帝王享用的。《毛诗正义》引《异义》《公羊》说，一则曰“天子有灵台以观天文”，再则曰“诸侯卑，不得观天文，无灵台”。[2]根据儒家学者传述的礼制，死后被称作周文王的姬昌，当时只是诸侯身份，他是不得拥有灵台的。要弄清姬昌赶建灵台的目的，就须明了灵台在上古时代的性质和功用。

“灵”字本意为“神”，上古时的人敬天畏神，那时凡是称为“灵”的事物均有神明之类的意味，并无例外，灵台具有神性是不言而喻的。上古时代的帝王筑台成风，除了文王的灵台，还有夏启的钧台，夏桀的瑶台，殷纣的鹿台、苑台等，这些台也无一例外地被赋予了神性。

用“灵”字称台，乃文王受命于天的思想的反映，不见得就是《毛诗序》所谓文王有灵德的体现。与后世园林主要用于游赏、栖居不同，灵台的功用是登高来观天象、通神明，也就是郑笺所说的“天子有灵台者，所以观祲象、察气之妖祥也”。明代文臣刘基在《煌煌京洛行》中也说：“辟雍养耆德，灵台观祲祥。”

祲象，是妖祥、吉凶之意，观祲象即指察时变、知妖祥。这些活动当然离不开祭天神、观天象的坛场——灵台。这并非现代意义上的天文活动，而是在天地人神之间进行沟通和交流，所以灵台就是专职的王家巫觋作

2 毛亨传，郑玄笺，孔颖达疏：《十三经注疏·毛诗正义》，北京大学出版社 1999 年版，第 1039 页。

法通天的坛场。

在古人心目中，能够通天地人神者，方有资格为王，这对确立及维系王权至关重要。拥有灵台，意味着拥有了通天手段，从而也就获得了为王的资格。在中国历史上，为了让政权获得合法的依据和象征，哪怕是只有金瓯一片，甚至朝不保夕的小王朝，只要有可能，也必定要设立类似“钦天监”的职务，以示正统在兹。

掌握通天手段以求为王，关键的一步是要获知“天命”，所谓“顺天应命”“奉天承运”等即是此意。那么姬昌“犯上作乱”私自赶建灵台之后，对周的“天命”有无帮助呢？答案是肯定的，《史记·周本纪》中记载了“八百诸侯会孟津”的故事。

姬昌死后，商王朝内外交困，由周灭商，改朝换代的格局已经形成，当时八百诸侯拥兵谋反，公然宣称要推翻商朝。兹事体大，需要有知天命之人出来领导。那么，这个知天命之人是谁？正是姬昌的儿子姬发。

八百诸侯，没有人知道天命，只有姬发一人知道。原因很简单，虽然他只是诸侯身份，但他绝对与众不同，他已拥有了通天手段——姬昌赶工建造的灵台，正屹立在周原高地之上；周室的巫觋正在灵台上观祲象、察时变，预告着天命的转移。

这番庄严神秘的景象，在当时八百诸侯心目中，无疑象征着一个新的强大政权已在西部崛起，殷纣对通天手段的垄断已被打破，因而他的统治正在日益失去其合法性，不可避免地从动摇走向崩溃。

了解了灵台的性质与功能，就可以对姬昌“经始灵台”的动机有一个深刻的认识。当时姬昌据有周原之地，继承父祖之业，趁殷商衰败之机，积极实施久已有之的“翦商”宏图，以达到三分天下有其二。因此，使自己的行为合法化，使自己的王权神圣化，是姬昌最迫切需要的。

能满足姬昌这个需要的，当然是人们对于天神的敬畏与信仰，以及体现这种敬畏与信仰的制度设施——灵台。由灵台而树立起来的服膺天命的思想，成为周人征服商朝的有力武器，从而向天下宣告一个由周人主宰的新时代已经开始。

对应于灵台的，还有灵沼。据刘向《新序》卷五记载：“周文王作灵台及为池沼。”[3] 这说明，取土而成灵沼，堆高而成灵台，灵沼应该在灵台之下。高处的灵台和低处的灵沼，象征着古人心目中的神山和神水。后世园林中，山与水作为园林的骨架，其雏形大抵就来自上古时期的灵台和灵沼。

在上古时代，人们还不能科学地去理解山水，认为它神秘莫测，并怀着敬畏的心理加以崇拜。山是体量最大的自然物，它高入云霄，仿佛有一种不可抗拒的力量，所以那时被人们想象为神仙的居所。而水则被认为是万物中最为薄弱的，任何东西都无法漂浮在上面，蓬莱仙山四周三万里弱水环绕，山上居住着仙人，它遥不可及，仙人只有驾着飞龙才能渡越弱水，抵达仙山。

王毅先生在《中国园林文化史》中依据古代典籍关于昆仑山、轩辕台等的记载，结合早期人类的山水神性崇拜来分析上古园林的构成，认为周文王的灵台和灵沼是在模仿弱水环绕仙山的神居仙境，企图

3 刘向编著，石光瑛校释：《新序校释》，陈新整理，中华书局 2001 年版，第 664 页。

以此通达上天之神明，令王权获得神圣的意义。

明白了“灵台”“灵沼”的原始宗教意义，《灵台》所述“虡业维枞，贲鼓维镛。於论鼓钟，於乐辟雍。於论鼓钟，於乐辟雍。鼍鼓逢逢，矇瞍奏公”也就不难理解了。文王选择地貌最优越，山水自然与植物景观最丰富的地方祭祀神明，并不是因为这里风景优美，而是因为在他心目中，这里最具有神性。灵台和灵沼周围，人们在巫觋的带领下载歌载舞，祭祀神灵，不仅感受到神灵的崇高，更感受到那种与神同在的欢愉。

灵台与灵沼位于灵囿之中。关于灵囿，《毛传》解释说：“囿，所以域养禽兽也。天子百里，诸侯四十里。灵囿，言灵道行于囿也。”就是说当时的囿，只是为王公贵族提供的一个单纯的狩猎场所。而灵囿是神明显现的地方，其中蓄养的禽兽具有神性，充任下达天命的使者，甚或它们就是神的图腾。这些神兽只在太平盛世才会出现，所以被称为祥瑞或符瑞。《灵台》中“王在灵囿，麀鹿攸伏。麀鹿濯濯，白鸟翯翯。王在灵沼，於牣鱼跃”几句，就是讲文王时期，“麀鹿”“白鸟”及“神鱼”等祥瑞毕现，集于灵囿中，与灵台、灵沼的神性交相辉映，一派太平景象。

麀鹿指成年雌鹿，是古人想象中传达天命的神兽之一。《灵台》中的“麀鹿攸伏”“麀鹿濯濯”，都是形容雌鹿悠闲地生活在灵囿中。屈原《天问》中记述过“惊女采薇”在水边为鹿所佑的传说，足见古人视鹿为祥物。古人还认为，麒麟出没处，必有祥瑞。麒麟作为神兽，就是古人根据麝鹿的形貌想象出来的。在汉代画像石中，麒麟即为鹿状。

白鸟又称白雉，是一种长着白色羽毛的神鸟，周人十分重视白雉，将它奉为祥瑞之物。屈原的《天问》中有“厥利惟何，逢彼白雉”两句，说的是周昭王南行千里想得到白雉，结果还为此送了命。《后汉书·南蛮西南夷列传》中说，周公辅佐成王实行仁政，天下太平，吸引了各国前来进献贡品，位于交趾之南的越裳国几经辗转来向西周进献白雉。这些都是发生在文王以后不久的事情，自然会仿效文王时的习惯，将白雉视为珍贵的神鸟。

神鱼是较早确立的祥瑞，它生活在灵沼之中，职责就是待圣王临世而现瑞应。因此，文王所建的灵台之下“於牣鱼跃”，而《史记·周本纪》讲武王伐纣时，也恰恰是“白鱼跃入王舟中”。后来司马相如在《封禅文》中说“盖周跃鱼陨航，休之以燎”，就是在回顾周初以神鱼为祥瑞的那段历史。

很久以后，人们仍然要把白雉之类的祥瑞之物与帝京灵囿联系起来，来表现帝王统治下的太平盛世景象。东汉班固《东都赋》以《白雉诗》作结，其中有几句说：

启灵篇兮披瑞图，获白雉兮效素乌。
嘉祥阜兮集皇都，发皓羽兮奋翘英。

诗中赞美白雉等祥瑞集于帝京苑囿，帝王恩泽所及之处，好一派嘉美祥和的兴盛气象！

进入农业社会后，在仲秋祭祀天地的时候，皇家往往会操练武备，射猎禽兽，以助祭祀。但是，那时的狩猎已经不能像原始人那么随心所欲了，在农田里打猎，踏坏田亩，会激起农民的不满。所以周文王一再告诫子孙“不敢盘于游田”，并把狩猎活动限制在一定范围内，四周用院墙围起来，略加修整，放养一些禽兽。

这样，最初的“囿”就诞生了，囿作为皇家动物园，主要服务于帝王的狩猎活动。囿内除了有天然植被外，还可种植奇花香草、珍木异果，也有一些简单的建筑物，方便帝王在打猎的间隙观赏和居止。这样，囿就融山水、花木、建筑于一体，尽管它仍然主要为养殖禽兽的地方，但已具备了后世园林的基本功能和格局。

囿占地很广，并且大小、规模是有规矩的。《毛传》说“天子百里，诸侯四十里”，就是说，人有差等，囿也有差等，天子与诸侯的囿大小不一。但不管是百里还是四十里，自然都是可以纵横驰骋了，若非皇家贵族，是断断不能奢求的。

后世往往以苑囿并称，视作皇家的专属领地。其实最早苑和囿是有区别的，《说文解字》：“囿，苑有垣也。从囗有声。一曰禽兽曰囿。”[4]就是说，凡蓄养禽兽处皆可称苑或囿，区别在于囿有围墙，苑无围墙。《字林》说“有垣曰苑，无垣曰囿”，恰恰说反了。在中国历史上，先秦时多称囿，汉代时多称苑。

帝王苑囿，历代都有。周文王的灵囿、灵台和灵沼开启了后世天子苑囿之渐，其实际功能逐渐从祭祀神明发展为宴饮享乐。荀子称天子“饮食甚厚，声乐甚大，台

4 许慎：《说文解字》，中华书局1963年版，第129页。

榭甚高，园囿甚广”[5]，就是将饮食、声乐等享乐形式与天子的台榭园囿联系在一起。现代园林学者童寯先生也说：“楚灵王之章华台，吴王夫差之姑苏台，假文王灵台之名，开后世苑囿之渐。非用以观象，而用以宴乐。”[6]

“六王毕，四海一”，秦始皇统一中国后，便集全国之力大兴宫苑，筑土为蓬莱山，凿池引渭河水，作为统一帝国的艺术象征。上林苑北起渭水，南至终南山，东到宜春苑，西达沣河。朝宫的前殿阿房宫，四周修筑阁道，从殿下一直通到南山，在南山顶峰树立标志作为门阙，将南山纳入其中。

作为大一统帝国至高无上的权威象征，秦帝王宫苑呈现出体象天地、包蕴山海的宏伟格局，为后世皇家苑囿确立了体制宏阔的基调。自此以后，历朝历代的帝王登基后，只要条件许可，总要建宫阙苑囿。在中国园林史上，皇家苑囿便成为一条连绵不断的主线。

秦朝的皇家宫苑仍具有神性崇拜的意味,但也供皇家贵族世俗享乐之用。战国时期,齐燕方士们杜撰东海的蓬莱、方丈、瀛洲三座仙山上不仅住着神仙,还有宫阙苑囿、珍禽异兽和不老之药。秦始皇对此深信不疑，曾派徐福领童男童女各五百入东海，寻仙境，求仙药。寻觅无果，只得借助苑囿来满足他的奢望。这种企望长生不老的心理向往，演变为后世园林中的一种世俗享乐追求。

秦汉之际，由于战乱的缘故，秦朝的苑囿园池废为田地，汉立国后最终建都长安，在宫苑格局上汉承秦制。汉代国力在武帝时达到鼎盛，刘彻这位“茂陵刘郎秋风客”，

5 王先谦：《荀子集解》，沈啸寰、王星贤点校，中华书局1988年版，第216页。

6 童寯：《江南园林志》，中国建筑工业出版社1984年版，第21页。

〔元〕李容瑾《汉苑图》

是一个既有雄才大略而又享乐至上的国君，他在秦旧苑的基础上继续扩建宫苑。《汉书》中记载，西汉时的上林苑规模极大，广袤数百里，苑中有巍峨的南山，浩瀚的昆明池，近百组大型宫苑建筑群，以及无数珍禽异兽、奇花异草。

汉武帝刘彻也相信神仙之说，在上林苑建章宫的北部开凿太液池，池中堆筑蓬莱、方丈、瀛洲三岛屿，用来象征东海三仙山。于是，“一池三山”开始成为皇家苑囿中不可缺少的标志性景观，并于以后各朝的皇家苑囿及规模较大的私家园林中得以继承和发展。

汉大赋中，有许多对皇家宫苑游赏宴乐场面的铺陈描绘。司马相如的《上林赋》夸饰汉天子的霸业，“置酒乎颢天之台，张乐乎胶葛之寓；撞千石之钟，立万石之虡；建翠华之旗，树灵鼍之鼓。奏陶唐氏之舞，听葛天氏之歌；千人唱，万人和；山陵为之震动，川谷为之荡波”[7]，在皇家宫苑的壮阔背景中展示征服者的壮阔襟怀。枚乘的《七发》讲到吴客用七件事劝说病体羸弱的楚太子走出深宫，其中一章写游宴，“既登景夷之台，南望荆山，北望汝海，左江右湖，其乐无有”[8]，借天子苑囿的宏伟壮阔与自然生机，唤醒楚太子身上蛰伏的生命潜能。

汉代辞赋家驰骋想象之笔，极写帝王宫苑疆域之辽阔、地产之富饶、风物之光辉、乐舞之盛大，铺陈渲染了大汉帝国无可比拟的气魄与声威。看这些汉大赋，我们体会到的并不是神明世界的灵光，而是一种

7 司马相如：《上林赋》，见章沧授、芮宁生选注：《汉赋》，珠海出版社2004年版，第60页。

8 枚乘：《七发》，见章沧授、芮宁生选注：《汉赋》，珠海出版社2004年版，第23页。

山呼海啸般的伟力。汉赋中高大的颢天台、景夷台，与其说象征着神明的崇高，还不如说象征着帝王笼盖宇宙的力量。

作为中国历史上最早的园林，天子苑囿已经彰显出中国人的情感与自然的亲近，正是通过园林，人们找到了人与自然最和谐的相处方式。汉儒董仲舒在《春秋繁露》中讲天人合一思想时曾反复说："天地之生万物也以养人"，"循天之道以养其身"。[9] 天子苑囿的出现，不正是对天人合一思想的演绎吗？

崛起于汉末魏晋时期的文人园林掀开了中国园林史新的一页。自此以后，皇家苑囿与文人园林在漫长的历史岁月中并行发展，成为中国园林中最为重要的两种园林类型。文人园林的规模一般均较小，不像帝王苑囿那样宏大壮丽、摄人心魄。不过，它是老庄哲理、佛道精义、魏晋风流、诗文趣味等浸润濡染的产物，具有鲜明的文人特色，这使它超越了帝王苑囿的规制，在历史进程中呈现出另一种丰富灵动的面目。

9 苏舆：《春秋繁露义证》，钟哲点校，中华书局 1992 年版，第 151、444 页。

奇踪一朝敞神界

乐园母题与桃源想象

中西方的许多古老民族都有关于“乐园”的描写。在《穆天子传》《山海经》等远古神话典籍中，无论是昆仑仙山还是蓬莱海岛，都有植物茂繁、鸾鸟歌舞、神兽徜徉的乐园景观。《圣经》中记载，“伊甸园”是上帝在东方的伊甸建的一个园子，那里溪流淙淙，鲜花簇簇，莺歌燕舞，动物成群，是一个至纯至美的理想家园……

人类从蒙昧进化到文明的历史进程，一直伴随着追寻乐园的精神历程，它不仅是人类思考的开端，也是文学艺术的母题。中国远古神话虽产生于初民的想象，但它用富有象征意味的故事形式记录下人类的原始智慧。在以后的岁月中，人类智慧虽然不断提升，却始终没有将幻想从心灵上去除，也不曾将神话从文学中驱逐。

魏晋南北朝时期，政治危困造就了一个“人的自觉”的时代。对于这个时代的特征，宗白华先生总结得好：“汉末魏晋六朝是中国政治上最混乱、社会上最苦痛的时代，然而却是精神史上极自由、极解放，最富于智慧、最浓于热情的一个时代。”[10] 跌宕而残酷的政治现实，触发了人的生命自觉，引发了文人对乐园的向往与追寻。

“少无适俗韵，性本爱丘山”（《归园田居》其一）的陶渊明，两袖清风不愿为五斗米折腰，只做了八十三天的彭泽令，便弃官归耕于庐山的田园居所，靠着“种豆南山下，草盛豆苗稀”（《归园田居》其三）的几亩薄田度日。终日肩扛草锄、戴月而归的他，连一次酣畅的举杯豪饮都未曾有过，却依旧享受着那种“舟遥遥以轻飏，风飘飘而吹衣”（《归去来兮辞》）的洒脱日子，而“不戚戚于贫贱，不汲汲于富贵”（《五柳先生传》）是他一生的信念。

上古时期，人们会在村落中或家居四周的空地上植树。《诗经》中有不少关于上古村落绿地的记载，我们熟悉的“蒹葭苍苍，白露为霜。所谓伊人，在水一方”（《国风·蒹葭》）、“昔我往矣，杨柳依依。今我来思，雨雪霏霏”（《小雅·采薇》）等诗句，都描写了村落近旁因陋就简而形成的天然田园风光。

10 宗白华：《论〈世说新语〉与晋人的美》，见宗白华：《艺境》，安徽教育出版社 2000 年版，第 70 页。

陶渊明归耕的田园居所，不过是上古村宅田园的余韵，再平常不过了，没有一点人工斧凿的痕迹：

方宅十余亩，草屋八九间。
榆柳荫后檐，桃李罗堂前。

《归田园居》其一

在简单而狭小的田园居所中，柳树繁茂，绿竹摇曳，花儿和药草并排种植着。夏天，整个茅庐置于葱郁的草木之中，鸟儿在树上筑起了小巢。秋天，庭院里落满了棕榈枯叶，开满了菊花。在房间里，床头横着一把无弦琴，桌子上放着半壶浊酒。在这个远离喧嚣的郊野，没有熙熙攘攘的官场往来，交往的只是些头戴草帽、身披蓑衣的农夫，与他们在一起也是“相见无杂言，但道桑麻长”（《归园田居》其三）。

尽管陶渊明归耕的田园居所是那么简单粗陋，并不是真正意义上的园林，不能与后世小桥流水、黛瓦粉墙、月华竹影的江南园林相媲美，不过，“久在樊笼里，复得返自然”（《归园田居》其一），也未尝不是一件好事。陶渊明真正做到了“开荒南野际，守拙归园田”（《归园田居》其一），享受着“结庐在人境，而无车马喧”（《饮酒》其五）的自由，品味着“采菊东篱下，悠然见南山”（《饮酒》其五）的闲适，将心中所有的抑郁不平，化作一首首恬淡的田园小诗。

陶渊明安贫乐道的田园归耕生活，没有狂热的激情，没有斑斓的色彩，只有一派繁华落尽后的恬淡与朴素。这在现代人眼中多少有些不思进取的味道，与追求物质与消费的当今时代格格不入。也许，一个人只有经历过人生的大起大落，才会发现一切都是过眼云烟，然后少了一些年轻时的躁动和不羁，多了一份老年的淡定和持重。

除了这片田园世界，陶渊明还为我们向壁虚构了一个精神乐园——“桃花源”。这个乐园源于东晋太元年间一位武陵渔人的漫游之旅，由于一个意外机会，这位渔人穿越历史时空，遁入非历史的桃源乐园中。

一天，武陵渔人外出捕鱼，迷失方向，茫然中来到一片桃树林。桃树林中间有一条溪流，溪流两岸芳草青青，桃花缤纷。渔人非常诧异，他顺着溪流继续向前划去，来到了溪水的源头，那里有一座小山，山上有个洞口。渔人离开船，走进洞中，只走了几十步，眼前突然变得敞亮起来。他发现自己来到了一个村落，这里土地平坦，房屋整齐，良田沃野，流水潺潺。田间小路阡陌纵横，山中桑竹郁郁葱葱，时时传来鸡鸣犬吠之声。人们在田间往来耕作，穿戴也不同，老人和孩子面带笑容，安然自得。

一位老人看到渔人，大吃一惊，问从何来，并热情邀他去做客，杀鸡备酒，款待渔人。村里的人听说来了外人也都赶来打听消息，他们说，祖先为了躲避秦时的战祸，来到这个与世隔绝的地方，日出而作，日落而息，过着宁静安详的生活。他们还问起现在是什么朝代，竟然“不知有汉，无论魏晋”。渔人把自己知道的外面发生的事，详细告诉了他们。听完后，他们都感慨万分，纷纷请渔人到自己家中做客。几天后，渔人告辞，村里人嘱咐他不要把这里

〔明〕文徵明《桃源问津图》（局部）

的情况对外边的人说。

渔人从桃花源出来找到渔船，沿原路返回并做上标记。回到郡里，拜见了太守，报告了自己的神奇见闻，太守立即派人跟他前去寻找那个仙境般的桃花源。但是，虽然他们一路追寻标记，还是迷了路，再也没能找到通往桃花源的路。

龚鹏程先生说过："人文意识一旦展开，人即游离出原始自然跟天地合同的境域，成为生命的畸裂，所以乐土的追寻才会不断涌现。"[11] 在人类文明的秩序之外，人们不约而同地追忆已然失去的乐园，力图以不同的方式寻觅重返乐园之路。

仿佛由神话回归平实，陶渊明笔下的桃源乐园，既没有神话中的昆仑蓬莱之奇，也不似道教中的福地洞天之幻，显示出繁华落尽后的真实、恬淡与朴素。对于渔人所欲逃逸的现实世界，陶渊明并未细笔描绘，但对比桃源乐园来看，它必定是充满了历史苦难、政制暴力与生命畸裂的"失乐园"。所以，渔人失而复得的意外之旅，也就是对人类业已失去的乐园的回归。

陶氏家族是晋朝的望族，陶渊明的曾祖陶侃是东晋名将，官至大司马，因为平苏峻之乱有功而被封为长沙郡公。祖父陶茂担任过武昌太守，以品行端方而闻名。后来东晋改换门庭变成了刘宋，陶渊明的命运也随之改变，当他写到"不知有汉，无论魏晋"时，定是心已沧桑了。

这片桃源让人深深着迷，它带着笔墨的清香，浸润抚慰了无数人的心灵。不过，当时占据文坛主导地位的是世家显宦，陶渊明出身没落的仕宦之家，加之生活圈子所限，他那自然质朴的田园文字，

11 龚鹏程：《神话与幻想的世界：人文创造与自然秩序》，见龚鹏程：《中国小说史论》，北京大学出版社 2008 年版，第 97 页。

与当时文坛的审美风调背道而驰，很不受主流欢迎。因此，他生前一直都没什么名气，即使去世半个世纪后，刘勰在《文心雕龙》中也未提及他半句。

直到一百年后，陶渊明才有了真正的知音——梁朝的太子萧统。萧统不喜富贵奢华，刻意追求一种悠远宁静的人生境界，陶渊明的《桃花源记》让他爱不释手。为此他收集了陶渊明的作品，编纂成了《陶渊明集》，并亲自为其作序，序中称赞“其文章不群，辞采精拔，跌宕昭彰，独超众类，抑扬爽朗，莫之与京”[12]。

萧统的这番评论直接奠定了陶渊明在文学史上的地位。萧统英年早逝，谥号“昭明”。昭明太子的特殊身份，加之他编纂的《陶渊明集》，让后人渐渐知晓了陶渊明。如果没有昭明太子不懈的推举，陶渊明很可能在熠熠生辉的盛唐之前就湮没无闻了。

进入唐代，这片世外桃源的美丽天地开始向世人敞开，极尽无穷诱惑，深深刻印在了人们心底，成为一代代文人魂牵梦萦的精神乌托邦。它虽然杳不可寻，却始终引发后世对于桃源乐园的想象。

唐代诗人写了很多桃源诗。李白在《古风》其三十一中写道：“一往桃花源，千春隔流水。”他在诗中只是感慨一旦进了世外桃源，就可以永远与这混浊纷乱的人寰相隔绝了，并未写到进入桃源后的情形，不禁令人生出无尽遐思。

而在王维《桃源行》诗中，桃花源变成了仙境，这是唐人对桃花源的普遍想法。诗的最后几句说：

当时只记入山深，青溪几曲到云林。

12 萧统：《陶渊明集序》，见《陶渊明集》，逯钦立校注，中华书局 1979 年版，第 10 页。

春来遍是桃花水，不辨仙源何处寻。

这样的桃源纯粹是一个超脱世俗的神仙乐园。陶渊明的桃花源适合小国寡民过着男耕女织的生活，王维的桃花源则唯美清静而不真实，更像是文人在失意之时做的一场梦。

据说，这首《桃源行》是王维十九岁时写的。王维写这首诗的时候太过年轻，不像中年陶渊明沉稳实在，带着年少气盛的幻想。诗中全无战乱、农耕的痕迹，开元盛世的青春风貌和太平景象，毕竟不同于汉末魏晋那么混乱痛苦，大约少年王维幻想的是与世隔绝、不涉农耕、无关政治、吟咏情志的山水乐园吧。

到了中唐，刘禹锡则把桃花源里面的人完全写成了神仙。不过他承认：人们所神往的世外仙境并不能真正让人超脱，尘世的俗累就像已经浸入心灵的污垢一样，是永远也洗不掉的；虽然官忧宦累，文人还是尘心未尽，总归是要出来的，桃花源更适合文人在失意的时候歇歇脚。所以刘禹锡《桃源行》吟咏道：

翻然恐失乡县处，一息不肯桃源住。
桃花满溪水似镜，尘心如垢洗不去。

虽然这首诗写得不如王维的那么清新自然，但他对尘世的看法其实还是蛮深刻的。

说起去寻求心灵的乐园，在陶渊明之前，已经有游仙诗流行。这种游仙诗，建

13 萧统编，李善注：《文选》，上海古籍出版社 1986 年版，第 1018 页。

安三曹就写了。《文选》李善注："凡游仙之篇，皆所以滓秽尘网，锱铢缨绂"[13]，意思是说尘世一片肮脏污秽，做官必然会被俗世束缚，这就是游仙诗的精神所在。陶渊明除了《桃花源记》，还留有一首《桃花源诗》，诗中"奇踪隐五百，一朝敞神界"几句，也有几分仙气，这可能就是唐人把桃花源写成神仙境界的原因吧。

唐人从王维到刘禹锡，都是把它作为神仙故事来讲的。宋人没有唐人那么浪漫，他们较为理性，好说理和议论。苏轼就说"世传桃源事，多过其实"，认为唐人想象过度了，还说当初南阳有个地方有点像桃源，力图把桃源说成一个现实中真正存在的地方。

王安石写《桃源行》，就又回归陶氏原作，其中"儿孙生长与世隔，虽有父子无君臣"符合陶渊明的描写。所以陈寅恪先生说，陶渊明理想中的社会无君臣官长尊卑名分的制度，王安石的《桃源行》"虽有父子无君臣"一句深得其旨。毕竟，王安石是一位锐意革新的政治家，尽管他对世事纷扰也有强烈的不平，但他绝不会幻想一个远离尘嚣的避世净土，也不会像唐人那样把它当作神仙故事来讲，他念念不忘的还是现实社会的合理秩序。

千载桃源，千载憧憬。不管是男耕女织，吟山咏水，还是成仙拜佛，国泰民安，都映射出不同时代人们的不同理想。它为那些困苦、矛盾的心灵提供了一个理想乐园。而我们就在这些前人留下的诗篇中去品读他们的感悟、他们的思想、他们的愿望，从而遥想他们的时代。

一千六百多年来，陶渊明笔下的桃花源，一直是人们向往的乐园。不过，究竟有没有真正的桃花源，它的原型究竟在哪里，这引发了后世许多人极大的追索热情。

据报道，一位名叫张贻明的老人经过五年的探寻和考证，发现在湖南的安化县与溆浦县交界处，有一村落与陶渊明所描述的桃花源很相似。这里四面环山，几十户人家，土地面积有七百亩左右，自古只有一条小道通向外界，至今未通公路。当地村民打井时，曾在地下近两米处发现“秦砖汉瓦”。民间考古学者黄志平先生称，这证明这里两千多年前确有人居住，但更详细的情况，要进一步发掘才能确定。

其实，在人们心中，桃花源只是一个富有隐喻意涵的精神符号，我们真的需要去寻找桃花源的原型吗？

陶渊明的意义就在于，他让每一个人心里都开拓出一片乐园。如果有那么一处地方，与我们的心灵有着永远的交流感应，而我们又确信它就在我们的生存体验中，便会觉得这世界虽不那么完美，人生还是有意思的。

抛却青衿且筑园

隐逸文化的基本载体

陶渊明在那个“真风告逝，大伪斯兴”（《感士不遇赋》）的黑暗时代里，不愿为五斗米折腰，归耕于庐山脚下，在“方宅十余亩，草屋八九间。榆柳荫后檐，桃李罗堂前”（《归园田居》其一）的田园村居中，以躬耕自娱，种种菊花，望望南山，日子过得十分悠闲清净。这种追求，深为后世文人所仰慕，他的田园村居式生活，也成为文人效法的榜样。

同时，陶渊明《桃花源记》还为后世文人筑了一个“巢”——一个精神的乐园。其实，稍晚于陶渊明的《桃花源记》，南朝宋刘义庆《幽明录》中“刘晨阮肇”

的故事也为我们构设了一个“桃花源”的理想境界。这故事中的天台桃源，或许未如《桃花源记》中的武陵桃源那么引人瞩目，但其内在精神无疑是对武陵桃源的继承与延伸。

东汉永平五年（62），剡县刘晨、阮肇入天台山采药，迷不得返。沿山湾小溪上行时，偶遇溪边两位姿质妙绝的仙女。二女与刘、阮从未谋面便直呼其姓，邀其还家，并以美酒佳肴丰盛款待，其间还有几位侍女相伴，众人一同酒酣作乐。当晚，刘、阮二人与两位仙女极尽欢恋，二女言声轻婉，令人忘忧。十日后，二人思家心切，要求回乡，两位仙女苦苦挽留，遂复滞留半年。春天到来，刘、阮愈加思归，仙女终于应允，并指示归返路途。归乡后，二人发现旧屋不在，亲人零落，最后从其七世孙口中得知，自上山半年，世间已至晋太元八年（383），恍然过去了几百年。他们返回采药处再寻两位仙女，竟无法觅得其踪影。

与《桃花源记》相比，“刘晨阮肇”的故事除了寻求精神的飞腾超越，更附加了情欲的释放满足，超然世外、恬淡自足的桃源境界，自此羼入了遇仙寻艳的激情邂逅，为桃源理想赋予了新的内涵。从此，桃花源摆脱了时空的限制，无所谓武陵，也无所谓天台，只是人们心灵的桃花源。

当文人把这个精神乐园物化为可居、可游、可观的城市园林，就开始惬意地逍遥于城市的桃源仙境之中了。你看，在后世诗歌、戏曲等文学作品中，那么多的园林被唤作了桃源、天台、武陵：

此中亦号小桃源，抛却青衿且筑园。

不在山林在城市，可知心远自忘喧。
杨引传《小桃源》

青山画出天台障，溪流宛是桃源漾。
一庵深著翠微间，高阁更搴云气上。
胡寅《题栖云阁》

寒灯巢雪歌暖响，春水桃源放画船。
我将载酒即相觅，与尔醉倒薰风前。
朱熙《玉山草堂》

只疑身在武陵游，流水桃花隔岸羞。
咫尺刘郎肠已断，为谁含笑倚墙头。
白朴《墙头马上》

莺逢日暖歌声滑，人遇风情笑口开。
一径落花随水入，今朝阮肇到天台。
汤显祖《牡丹亭》

与桃花源一样，园林隔绝尘嚣，亲近自然，可以静虚心境，澄怀观道。魏晋时期，随着隐逸文化的发展，文人园林开始崛起。与始自上古的天子苑囿那种体象天地、包蕴山海不同，文人园林更多体现出借自然疏解身心的需要，文人把园林进一步引申为精神的徜徉之地、灵魂的诗意居所。

汉末魏晋六朝确实是中国政治上最混乱、社会上最苦痛的时代，那个时代隐逸之风之所以大肆盛行，主要原因就在于汉室中微，王莽篡权，文人动辄得咎，朝不保夕。在《古诗十九首》等诗歌中，诗人这样吟咏人生：

白露沾野草，时节忽复易。

《明月皎夜光》

人生忽如寄，寿无金石固。

《驱车上东门》

天地无终极，人命若朝霜。

曹植《送应氏》

在这些诗句中，人生只不过是迅疾走向死亡的过程，这实在是衰世文人才会有的心态。当文人生命毫无保障的时候，传统儒学的影响就愈发苍白暗淡，出仕就变成一件很困难的事情。黑暗的时代产生逃离现实的人生哲学，所以汉末大乱，是隐逸之风兴起的最大原因。

这么说来，有些古代诗文以及史书将隐逸归于人的本性，就不见得很可信。

陶渊明说自己“少无适俗韵，性本爱丘山”（《归园田居》其一），意思是说他生下来就不喜欢做官，这实在有些令人怀疑，他不是也做过彭泽令吗？不也常在诗文中流露不满吗？嵇康说自己“循性而动，各附所安”（《与山巨源绝交书》），好像自己不愿做官是出于本性，但实际上，他实在是因为当时的政治太黑暗，官场太险恶，只能回归本性了。

《后汉书》里说逸民的各种隐逸动机不同，“或隐居以求其志，或回避以全其道，或静己以镇其躁，或去危以图其安，或垢俗以动其概，或疵物以激其清”，归根结底，都是因为“性分所至而已”。[14]但实际上性分之说，未必是主要的，倒是“汉室中微”才是根本原因。

魏晋时期隐逸之风盛行，除了社会政治原因，还有哲学思想上的启发。道家给人们提供消解现实困境的方式就是回归自然。自然即是“无为”，一种重要的无为方式就是隐逸。隐逸并非必须遁迹世外，只要内心澄明，不切机务就可以了。隐者通过忘却利害荣辱回到自身，进而顺其自然本性生活。然而，忘却利害荣辱谈何容易，它需要非凡的精神力量，好在只要摆脱现实的关切，就可以开始领受自然的恩惠了。

汉末魏晋时期有不少著名隐士，他们自然无为的生活方式是与园林联系在一起的。汉末三国时的西园，位于邺都西郊，园中有铜雀台、芙蓉池等景观，曹氏兄弟及孔融之外的六子常在那里嬉游宴饮，他们“酒酣耳热，仰而赋诗”，所以诗中常提到西园：

14 范晔、司马彪：《后汉书》下册，岳麓书社 1994 年版，第 1203 页。

乘辇夜行游，逍遥步西园。

曹丕《芙蓉池作》

清夜游西园，飞盖相追随。

曹植《公宴》

吉日简清时，从君出西园。

王粲《杂诗》

西园宴游作为文人雅事，也为后世文人称羡不已。南朝大诗人谢灵运还以曹丕、曹植及六子的口吻作了《拟魏太子邺中集诗八首》，来想象当时的盛况。唐代诗人胡曾也作了一首《西园》以咏其事：

月满西园夜未央，金风不动邺天凉。
高情公子多秋兴，更领诗人入醉乡。

嵇康是三国时期的名士，他原是曹氏集团的人，父亲嵇昭、哥哥嵇喜均官位显赫，他本人又有着蛟龙的文采、凤凰的姿容，称得上才貌双全。嵇康本可一展鸿志，不幸碰上司马昭乱政，他只有远离现实政治，矢志不与司马氏政权合作。

嵇康喜好交友、喝酒。他家院子在一块坡地上，占地数十亩，有山泉、小溪，

〔明〕仇英《竹林七贤图》

这个风景宜人的地方接近于后世的私家园林。他在诗中描写自己优游园林的生活：

淡淡流水，沦胥而逝。
泛泛柏舟，载浮载滞。
微啸清风，鼓楫容裔。
放棹投竿，优游卒岁。

《四言诗》

园子中间一块平地上摆放着石桌石椅，有竹子编成的琴台、躺椅，有奇形怪状的酒葫芦挂在树杈上。这些是嵇康专门为招待他的朋友们而准备的，就是“竹林七贤”中的那六人。这七位名士时常聚在一起谈玄论道，饮酒服药，在中国文化史上刮起一股怪异之风。

余秋雨在《遥远的绝响》中说，这股怪异之风“早就吹过去了，却让整个大地保留着对它的惊恐和记忆”。七人中，有癖好锻铁的嵇康，有把酒饮到极致的阮籍，有绝对不花一分钱的王戎，也有喜欢写情色小文的刘伶，无一不是怪异之人。

嵇康通过锻铁，既能自食其力，也练就了一身健美的体魄，他是以一种回归自然本性的“行为艺术”来对抗那个丑与美并存的时代。那是另一种挡琴的方式，那不固定的音符才是最自由的，宛如铁砧上随意飞溅的火花，在锻铁的诗意中，奇妙地隐含了一曲高雅的《广陵散》。

西晋时期，最著名的私家园林当属石崇的“金谷园”。石崇出身贵介，富可敌国。因与外戚、后将军王恺争富，于邙山、谷水周围几十里内筑园建馆，园内楼阁亭榭高下错落，金谷水萦绕穿流其间，水声潺潺，鱼跃荷塘。每当风和日暖之时，桃花灼灼，柳丝袅袅，蝴蝶翩跃，小鸟啁啾。明人张美谷赋诗《金谷名园》一首，想象金谷园当年的华丽景象：

金谷当年景，山青碧水长。
楼台悬万状，珠翠列千行。

晋室南迁之后，借着江南一带的佳山水，园林雅集的风流很快抚平了新亭对泣的哀伤。风景绝佳的会稽是文人园林的集中地，谢安、王羲之、孙绰、李充、许询、支遁等名士在此均拥有园林，《晋书》中说："会稽有佳山水，名士多居之，谢安未仕时亦居焉。孙绰、李充、许询、支遁等皆以文义冠世，并筑室东土，与羲之同好"，他们"出则渔弋山水，入则言咏属文，无处世意"。[15]因此，童寯先生认为正是从魏晋时期始，江南遂蔚为园林渊薮。

六朝王谢二族世代簪缨，门第高峻。谢氏资财巨万，在风雅方面则更胜一筹，会稽的"东山"是谢安栖居的私家庄园。谢安少以清谈知名，得到桓彝、王濛、王导等名士的揄扬和器重。桓彝初见他，就大为赞赏："此儿风神秀彻，后当不减王东海（王丞，东晋名士）。"

然而，谢安并不想凭借出身、名望去猎取高官厚禄，谁征召都不去，不得已去了也是很快就离开。后来，拒绝应召的谢安干脆

15 许嘉璐主编：《晋书·王羲之传》，见许嘉璐主编：《二十四史全译》，汉语大辞典出版社 2004 年版，第 1788 页。

隐居到东山，与王羲之、许询、支遁等名士频繁交游，居家则吟诗作文，出门便捕鱼打猎，四十一岁之前一直都不愿出来做官。

谢氏后人谢灵运不仅在会稽始宁拥有更多的庄园，更是永嘉山水的知己。《宋书·谢灵运传》说他常与众人“共为山泽之游”，“凿山浚湖，功役无已，寻山陟岭，必造幽峻。岩嶂千重，莫不备尽”。[16] 他于山水自然中寻求精神的安顿，足迹踏遍青山，涉遍绿水。永嘉山水孕育的诗情，奠定了他山水诗鼻祖的地位。

魏晋以降，世风相沿。南朝文士大夫对感官声色的追求更甚于前人，《宋书·恩幸传》中记刘宋后期的阮佃夫：“宅舍园池，诸王邸第莫及。妓女数十，艺貌冠绝当时，金玉锦绣之饰，宫掖不逮也。每制一衣，造一物，京邑莫不法效焉。于宅内开渎，东出十许里，塘岸整洁，泛轻舟，奏女乐。”[17] 园林成为他放纵感官、徜徉声色的游弋之所。

也有追求高致的文人。庾信羁留北朝后，在《小园赋》中描写了闲居的乐趣，那“数亩弊庐”的小园风景秀美，“桐间露落，柳下风来”，“鸟多闲暇，花随四时”，“蝉有翳兮不惊，雉无罗兮何惧”。诗人身在其中，生活闲散自然，“三春负锄相识，五月披裘见寻。问葛洪之药性，访京房之卜林”，一切都是那么安静祥和。

宗白华先生在《论〈世说新语〉与晋人的美》一文中说过：“晋人向外发现了自然，向内发现了自己的深情。”魏晋文人的园林生活所表达的，正是自然与深情的结合。这

16 沈约：《宋书》，中华书局 1974 年版，第 1775 页。

17 沈约：《宋书》，中华书局 1974 年版，第 2314 页。

对后世的影响很大，自魏晋以后，园林不断被宣扬为隐逸精神的重要象征，被确立为隐逸文化的基本载体，从而成为文人保守内心自由宁静的精神乐园。

盛唐气象下，文人的私家园林蔚然兴盛。王维是盛唐时期著名的园林人物，晚年笃信佛教，是一位“挂印绶于藤条”的半隐半宦的高人。《旧唐书·王维传》称其“得宋之问蓝田别墅，在辋口，辋水周于舍下，别涨竹洲花坞，与道友裴迪浮舟往来，弹琴赋诗，啸咏终日”[18]。王维自己在《辋川集》序中也说：“余别业在辋川山谷，其游止有孟城坳、华子冈、文杏馆、斤竹岭、鹿柴、木兰柴、茱萸……”[19]音乐家的耳朵，画家的审美，使他时时捕捉到天籁和大自然的美妙画面，其境界和晋人遥相呼应，为后人树立了精神的典范。其诗云：

明月松间照，清泉石上流。

《山居秋暝》

月出惊山鸟，时鸣春涧中。

《鸟鸣涧》

文人的“隐”有各种形态，不管是苦煎历练、功德圆满的退隐，还是居官偷闲、不仕闲居的闲隐，大抵都是文人生命的真实存

18 刘昫等：《旧唐书》，中华书局1975年版，第5052页。

19 王维：《王右丞集》，喻岳衡点校，岳麓书社1990年版，第111页。

竹林小景

在。中唐时期，隐逸之风盛行。真正代表中唐隐逸文化的，是贞元、元和年间风雨交加的日子，是白居易、裴度、刘禹锡、韩愈、柳宗元等济济楚楚的一代英才。

唐长安城有“八水绕长安”的盛景，城区引入数条水道。凡长安街坊有临水条件的文人士大夫，大都要在家中布置宅园。即使任地方官，州县府衙中也有花园。韩愈有诗题作《奉和虢州刘给事使君三堂新题二十一咏》，诗中所咏的就是虢州刺史府衙花园的二十一景，其中有“新亭”“流水”“花岛”“竹径”“月台”“荷池”“镜潭”等，建筑规格和内部功能颇为健全。

中唐文人柳宗元为下层官员，常到各地做地方官，被贬为永州司马时，他在当地建园，名“愚园”。此园虽小，却也是溪、丘、泉、沟、池、堂、亭、岛等一应俱全，俨然后世园景的模样了。他还写有一篇山水游记散文《钴鉧潭西小丘记》，记录他转任永州后如何为愚园选址。从中可知，柳宗元只是截取了部分自然景观，稍加人工改造而成，小丘奇石均系地面裸露，佳木美竹也是自然生成。此园的规模虽无法与王维辋川别业比拟，但造园手法大致相同。

洛阳亦是中唐时期文人园林的集中地。城内有多条河流穿过，水源较长安城更为丰沛，故而文人士大夫多在此建园。那时洛阳的文人园林中普遍弥漫着闲适享乐的情调，名相裴度晚年的园居生活最为典型："午桥作别墅，具燠馆凉台，号绿野堂，激波其下。度野服萧散，与白居易、刘禹锡为文章、把酒，穷昼夜相欢，不问人间事。"[20]"裴公绿野堂"（马致远《夜行船·秋思》）每每为后世文人所称赏。

白居易亦本为当时政坛的汲汲进取者，受到打击后标榜隐逸。白氏家池在洛阳履道里，其《池上篇》描述："十亩之宅，五亩之园。有水一池，有竹千竿。"这个园子虽狭小偏僻，但以形取胜，简单随性。白居易就在这园子中"拂杨石，举陈酒，援崔琴"，"颓然自适，不知其他"。比之东晋六朝王谢及至初盛唐王维那种清高超旷，中唐裴、白的闲适享乐更为后世文人士大夫所乐于效仿。

及至宋代，朝廷有鉴于唐朝藩镇割据的弊端，重视文臣，忌惮武将。宋太祖"杯酒释兵权"，劝慰武将"人生驹过隙尔，不如多积金、市田宅以遗子孙，歌儿舞女以终天年。君臣之间无所猜嫌，不亦善乎？"[21]故而北宋时期文人士大夫生

20 黄永年主编:《新唐书·裴度传》，见许嘉璐主编:《二十四史全译》，汉语大辞典出版社 2004 年版，第 3822 页。

21 倪其心主编:《宋史·石守信传》，见许嘉璐主编:《二十四史全译》，汉语大辞典出版社 2004 年版，第 5786 页。

活之优渥有胜于前朝。那时，文人士大夫多有园林，他们的园林生活在宋词中多有呈现：

一曲新词酒一杯，去年天气旧亭台。夕阳西下几时回？　无可奈何花落去，似曾相识燕归来。小园香径独徘徊。

晏殊《浣溪沙》

南园粉蝶能无数，度翠穿红来复去。倡条冶叶恣留连，飘荡轻于花上絮。

欧阳修《玉楼春》

行云去后遥山暝，已放笙歌池院静。中庭月色正清明，无数杨花过无影。

张先《木兰花》

宋词以婉约为宗，择得极雅，作得极工。缪钺先生将其特质概括为“文小”“质轻”“径狭”“境隐”，[22] 这与当时的文人园林是那么相似。宋代园林的形态是“庭院深深深几许”（欧阳修《蝶恋花》），迂回曲折中别有幽境。王毅认为宋代园林的格局较前朝进一步缩小，景观却愈趋精美，故可谓之“壶中天地”。[23]

北宋时期，并非只有晏殊这样的太平宰相拥有园林，一生仕途坎坷、颠沛流离的苏轼也享受过园林的优游之乐：

22 缪钺：《缪钺说词》，上海古籍出版社 1999 年版，第 4—8 页。

23 王毅：《中国园林文化史》，上海人民出版社 2004 年版，第 123 页。

小池新凿会天雨，一部鼓吹从何来。

《池上二首》其一

歌馆楼台声细细，秋千院落夜沉沉。

《春宵》

苏门弟子秦观亦流连歌宴，其《望海潮·洛阳怀古》曰："西园夜饮鸣笳，有华灯碍月，飞盖妨花。"同为苏门弟子的李格非则在《洛阳名园记》记北宋洛阳一地有园林近千处，多为士大夫文人的私家园林，如富郑公园、刘氏园、赵韩王园、董氏西园、李氏仁丰园等。

沧浪亭

北宋文人在生活际遇改善的同时，对官僚体制的依附性也大为增强，这使个体生命的自由与独立性大大降低，他们必须适时化解政治上的压力与失意，在亲近自然中，获得身心的谐适。北宋名臣苏舜钦当年构建沧浪亭，就是要创造一个“进不趋要路，退不入深山”（白居易《闲题家池寄王屋张道士》）的隐逸乐园，来抵抗现实政治的侵蚀，挺立高标远举的自我。

这沧浪之水就是园林的精神之源，它经沧浪亭，流入拙政园，流入网师园，流入后世林林总总的文人园林中。拙政园，意谓“拙于理政”，只能回家筑室种树，灌园鬻蔬。明朝巡察御史王献臣遭弹劾辞官归家，建此园以享田园生活。拙政园里有一座小巧水院，即取名“小沧浪”。网师园内有一水阁名曰“濯缨”，取自《楚辞·渔父》所歌“沧浪之水清兮，可以濯吾缨”，沧浪之水就是清朝光禄寺少卿宋宗元心中最静美的遐想。

园林，这个隐逸文化的载体，让文人在入世与出世间寻找精神的支点，在归隐生活中始终神清志明，孤傲高洁。借助园林，我们得以深深体味并珍视那份隐忍里的舒展、纷争中的淡泊、徘徊间的静笃、无奈下的旷达……

我看园林多妩媚

明清江南园林印象

春雨，杏花，江南。

温润的江南水乡，在人们的想象中常常是带有阴柔情调的杏花春雨、旖旎幻梦。江南的春雨，江南的杏花，江南的梦，人们提起江南，最常说的就是这些吉光片羽，正像古人诗中所写的那种诗意：

江雨霏霏江草齐，六朝如梦鸟空啼。

韦庄《台城》

自在飞花轻似梦，无边丝雨细如愁。

秦观《浣溪沙》

暮春三月，江南的雨密且细，在霏霏雨丝中，江边绿草如茵，空气中飘荡着淡淡的杏花香氛，四望迷蒙，淡烟笼罩，细雨诉愁情，如梦如幻，不由引人遐思。江南的杏花春雨，无疑有着常新常存的魅力。

以前读过不少关于江南的诗词曲文，“元巳清明假未开，小园幽径独徘徊”（晏殊《示张寺丞王校勘》），“粉墙朱阁映垂杨，晴绿小池塘”（黄机《眼儿媚》）。印象中的江南，具体一点说，是那烟雨迷蒙中的黛瓦粉墙，绿水掩映着的小亭曲廊，月亮门前的幽深石径和那小桥流水上结着闲愁的女子……是的，这就是江南的园林。

园林的历史犹如一面镜子，看得见过去，也照得到未来。长久以来，古人的“家”一直在向“园”的方向缓慢行进，走过漫长岁月，这个步履在明清时期的江南突然加快了。

“江南”，在很多时候它是一个变动不居的所指，是一个历时的流动的具有空间指向和文化特质的范畴。明清时期，苏州、松江、常州、嘉兴和湖州等府涵盖了江南的核心地区，有时相邻的镇江府也被划在内。较之行政区划，文化江南的界域则更加模糊，难以界定。江南周边一些地方如扬州、绍兴等，尽管行政区划不在江南的范围之内，但因其发达便利的交通和繁荣鼎盛的文化，常常被视作江南的一部分。

君到姑苏见，人家尽枕河。
古宫闲地少，水巷小桥多。

杜荀鹤《送人游吴》

江南一带自古河湖密布，具有得天独厚的自然条件，唐朝杜荀鹤的诗句“人家尽枕河”“水巷小桥多”多少反映了江南水乡的面貌。自晚唐以来，江南这个湖泊遍布、气候温润的水乡就一直是国家的粮仓。明清时期，依靠发达的交通和丰饶的物产，江南成为全国最为富庶的地区。

随着江南经济繁荣而来的是人文彬蔚。唐宋以来，由于文化、教育事业的不断发展，江南已成为人文渊薮。至明代中期，江南地区开始取代中原地区自古以来的文化中心地位。明人王鏊在《苏郡学志序》中即称明代中期江南人才甲天下，“科第往往取先天下，名臣硕儒亦多发迹于斯”[24]。由于几乎没有长期一统天下的王朝在那里建立过国都，王城的修建相对有限，因此广造园亭，将财富化为具有审美意蕴的人文景观，就成为江南的历史文化特性之一。

如今的江南，一派现代气象。江南古城的独特韵致，还能到哪里寻找？然而，当你不经意折入小巷，越走越深，越走越窄，迂回曲折间，突然就会有一座深宅大院静立在你面前，让你禁不住想一脚踏入它的幽深里。像这样一看便知有些来历的院子，其中保留着不少园林。

明清时期，江南的每座城市都有一些古老而幽深的园林，园子里的一花一木、一砖一瓦都记载着这个城市的悠长岁月与深厚文化底蕴。江南园林以苏州、南京、无锡、常州、湖州、杭州、扬州、太仓、常熟等城市为主，其中又以苏州、扬州最为著称，也最具有代表性。

大致分来，明清江南园林主要有两类：

24 王鏊：《苏郡学志序》，见：《景印文渊阁四库全书》集部总集类，第 1385 册，钱穀编《吴都文粹续集》，上海古籍出版社 1989 年版，第 26 页。

具有“书卷味”的苏州园林和具有“铜钿味”的扬州园林。苏州园林的主人多为文人，知书擅画，艺术审美修养较高，园林造景就注重自然清新、恬淡典雅；扬州园林的主人多为商贾，虽然或濡染艺文，或附庸风雅，但因其财力雄厚，大多注重器物层面的炫耀，园林景观往往显得堆砌繁缛、雕镂精致。

苏州是放大的园林，园林是缩小的苏州。

地处江南水乡的苏州，是古老的城市之一，春秋时为吴国的都城，秦时称会稽郡，汉代称吴郡，隋朝起称苏州，宋元时称为平江府，明清时又复称苏州。小桥流水，黛瓦粉墙，江南水乡的温润，滋生出了精致儒雅的苏州园林，园林是苏州这个城市的象征。

苏州造园的历史相当悠久，特别是自明清开始，文人竞相建造私家园林，据记载有七十多处，数量之多，造园艺术之高，在江南一带首屈一指。较著名的有拙政园、留园、耦园、网师园和环秀山庄等。

这些在不大的天地里用各种造园手法创造的山水景观，各具特色。飞檐翘角下，山水相依，奇巧的假山花木，玲珑满园。苏州园林被称为“城市山林”，它创造出了一方既享受城市繁华，又亲近自然山水的清幽天地。对此，明人文徵明诗曰：

绝怜人境无车马，信有山林在市城。

《拙政园图咏·若墅堂》

苏州园林是被浓缩的自然，更是珍贵的人文景观，把苏州园林平铺展开，仿佛是一幅幅中国写意山水画。身居园中，所品味到的是诗情画意的美感，在领略园林美景中，感悟哲理，体会人生。这种远离喧嚣的尘世，寻求返璞归真、修心养性的氛围，由粉墙黛瓦、山水花木与亭台楼阁所构成的美妙意境，折射出一种传统文化的古老韵味。

拙政园是苏州园林的代表。它最早为明代御史王献臣所有，明正德初年的拙政园，林木葱郁，水色迷蒙，园中的建筑十分稀疏，仅一堂、一楼、六亭而已，竹篱、茅亭、草堂与自然山水融为一体，简朴素雅，一派自然风光，尽得造化之妙，不像后世有些园林在局促中求腾挪，让山石池沼、花草树木

拙政园

之美臻于极致。

王献臣死后，他的儿子一夜豪赌，将园子输给阊门外下塘徐佳。据传，赌桌上，王献臣的儿子遭徐佳灌酒并在赌具上动了手脚，才把偌大的园子输个精光。徐佳得园后，以自己的意思加以改造，拙政园的面貌发生了一定改变。此后，徐氏在拙政园居住长达百余年之久，后徐氏子孙衰落，园渐荒废。

至晚明，吴三桂的女婿王永宁购得此园，大兴土木，增葺壮丽，园子的面貌已与早期不可同日而语。而在此之前，园主虽屡有变动，但大都仍保留拙政园原有的朴雅。所以，后来康熙南巡来到拙政园时，感慨此园几十年来数次易主，已无复昔时山林真趣了。

而像留园、耦园、网师园和环秀山庄诸园，又何尝没有经历过跌宕起伏的命运呢？

苏州园林大都是士大夫文人建造的，与白居易等中唐文人一样，明清时的苏州文人向往隐逸，却拒绝退隐乡村和山林，而是在家园内部探求一条与自然的融合之路。于是，家园和自然的界线被抹除了，形成家园一体的私家园林格局。

成功的园林艺术，既能再现自然，高于自然，而又不露人工斧凿的痕迹。清人袁枚诗《造假山》曰：

半倚青松半掩苔，一峰横竖一峰回。
高低曲折随人意，好处多从假字来。

这正是中国园林艺术的精华所在。所以，那些精心结构却看似散淡的苏州园林，无论径的曲折、石的参差、藤的屈伸、树的疏密，均取法自然，但又绝非简单模仿，往往于细微处得真趣。

苏州园林以小著称。如壶园，因其小，整个园林空间好似一把茶壶而得名；残粒园，以一粒碎米来喻其小；还有芥子园、半亩园等名园都很小。小，对建造园林是不利的，然而苏州的造园家总是能化不利为有利，以少胜多，以一当十，在有限的空间之中创造出无限的景观来，而这主要靠的就是精深的构思和朴雅的装点。

清人钱泳从苏州园林的构思设计中看到了造园与作诗文的共同点，他在《履园丛话》中说："造园如作诗文，必使曲折有法，前后呼应，最忌堆砌，最忌错杂，方称佳构。"[25] 园林中的一山一水、一草一木、一亭一榭的位置，都要仔细推敲，就像作诗文时必须锤炼词句一样，使它们能各就其位，有曲有藏，彼此呼应，才能以较少的景物塑造出饶有意趣的园景。

苏州的网师园，被陈从周先生誉为"苏州园林小园极则"。它本来是南宋绍兴年间侍郎史正志的宅邸万卷堂花园，到清乾隆年间，光禄寺少卿宋宗元买其地造别墅。宋以"网师"自号，网师即渔父、钓叟，含有隐居江湖的意思。以网师作为园林之名，在立意上就要比那些炫耀财力的商贾园林高出许多。

此园占地近九亩，但景观众多，以彩霞池和云岗黄石假山为中心，布置有"网师小筑""殿春簃""月到风来亭""濯缨水阁"

25 钱泳：《履园丛话》下，中华书局 1979 年版，第 545 页。

等景点，其间点缀一些古树名木，再通过轩榭、回廊和小桥的联络，创造出了典雅、精巧、幽深的园林景色，给人以步移景异的观赏体验，充分体现了文人园林精致朴雅的风格。

如果说，天子苑囿犹如雍容的贵妇一般，苏州园林则像书香门第的闺秀，举手投足间流露出一种独特的雅致。那种气质，是经历了世代的累积和纷纭世事的磨炼，一切云淡风轻之后，沉淀下来的淡定从容。

在明清江南，修建园林也不一定就是文人士大夫的专利，事实上，即使没有多少闲情雅致的市民百姓，只要家有余裕，也未尝不希望拥有一处花团锦簇的园子。明代文人何良俊说他的家乡华亭，“凡家累千金，垣屋稍治，必欲营治一园”[26]。可见，在造园的风气濡染下，一般市民在丰衣足食、行有余力后，也尝试着在日常性的居所之外，另行营造一处休闲的园林。

明清市民富户造园最盛之地当属扬州。地处两淮流域的扬州，古称广陵、维扬，自宋代以来即为淮左名都、竹西佳处。从隋、唐开始，扬州由于经济繁荣，吸引了大量文人士大夫到此寓居，造园风气甚炽。唐人姚合的诗中有几句说到扬州：

暖日凝花柳，春风散管弦。

园林多是宅，车马少于船。

《扬州春词三首》其一

26 何良俊：《西园雅会集序》，见四库全书存目丛书编纂委员会编：《四库全书存目丛书》集部，第142册，《何翰林集》，齐鲁书社1997年版，第109页。

扬州，是大运河的发源地，得长江、淮河及运河交通枢纽之便，位居两淮盐运中心的要津，自明成化、弘治以来，就不断吸引着各地盐商麇集骈至，形成运河沿岸规模颇大的盐商社区。清康乾年间，在走出鼎革之际的凋敝衰残后，关乎国计民生的盐业从颓势中复苏，蒸蒸日上。

当时，扬州聚集了来自各地的盐商，其中徽商实力甚强，他们垄断盐业，富可敌国。当时扬州著名的盐商，资产都达数百万乃至千万。康熙时，治河经费不足，扬州盐商一次就捐出三百万两，深得康熙帝垂青；乾隆首次南巡，扬州盐商捐银一百万两为其修行宫，乾隆当即给多名盐商封官加爵；嘉庆年间，盐商鲍淑芳捐出大笔银子作为镇压白莲教起义的军费，因而得到盐运使头衔。扬州盐商财力之雄厚可见一斑。

在积累了巨大财富的同时，扬州盐商过着奢侈豪华的生活。与同时期北方晋商相较，扬州盐商虽处江南以外，却浸淫江左风流已久，为改变其囊丰箧盈的粗俗形象，他们步趋苏州文人的风雅，崇筑亭台馆榭。至清代康熙、乾隆年间，扬州造园之风臻于极盛，大小园林已有百余处，且多为盐商所造。清代《扬州画舫录》有“杭州以湖山胜，苏州以市肆胜，扬州以园林胜，三者鼎峙，不可轩轾”[27]之说，可见至清代，扬州园林已是天下之冠了。

那里有一座个园，一座汪氏小苑。个园是清嘉、道年间两淮盐总黄至筠的私家园林，与北京颐和园、承德避暑山庄和苏州拙政园一起，被称为中国四大名园；汪氏小苑是清末盐商汪竹铭的宅第，有屋九十有七，如山西乔家大院一般古朴典雅。

“个”是竹的意思，个园以竹闻名。个

27 徐珂编撰：《清稗类钞》，中华书局1984年版，第5171页。

园主人黄至筠喜竹，三十多亩的个园，三分之一是竹，三分之一是石，还有三分之一是屋。园中竹的品种极多，有龟甲竹、斑竹、金镶玉竹、玉镶金竹、慈孝竹、佛肚竹、方竹等六十余种，占地达十八亩。加上花园小径、丑石天桥，把竹的正直、虚心、有节的品格发挥到极致。

汪氏小苑则以“船”为特色。贩盐必有船，汪氏利用一条一头宽一头尖的小巷，把它做成了一只船。船上有厅，供诗酒宴饮之用。船边用砖和卵石砌出水波，小船就在旱地里漂了起来。四个花园拱卫宅子的四角，宅子分东、中、西三纵建起，一个大宅就成了远航的巨轮，形象地勾勒出盐商的漂泊人生。

有这么好的园林承载着两淮盐业的历史，怎能让人不发思古之幽情？

正所谓“扬州繁华以盐盛”，扬州盐商在大笔挥霍钱财建造园林的同时，给扬州带来了无尽繁华旖旎。只有到了扬州，才能真切地触摸到两淮盐业的脉搏；只有到了扬州园林，才能真实地感受到两淮盐商的富裕与优渥。

形制篇

中国园林形制多样，且相互影响，但其界限也是鲜明的。始自上古的皇家苑囿体象天地、包蕴山海，从上林苑到颐和园，那些宏大巨制均为统一大帝国的艺术象征。崛起于魏晋时期的文人园林则大都精致小巧，却包含着丰富灵动的文心与诗意，且历经漫长岁月，积淀了深厚的人文底蕴。寺观园林是宗教与山水文化的结合，禅宗的顿悟，道教的养生，都须依凭自然山水。灵隐寺的钟磬梵音，白云观的洞天胜境，成为寺观园林的标志性符号。处于邑郊的风景园林则是在自然山水的基础上整葺改造而成，人们于山水林泉间，可体验到精神的谐适与诗意。

天上人间诸景备

皇家苑囿

如果从公元前 11 世纪周文王修建的“灵台”“灵沼”与“灵囿”算起，到 19 世纪末慈禧太后重建清漪园为颐和园，皇家苑囿已经有三千多年的历史，可谓源远流长。在这漫长的历史进程中，几乎历朝历代都有皇家苑囿的建造，从而使皇家苑囿成为中国古典园林的重要形制之一。

中国皇家苑囿规模宏阔壮丽，象征了皇家无上的权威。在气势宏大、金碧辉煌的宫殿群中点缀几块小的绿洲，凿渠引水，堆叠山石，莳花种树，便构成供帝后游乐之用的宫内苑囿，这是规模最小的皇家苑囿。除了这种附属于宫殿的宫内苑囿，其他形制的帝王苑囿，如在宫城附近选择环境较好的地带建造的傍宫苑囿，以及在郊区或更远的山水风景之地建造的郊外苑囿，规模都异常宏大，远非文人园林可比，即便是带有公共园林性质的寺观园林也难以企及。

中国皇家苑囿宏阔壮丽的规模其来有自，在秦汉苑囿那里就得到充分体现。秦汉时期的皇家宫苑讲究体象天地、包蕴山海，且比较注重宫殿建筑与园苑的结合，这就形成了皇家苑囿区别于其他园林的悠久传统。秦始皇在统一六国的过程中，每征服一国，就命人绘制该国宫室图，并在秦国都城咸阳的渭水南岸仿造宫殿。待他统一中国后，咸阳的北原高地上竟然形成了一片金碧辉煌的六国宫殿群。相传当时咸阳宫共有宫室一百四十五座，其中著名的有甘泉宫、兴乐宫、长杨宫等宫殿。可以想见，当年的咸阳宫殿宇林立，那巨大的空间占有象征着帝国辽阔的版图，风格各异的宫阙集于咸阳，象征着始皇帝囊括四海的气魄。

秦汉时最著名的皇家苑囿是上林苑，由秦始皇三十五年（前 212）开始营建，广袤三百里内，宫阙连绵起伏，一眼望不到头，阿房宫就建在这林立的宫阙群之中。阿房宫内的楼、阁、亭、榭一座挨着一座，那弯曲迂回的长廊，将这些排列有序的建筑连成一体。唐代诗人杜牧《阿房宫赋》写道："六王毕，四海一。蜀山兀，阿房出。覆压三百余里，隔离天日。骊山北构而西折，直走咸阳。二川溶溶，流入宫墙。五步一楼，十步一阁。廊腰缦回，檐牙高啄。各抱地势，钩心斗角。"[1] 一个阿房宫就有如此宏大的气势，

1 杜牧：《阿房宫赋》，见《樊川文集》，上海古籍出版社 1978 年版，第 1 页。

当时整个上林苑的规模也就不难想象了。

汉代统治者继承了秦的造园传统，依然讲究雄伟壮丽，以使皇家宫苑成为统一大帝国的艺术象征。据《史记·高祖本纪》记载，早在汉高祖还未完全平定天下之时，上林苑中就开始大肆修建未央宫。刘邦见宫阙规模巨大，奢侈铺张，很是生气，汉相萧何却说："天子四海为家，非壮丽无以重威。"[2]就是说，帝王必须以壮丽的宫殿来树立皇家无上的权威，如果连雄壮宏阔的居所都没有，又有什么能力去称霸天下，驾驭万民呢？这一建筑美学观念得到了历代王朝的推崇和履践，唐代诗人骆宾王就有诗句写道：

山河千里国，城阙九重门。
不睹皇居壮，安知天子尊。

《帝京篇》

汉武帝刘彻又用了几十年的时间大加修建上林苑，所增宫殿楼台的数量及规模都非常可观。西汉文人扬雄《羽猎赋序》中言，"武帝广开上林，南至宜春、鼎胡、御宿、昆吾，旁南山而西，至长杨、五柞，北绕黄山，濒渭而东，周袤数百里"[3]，可见苑中有近百组大型宫苑建筑群。仅就建章宫而言，就有骀荡、駇娑、枍诣、天梁、奇宝、鼓簧等六宫，又有玉堂、神明、疏圃、鸣銮、奇华、铜柱、函德等二十六殿，方圆三十里宫殿相属，珍

2 安平秋主编:《史记·高祖本纪》，见许嘉璐主编:《二十四史全译》，汉语大辞典出版社 2004 年版，第 138 页。

3 扬雄著，张震泽校注：《扬雄集校注》，上海古籍出版社 1993 年版，第 83—84 页。

禽异兽、奇花异草弥野盈隰，规模甚为壮观。

中国历代的皇家苑囿都离不开神仙思想的表达，仙人承露、一池三山的构思始终蕴含其中。据《山海经》记载，东海中有蓬莱、瀛洲、方丈三座仙山，山上是仙境，有仙人居之，仙人有长生不老之药。秦始皇妄想长生不老，曾多次派遣数千人去东海寻仙境，求仙药，却毫无结果。为追求仙境，只得在阿房宫兰池之畔修建宫殿，来模仿神仙府第。兰池中有仿造的三岛，象征传说中的蓬莱、方丈、瀛洲三神山。

汉武帝也好神仙之道，他听信方士之言，差人遍寻海外仙山、仙草灵药以及甘液玉英，并不惜斥巨资在上林苑的建章宫建造承露盘，用来承接上天赐予的甘露，以求服食之可以延年益寿。《三辅故事》云："建章宫承露盘高二十丈，大七围，以铜为之，上有仙人掌承露，和玉屑饮之。"[4]仙人承露自此开始成为皇家苑囿中的经典模式。

后来，天赐甘露又被附会为瑞祥之物，象征帝王恩施仁政、德泽万民。杜甫《秋兴八首》其五中有几句诗提到了汉武帝所建承露盘：

蓬莱宫阙对南山，承露金茎霄汉间。
西望瑶池降王母，东来紫气满函关。

仙境般的宫阙遥遥对着终南山，托承露盘的铜柱高入云霄。杜甫在这里以汉喻唐，

4 张澍：《三辅故事》，见王云五主编：《丛书集成初编》史地类，第 3205 册，商务印书馆 1936 年版，第 6 页。

呈现出一幅仙人承露、一派祥和的盛世气象，表达了对京都长安宫阙的向往之情。

自秦汉以后，历代皇家苑囿对上林苑建章宫仙人承露多有模仿。圆明园中曾有过承露盘，北京北海的承露盘至今犹存。不过，清朝的乾隆皇帝似乎不那么相信仙人承露之说，曾出言讥讽："此不过缀景，取露实不若荷叶之易，则汉武之事率可知矣。"[5]北海、圆明园中的仙人承露均是乾隆时布置的，也确如乾隆帝所言，装点的意味是很明显的。

尽管后世的帝王自知成仙枉然，但对于理想境界的渲染一直是皇家苑囿的重要主题，历代皇家苑囿均体现出一池三山的格局。北魏宣武帝令人在洛阳华林苑中叠蓬莱山，上建仙人馆；隋炀帝在洛阳建西苑，苑内凿地为海，海中聚石为山，仿建三仙山；北宋徽宗赵佶营造寿山艮岳，于曲江池中筑蓬壶堂；南宋高宗也在临安德寿宫中凿池注水，叠石为三仙山；金人灭宋，在北京西苑太液池的蓬莱山上建广寒宫；元朝大内御苑太液池中三仙山布列，由北至南分别名万岁山、圆抵和屏山。

直到明清时期，一池三山仍是皇家苑囿的传统格局，如：明代西苑太液池三海中各有一岛，分别名琼华岛、水云榭岛、瀛台；清代清漪园的昆明湖建有藻鉴堂岛、南湖岛、治镜阁岛三洲，均象征神话中的蓬莱、瀛洲、方丈三座仙山。

特别是清代圆明园的方壶胜境，创造性地用黄、蓝、绿、紫等多色琉璃瓦建构了一处人间天堂的华美景观，对一池三山模式做

5 庆桂等编纂：《国朝宫史续编》，左步青校点，北京古籍出版社1994年版，第603页。

出了新的注解。此处景点完成后乾隆帝很是满意，曾作御制诗《方壶胜境》自夸：

却笑秦皇海上求，仙壶原即在人间。

而圆明园的蓬岛瑶台又是另一番景象。蓬岛瑶台是福海景区的中心，这里的一池三山由西北至东南斜向布置，可以照顾到各个方向的观景效果。三座小岛有主有次，以中岛为主，整个景点的造型同福海景区的整体非常协调，主要借助福海的水面，以恬淡的园林景致来表现神仙境界中的缥缈意境。

中国皇家苑囿不同于文人园林的假山假水，风格上模仿真山真水，甚至将名山胜水纳入其中。盛清的清漪园——颐和园的前身，位于北京西北郊，距离紫禁城大约十五公里。此园是在乾隆朝时兴建的，山与水的关系大开大合。乾隆皇帝十分喜欢这座园林，曾写诗《由玉河泛舟至万寿山清漪园》赞道：

清漪水色从新秀，万寿山光即渐融。

乾隆此诗描绘了清漪园的湖光山色。万寿山与昆明湖构成了这座皇家苑囿的骨架，山水草木之间耸立着一片片金碧辉煌的宫殿建筑群。这里隐藏着很多往昔的故事，排云殿前的金钟玉磬似乎还在倾诉着昨日的奢华与辉煌。

唐代长安的曲江池以水著称。曲江池位于唐代长安城东南隅，自秦汉时期便已存在，原为汉代上林苑辖区内的宜春苑，周围六里，是一处天然形胜的郊苑。汉代后，宜春苑废弃，隋代筑大兴城时将其包入城东南一隅，开黄渠引浐水，重新加以整修，改池名“芙蓉池”，苑名“芙蓉园”。

唐代开元年间开凿为池，依池形曲折而名“曲江池”。之后又几次对曲江池进行规划和扩建，池西扩至七里，周围有芙蓉园、昆明湖、杏园、紫云楼、慈恩寺等景观，最终形成了一个以曲江池为中心的皇家苑囿。曲江池中，碧波荡漾，遍植荷花、菖蒲等水生植物，亭楼殿阁隐现于花木之间。

曲江池虽为皇家苑囿，却面向公众开放。杜甫《丽人行》中有两句诗描写了曲江春游的情景：

三月三日天气新，长安水边多丽人。

三月三日为上巳日，唐代长安女子多在这一天到城南曲江游玩踏青，故而所见美女如云。唐玄宗还在杏园赐宴臣僚和新科进士，与他们一起游览曲江池，并在慈恩寺的大雁塔下为进士们题词，这在当时算是唐朝的一大盛事。

清代香山静宜园则是一座以香山为基址建成的山地园，今天的香山公园，在清代大部分就属于静宜园。香山丘壑起伏，涧溪丰沛，林木繁茂，为北京西山山系的一部分，满山青翠的黄栌，每至深秋，西北风一吹便层林尽染，可观香山红叶。

香山主峰香炉峰山势高峻陡峭，登高不易，素有“鬼见愁”之称。乾隆皇帝很喜欢这里，多次重阳登高。由“鬼见愁”东下，有一段险崖峭壁，山石峥嵘，适宜看险景。南、北侧岭的山势则自西向东延伸递减成环抱之势，景界开阔，可以俯瞰东面的广大平原。

皇家苑囿以体象天地、包蕴山海的气魄，或者模仿真山真水，或者包入名山胜水，不过也有例外。北宋时期的艮岳虽为皇家苑囿，艺术上却追求文人情致。艮岳周围仅十余里，规模并不十分宏阔，其艺术手法一改皇家苑囿的传统格局，转向对于细腻幽深的意境之美的艺术提炼。

艮岳是由颇有艺术才情的宋徽宗赵佶亲自构思设计的，从大景区划分来看，艮岳有山景区、水景区、林景区、石景区、建筑景区及综合景区，每一大景区之中又包含有不同的小景区。如山景区中有“天台、雁荡、凤凰、庐阜之奇伟，二川、三峡、云梦之旷荡，四方之远且异，徒各擅其一美，未若此山并包罗列，又兼其绝胜，飒爽溟涬，参诸造化，若开辟之素有，虽人为之山，顾岂小哉”[6]。

各山体又各具特色，据宋人张淏《艮岳记》描述，艮岳“山骨暴露，峰棱如削，飘然有云姿鹤态，曰‘飞来峰’；高于雉堞，翻若长鲸，腰径百尺，植梅万本，曰‘梅岭’；接其余冈，种丹杏鸭脚，曰‘杏岫’；又增土叠石，间留隙穴，以栽黄杨，曰‘黄杨巘’……”[7]从这些景观命名来看，艮岳以其富有意境追求的景观审美，实现了皇家苑囿向精深细微的艺术创造的转变。

中国皇家苑囿除了继承秦汉苑囿模仿名山胜水的造园手法，追求体象天地、包蕴山海的宏大规模外，对精致小巧的江南文人园

6 赵佶：《御制艮岳记》，见王明清：《挥麈录》，中华书局 1961 年版，第 75 页。

7 张淏：《艮岳记》，见《景印文渊阁四库全书》子部杂家类，第 886 册，陆楫编《古今说海》，上海古籍出版社 1989 年版，第 15 页。

林也有所模仿，以浓缩的手法将其特色景致融入其中，在较大范围内成功地创造了既精巧多样，又宛若天成的幽美景致。

乾隆皇帝曾六下江南，对江南园林情有独钟，他直接将江南园林的绝景画面移入圆明三园中，长春园中的狮子林，就仿自苏州狮子林。此外，还移植了杭州西湖十景中的柳浪闻莺、断桥残雪、三潭印月、曲院风荷、平湖秋月、南屏晚钟以及部分江南名园。正如清人诗中所吟：

谁道江南风景好，移天缩地在君怀。

王闿运《圆明园宫词》

清漪园中的万寿山东麓有个小型苑囿，初建时叫作惠山园（嘉庆间更名为谐趣园），这是乾隆皇帝第一次下江南后所建造的，其景观与无锡寄畅园颇为相似。寄畅园有个知鱼桥，惠山园里也建了一座知鱼桥；寄畅园有八音涧，水在石间流动，声音优美动听，惠山园有玉琴峡，水声淙淙，与八音涧异曲同工；惠山园以池为中心，环池建有一堂、一轩、一楼、一斋、一亭、一桥、一径、一洞八处景观，整体布局深得寄畅园的精髓。

后来，在乾隆二十二年（1757）和乾隆二十七年（1762），乾隆皇帝又两次赴江南巡视，每次下江南，必有宫廷画师随行。按照乾隆的旨意，画师临摹了一幅幅江南美景图，并被不断送往京师，作为当时正在修建的清漪园的参考样本。

建成后的清漪园，涵括了大清王朝的风物精华，浓缩了江南园林的文化精髓。从整体布局上看，杭州西湖景区，孤山在北，西湖在南，湖面西部有苏堤；北京清漪园，万寿山在北，昆明湖在南，湖面西部有西堤，两者格局几乎一模一样。从细节上看，西湖苏堤上有六座桥，清漪园西堤上也修建了六座桥。西堤六桥正是对杭州苏堤的艺术模仿，每到春日，这里桃花灼灼，柳树鹅黄，雾霭迷蒙，是观赏早春景色的好去处。

江南西湖美景就这样“移天缩地在君怀”了。对比清漪园与西湖景观，谁又能分得清哪个是西湖，哪个是昆明湖呢？但是，如果从整体观察，又可发现更多的不似。比如，清漪园中的西堤蜿蜒曲折，与昆明湖和万寿山的配合恰到好处，并不同于西湖苏堤的笔直。正是这种借鉴和改造，使得清漪园的景致略胜江南。

古代帝王后妃大多生活在深宫禁院之中，过着与外界隔绝的生活，因而对一般市民百姓的生活习俗十分感兴趣。皇家苑囿中建街市，就是为了满足嫔妃们的猎奇心理。乾隆下江南时，对苏州街市颇为称赏，因而在清漪园后湖景区建了一条苏州街。街道上店铺林立，有茶楼、酒馆、书肆、古董铺等，堪称京城小江南。每次太后带着后妃、命妇来这里游玩，都是太监宫女们最忙的时候，因为他们要扮演成商人、顾客、乞丐，甚至小偷，完全模仿江南城市的街道。

在中国历代皇家苑囿中，仅有清代的作品留存至今，其余都随着历史的变迁而湮没无闻了。人们熟悉的北京颐和园、承德避暑山庄，以及现在仅存遗址的北京圆明园等，都是康熙到乾隆的盛清时期所建造。与数千年发展过程中一些更早的作品相比，这些皇家苑囿在一些基本方面依旧延续着前代的传统，但已经有了一些自己的特点。其中最为显著的，就是多民族文化的呈现。

清代的皇家苑囿中有大量的宗教性建筑，尤以藏传佛教格鲁派的寺庙为多，如北海的白塔、颐和园的须弥福寿、玉泉山的妙高塔等等，不一而足。这与清代统治者的少数民族身份有关，他们意图通过彰显少数民族文化的特色和成就，来同强势的汉文化取得平衡。

这一特点在承德避暑山庄得到充分体现。承德避暑山庄地处险峻的燕山山脉，三百多年前，清朝的皇帝曾经在这里长期驻跸，处理军政要务，会见蒙、藏等少数民族首领，接待外国使臣，所以被看作盛清的第二政治中心。

避暑山庄的地理位置决定了它浓厚的政治色彩。燕山山脉地势险要，自古是华北平原通往西北、东南地区的要道，向北可以连接漠北，向西北可以联络蒙、回各部，甚至远达新疆，向东可以连通东北，向南可以控制中原。这样的地理位置，正如康熙御制诗中所云：

地扼襟喉趋朔漠，天留锁钥枕雄关。

《回銮抵古北口》

万里山河通远徼，九边形胜抱神京。

《夏日奉太皇太后避暑兴安》

康熙朝时，尽管中原的统治已趋于稳定，边疆各族与中原政权的矛盾冲突却尚未得到彻底解决。康熙为加强对北方的统治，对边疆各少数民族实行怀柔政策，以建塞上雄藩，使其遐迩一体，从而实现“合内外之心，成巩固之业”[8]的政治理想。正是出于这样的目的，康熙皇帝修建了承德避暑山庄。

清朝是一个统一的多民族国家，在建成的避暑山庄内，既有江南水乡的景色，又有塞北草原的风光，是汉、蒙文化交融的典范，体现了不同民族的文化特征。乾隆即位之后，又对避暑山庄进行了大规模的扩建，增建了寺庙、宫殿和多处大型苑囿。他下旨比照西藏布达拉宫，缩小尺寸修建的“小布达拉宫”，是避暑山庄所有寺庙中气势最宏伟、规模最大的一座。

而环列于山庄周围的外八庙，更是具有汉、藏文化交融的特点。外八庙于清康熙、乾隆年间陆续建成，包括溥仁寺、溥善寺（现已不存）、普宁寺、安远庙、普陀宗乘之庙、殊像寺、须弥福寿之庙、广缘寺。这些寺庙采用汉式、藏式、汉藏结合式三种不同的建筑方式修建，它们环列于避暑山庄四周，显示了清王朝兼容并蓄、恩施四方的愿望。

丽正门是乾隆时期扩建避暑山庄的重要景观之一，其北侧门额上，嵌有乾隆御题丽正门诗匾，题诗曰：

> **岩城埤堄固金汤，诛荡门开向午阳。**
> **两字新题标丽正，车书恒此会遐方。**

大清的江山就像避暑山庄的宫墙一样雄伟坚固，坦荡向阳的宫门敞开着，大清就这

8 乾隆：《避暑山庄百韵试有序》，见《景印文渊阁四库全书》史部地理类，第495册，《钦定热河志》，上海古籍出版社1989年版，第374页。

〔清〕冷枚《避暑山庄图》

样“车同轨”“书同文”，已经是一个统一的多民族国家了。

英法联军入侵北京后，咸丰皇帝逃往承德避暑山庄，后来在那里驾崩。此后的清朝皇帝再也没来过这座山庄。作为中国最后一个帝国王朝的背影，三百多年来，避暑山庄静静地屹立在塞外的崇山峻岭间，其独特的造园艺术及多民族文化特色，使其成为中国历史上一处伟大的园林建筑群。

清风明月无尽藏

文人园林

在中国古代社会各阶层中，文人大概是最浪漫的一个群体了，他们愤世嫉俗，他们反抗礼教，他们崇尚隐逸。正是在他们的带动下，寄情山水成为一种独特的社会风尚。而如何既能避免跋涉之苦，又能长久享受秀美风光，最理想的办法，莫过于营造人工的自然——园林。

古代的文人，有不少在朝做官，怀着治国平天下的抱负，踌躇满志地在仕途中奋斗着。他们还有一些文人情怀，带着一点清高和自负，一点浪漫和冲动。当他们中的一些人或免官，或致仕，品尝到官场的险恶和无趣后，就想尽快离开这个是非之地，找一个清静的地方隐居下来，过几天舒心闲适的日子。于是，他们想到了建造一所私家园林。

即便身在官场的文人，也需要一个在政务之余可以休憩放松、亲近自然的环境。这个环境无须很大，无须奢侈，无须过多的点缀，只要在城市的喧闹中筑就一个幽雅的胜境就可以了。士大夫文人们在小小的园林中乐而不改其志，坚守着自己的理想和信念。

还有一些文人没有做过官，有的终身布衣，有的学而优则贾，但他们也有着不凡的艺文修养，有着和士大夫一样的园林情结。对于这些文人来说，修建私家园林的主要目的，就是将自己的审美情趣与艺术追求寄托于园林之中，在城市的喧嚣中得以忘却功名，寻求一份心灵的宁静。

在古代中国，没有哪一类人比文人更需要园林了。他们或困顿于场屋，或奔波于仕途，或失意于官场，要去哪里安顿心灵？幸好有园林，日暮归来，若静谧的园林中有间茶室、琴馆或书斋，就可以煮清茶，听妙曲，抄心经。这，才是一种真正的精神休憩。

文人园林，依经济实力和个人喜好的不同，规模大小不尽相同。规模小的，是在住宅旁的隙地上求空间，建成“才有隙地，便种花竹”[9]式的宅园；规模大的，则是在郊邑广阔的空地上，修造“居宅而外，别营一院”[10]式的别业。有些文人在外做官时所建的官衙园林，按其性质也属于文人园林。

其中，宅园式的文人园林最为有名。仿佛

9 张怡：《金陵诸园诗序》，见朱绪曾编：《金陵诗征》卷三十二，清光绪壬辰（1892）刊本。

10《乾隆赵城县志》，见中国科学院图书馆选编：《稀见中国地方志汇刊》第7册，中国书店1992年版，第55页。

〔明〕仇英《青绿山水》

大隐隐于市，这类文人园林虽在城市里，恍若山水中，不论规模大小，都有一番将主人的风骨、志趣展现得淋漓尽致的造园手法。更妙的是，这些园林中还包含着老庄哲理、佛道精义、魏晋风流、诗文趣味。也因为这些，它们才历经漫长岁月，得以传承下来。

因受礼制及个人财力的限制，文人园林一般都较小，因此更讲究细部的玲珑精致。那些叫作勺园、壶园、半亩园、芥子园和残粒园的小园比比皆是，跟皇家苑囿宏大壮丽的气派恰成鲜明对照。园子中，精巧放置的太湖石令人想起崇山峻岭，一汪池水令人想起大江大河，淙淙溪流制造出天籁，月色下树影婆娑，花香浮动，自然就这样被巧妙地包蕴在文人园林之中。

生如芥子有须弥，心似微尘藏大千。

《维摩诘经》

《维摩诘经》中所说的“芥子有须弥”“微尘藏大千”，实在太玄妙离奇了，小小的一粒芥子，竟然能容纳那么大的一座须弥山。

“芥子纳须弥”正是我们切入文人园林的起点。一拳石能意拟万仞高山，一勺水能映出汪洋大海，一竿竹能听到万里松涛。晋人以为“会心处不必在远，翳然林水，便自有濠、濮间想也，觉鸟兽禽鱼自来亲人”[11]，那些小巧精致的文人园林，没有融入广阔的自然，恰恰相反，它要把山峦、池沼和花木等景观一一收纳到园中。

于是，湖石堆叠的假山构成山体，精心挖

11 刘义庆撰，徐震堮校笺：《世说新语校笺》，中华书局1984年版，第67页。

凿的池沼构成水体，住宅则由亭台楼榭承担，而山林就是那些精心布局的花草树木。这些被缩微的自然景观，合成了文人园林的基本形态。文人士大夫就是这样凭着他们的智慧和想象力，把园林变成了最富有文心与诗意的居所，在此安身立命。

比如苏州园林，就是以具体而微著称于世的，清人徐崧赞美苏州园林：

不知城市有山林，谢公丘壑应无负。

《秋过怀云亭访周雪客调寄踏莎行》

徐崧这两句诗的意思是说，如果东晋诗人谢灵运知道山林风光都被收纳进了苏州园林的壶中天地，置身其中即可涤除玄览，澄怀观道，就不用穿山渡水，四处远游了。

苏州的网师园是文人小园中的经典，以小巧、雅致著称。如果说拙政园是大家闺秀，那么网师园就是颇有书香气质的小家碧玉。这个园子总共才九亩地，尚不及拙政园六分之一，但它小中见大，又富于变化，假山水池互相衬托，亭台楼阁参差错落，宛如天然图画，有迂回不尽之致，所以观赏起来并不觉其园小。

网师园是典型的宅园一体式园林，东部为住宅，西部为园子。

从“网师小筑”门进去，就来到了西部园子的厅堂——“小山丛桂轩”，轩名取自《楚辞·招隐士》“桂树丛生兮山之幽”和北周庾信《枯树赋》“小山则丛桂留人”句意，有迎接款留宾客之意。此轩为四面厅结构，周围环以檐廊，既可小坐其中，环顾四周景致，又能沿廊漫步，有移步换景之妙。轩侧桂树簇拥，奇石耸立，极为清幽。

透过小山丛桂轩的花窗北望，只见一壁黄石假山拱立，这就是园中山体主景“云岗”。它虽不高大，但造型高下参差、曲折多变，幽径通处，山石自开。循爬山廊“樵风径”西而北折，便是“濯缨阁”。登阁下望，有一泓池水名“彩霞池”，池面并不很大，只二十米见方，但天光、山色、廊屋、花木皆可倒映池中，与岸上的水廊轩阁融为一体，令人有满目清爽之感。

彩霞池四周亭轩廊阁的布置也是错落有致。池西的“月到风来亭”，取意宋人邵雍《清夜吟》诗句“月到天心处，风来水面时”，是秋日赏月听风之处；池北的“看松读画轩”前颇多古柏苍松，增添了北岸景观的层次；池东的“竹外一枝轩”，轩名取自苏轼“竹外一枝斜更好”（《和秦太虚梅花》）诗意，与“月到风来亭”隔水相望；池南叠黄石假山，与云岗相呼应。其间点缀的花木也以古、奇、雅、色、香、姿见称，并与亭轩、山池相映成趣。

文人造园以“虽由人作，宛自天开”为最高境界，通过对自然的模仿，叠山理水，莳花种树，营造一片近乎天然的人工景观。网师园虽小，却宛若天成，像这种城市山林般的小园，在中国园林史上并不少见。文人园林要在不大的空间中表现出大千世界的美景，就要用“芥子纳须弥”的手法，把自然引入城市。园中各种景观，无论是假山水池，还是亭台楼榭、花草树木，都要经过精心的推敲锤炼，才能收到景简意丰的艺术效果。

北宋画家郭熙在《林泉高致》中说过，“世之笃论，谓山水有可行者，有可望者，有可游者，有可居者”，“但可行、可望不如可居、可游之为得。何者？观今山川，地占数百里，可游可居之处，十无三四，而必取可居、可游之品。君子之所以渴慕林泉者，正谓此佳处故也”。[12]

他说，山水风景有可行、可望、可游、可居四个层次，但是可行、可望不如可游、可居，只有达到可游、可居，才称得上佳处。园林，作为人工的山水，文人除了要将娑婆世界摄入片石池水之中，以获得可行、可望的审美效果，还要考虑如何协调游与居的冲突，从而达到可游和可居的内在统一。

实际上，那些著名的文人园林，往往是在可居的空间被压缩的同时，可游的时间也被压缩了。在游者行走的过程中，景色在脚步的移动中悄然涌现，不断变换，此即移步换景。空间与时间经过适度微缩后，居者与游者合为一体，他或栖居，或游赏，既能偃仰啸歌，又涉过高山流水，足不出户就能完成规模宏大的出游。文人园林就这样抚平了游与居的矛盾，把两种截然不同的生活，内在地统一在园林之中。

苏州留园就是一个可居、可游的妙品。清道光年间，文人杨沂孙在留园“清风池馆”写下一副楹联：

墙外春山横黛色，门前流水带花香。

留园的面积约两公顷，大致分西、中、东三部分。西部以山景为主，是全园最高处，有野趣，以假山为奇，土石相间，堆砌自然；中、

12 郭熙、郭思：《林泉高致》，见俞剑华编著：《中国古代画论类编》上，人民美术出版社 2004 年版，第 632—633 页。

留园

东这两部分则兼顾栖居和游赏功能，虽然景致不同，但都最大限度地实现了居和游的结合。

中部是原来寒碧山庄的基址，以水景见长，中辟广池，西、北为假山峰峦，水景与山景参差错落，间植古木，老树浓荫，颇得山林野趣。为了便于游居，这里还修筑了一些亭台楼榭，有坐北朝南的涵碧山房，俗称“荷花厅”，隔水与假山相望，水中种荷花。厅南有幽雅的小院，中有牡丹台，种牡丹、绣球等花木，北侧设临水的月台，俯可见池水蜿蜒，仰可见山石林立。还有隐于假山峰峦间的闻木樨香轩，专为秋季赏桂吟咏而设，而位于假山之巅的可亭，则便于登高赏景。

其余像水池东岸的曲溪楼、西楼、清风池馆、远翠阁等，高低错落、虚实相间，再配以欹奇斜出的古树枝柯和嵯峨山石，与池中倒影上下辉映，更显精致。有了这些亭台楼榭，园中的起居生活才有了可能。园主可以在此读书静坐，也可以邀友人吟诗唱和，还可以阖家欢宴、观月赏景。

为了便于游赏和起居，从园门那里开始，沿着景区的周边修建了一条游廊，将这些亭台楼榭连在一起。长廊曲折蜿蜒，穿山渡水，既保证了游赏的完整，又使景区之间有了很自然的分隔。

东部以曲院回廊的建筑取胜，有佳晴喜雨快雪之厅、林泉耆硕之馆、还我读书处、冠云台、冠云楼等十数处轩斋小筑，院内池后立有三座石峰，居中者为名石冠云峰，两旁为瑞云、岫云两峰。

这些轩斋小筑各自成院，十分幽静，是园主优游的好场所。尤其是揖峰轩小斋两间，正对着石林小院奇峰，又植有青竹芭蕉，轩中置琴桌一、棋几二，壁上有郑板桥所书对联，还悬有画屏、大理石山水挂屏等，陈设古雅，琴棋书画一应俱全，颇得沈括梦溪园遗韵，文人气息十分浓厚。

文人园林虽小，但却别有韵味，游览时让人流连忘返，关键就在于园子融合了主人的文心和诗意。

主人无俗态，筑圃见文心。

这是明代文人陈继儒对其友人的园记《青莲山房》的评语。在文人看来，园林的好坏并不在于规模大小。文人园林一般均较小，容纳不了许多景，就须以文心和诗意于咫尺之地营造出一番山水真趣。唯其如此，才能使历史积淀的文化意蕴潜藏其中，建构出一个完整的美学世界。

在文人园林中漫步，沿着小桥、曲径与回廊走向庭院深处，再细细品味那些关于园林的诗，仿佛走进了文人深微幽隐的内心世界。那些“取欢仁智乐，寄畅山水阴”（王羲之《答许椽》）的林泉之乐，“隔窗赖有芭蕉叶，未负潇湘夜雨声”（贺铸《题芭蕉叶》）的清冷孤寂，“满眼云山画图开，清风明月还诗债”（马致远《四块玉·恬退》）的淡然出尘，“题取退思期补过，平泉草木漫同看”（任艾生《哭兄》）的退思自省，“筑室种树，灌园鬻蔬，是亦拙者之为政”（潘岳《闲居赋》）的旷达自嘲，哪一个不是倾注了文人的文心与诗意？

文人园林也因此被赋予了灵魂，它们并非山水、草木、花鸟的简单拼凑，而是富有生命力的存在。文人对心灵自由放逸的求索，在园林中找到了最恣肆的表达：或钦羡“守拙归园田”（陶渊明《归园田居》其一）的隐士，或向往“摇首出红尘”（朱敦儒《好事近·渔父词》）的渔父，或标榜“寄畅在所因”（王羲之《兰亭诗》其三）的志趣，或抒发“审容膝之易安”（陶渊明《归去来兮辞》）的自得，或沉醉“风月堪为伴”（高子芳《念奴娇》）的适意，等等。这“文心”中包含的意境，正是值得后人细细品赏的园林之魂。

逍遥于自然山水，历来是文人雅士“天人合一”的终极审美和悟道理想，徜徉于山林泉石之间，就能使世间的凡俗念虑逐渐停息，因而“芳林列于轩庭，清流激于堂宇”[13]的居所，也成了他们的普遍追求。及至园林造景，他们便开始撷取自然山水的形态和神韵，施之于园林的拳石勺水。文人于园林中掇山理水，就是他们山水之情的艺术呈现，园林山水的组合，勾画了“山映斜阳天接水”（范仲淹《苏幕遮·碧云天》）的绝美画面，一山一水皆风流。

文人园林自然也离不了鸢飞鱼跃、山花野鸟的生生不息。更何况园林花木中不少因与文人品行辉映，早已被赋予了内涵丰富的象征之意，成为文化符号和情感载体。如竹，象征清逸高节；松柏，象征坚贞长寿；荷莲，象征纯洁无瑕；兰，象征雅致高洁；梅，象征冷傲清高；菊，象征清雅淡泊。于是就有了“四君子”“岁寒三友”之称。

因“外适内和”的需要，文人园林内部建筑形式多种多样，有堂、厅、楼、阁、馆、轩、斋、榭、舫、亭、廊、桥等。文人园林之美正在于假山水池、亭台楼榭和花草树木的组合，真正做到曲径通幽，移步换景，

13 刘义庆撰，徐震堮校笺：《世说新语校笺》，中华书局1984年版，第360页。

渐入佳境。

文人园林是含蓄的、内敛的、平易的，又是互相关联、密不可分的整体。通过借景手法，将远近高低之景、四季之相、天籁之音、天光云影都纳入园林之中，自咫尺之地绵延到无限的大千世界，又从无限回到有限，成为文人园林的美学个性。

园林之美，自然少不了艺术化的生活，因而“长物”也成了文人园林的一部分。在琴棋书画诗酒花间陶冶情志，应该也不负孔子“游于艺”的教诲。文震亨的《长物志》便记录了各类园林陈设，大约有室庐、花木、水石、禽鱼、书画、几榻、器具、位置、衣饰、舟车、蔬果、香茗等十二类。

这些琐杂细碎之物，既不能果腹，也不能御寒，对于别人是日用之外的闲事杂物，对于文人却是难得的珍宝，谓之“长物”。文人园林也不乏文人雅集活动，他们在园中吟诗品画、作草戏墨、品茗煎茶、抚琴吟曲、鉴陶赏瓷，园林也因此添了更多高雅的陈设。

黑格尔说过，艺术品之所以优于自然界的实在事物，是靠艺术家的心灵所灌注给它的生气。中国的文人园林，不就是这种倾注了文人生气、情感、灵魂和风骨的艺术品吗？

十分风景属僧家

寺观园林

寺观园林是佛寺、道观的附属部分，面向的是广大的香客、游人，不论贵贱贫富、男女老少、雅逸粗俗，一概欢迎。庶民百姓到寺观中去进香，兼带游赏园林。大多信众出于虔诚的宗教信仰，往往愿意倾囊施舍，促进了寺庙园林在名山大川中的开发，吸引着大批香客、游人前去饱赏其丰姿秀色。因此，寺庙园林除了传播宗教以外，还带有公共游览性质。

在选址上，皇家苑囿多限于京都城郊，文人园林多邻于宅第近旁，而寺观则可以散布在广阔的区域，有条件挑选自然环境优越的名山胜地。于是，“天下名山僧占多”（《增广贤文》）成为中国佛教史上的独特现象，宋代诗人赵抃的诗中也说：

可惜湖山天下好，十分风景属僧家。

《次韵范师道龙图三首》其一

特殊的地理景观是多数寺庙园林所具有的突出优势，不同特色的风景地貌，给寺庙园林提供了不同特征的构景素材和环境意蕴。寺庙园林的营造十分注重因地制宜、扬长避短，善于凭借寺庙所处的地貌环境，利用山岩、洞穴、溪涧、丛林、古树等自然景观要素，将楼台亭榭点缀在佛塔经幢、摩崖造像、碑石题刻间，创造出富于天然情趣、带有宗教意味的园林景观。

唐代有个“千首诗轻万户侯”（杜牧《登池州九峰楼寄张祜》）的诗人张祜，他性爱山水，多游名寺。有一次他登金山，诗兴大发，脱口吟出诗句“树色中流见，钟声两岸闻”（《题润州金山寺》），由此一鸣惊人。这座闻名遐迩的金山，其实是江苏镇江西北长江流域中的一个小岛，也称浮玉山。

全岛被金山寺独占，寺园傍山而建，依高差分梯台，按地势划分成佛殿、禅堂、塔楼、洞窟等区域，曲径磴道，盘绕而上，将它们串在一起。从江上望去，亭台楼阁层层相接，殿宇厅堂幢幢相衔，古树名木前后掩映，好像直接从水中升起。宋代王安石写诗赞美它独特的美：

数重楼枕层层石，四壁窗开面面风。

忽见鸟飞平地起，始惊身在半空中。

《游金山寺》

寺园不远，有著名的天下第一泉——中泠泉，四周古松浓荫，曲径通幽，深得山水林泉之美。苏轼与金山寺颇有渊源，曾十一次游金山，与寺僧畅怀高吟，留下许多诗作，其中一首有四句写金山寺景色：

迢迢绿树江天晓，霭霭红霞海日晴。
遥望四边云接水，碧峰千点数鸥轻。

《题金山寺》

清乾隆皇帝也十分欣赏金山寺，并在承德避暑山庄内模仿这座山寺建造了小金山一景。但真正的金山既不是皇家苑囿，也不是某个文人士大夫私有的文人园林，而应归于中国古典园林中的寺观园林。

佛教传入我国后，逐渐成为国人宗教信仰的一个重要部分，从南北朝时期开始，佛寺如雨后春笋遍布全国。唐代诗人杜牧深感南朝佛寺的繁荣和美丽，留下千古传诵的名句：

南朝四百八十寺，多少楼台烟雨中。

《江南春》

唐时，高僧玄奘由印度取经回国途中，两次意外散失部分经本，所以对带回长安的经卷倍加珍惜。为保护带回的梵本佛经，于唐永徽三年（652）上书朝廷，建议在大慈恩寺的西院，仿照西域建筑风格建造大慈恩寺塔（即大雁塔）。为藏经本而建塔，即是修建大雁塔的缘由。大慈恩寺建筑规模宏大，占据唐长安一百零八坊之一的晋昌坊半坊之地，面积近四百亩，有十多个院落，各式房舍一千八百九十七间，是唐长安城最宏伟壮丽的皇家寺园。

佛教讲空静，追求一种超脱凡俗的境界，因而寻求远离尘俗的清幽环境至关重要。尤其是禅宗的顿悟，往往是在与自然山水亲密无间的关系中获得的，所以佛寺大多在山明水秀之地，背山面水，踞峰而设，辅以古木花草。人们在欣赏山水的同时，自觉不自觉地就接受了佛教的洗礼。

福建晋江南天禅寺又称石佛岩，构筑于岱峰山南麓的坡地上。此山虽不高，但巨石垒块，气势磅礴，背后以麒麟、妙峰两山为屏，左右有江水如带环绕。在岩壁石崖上，雕刻着弥陀、观音等造像。登上山巅，可远眺海上烟波浩渺、水天一色之景。近览山景，万木争荣，群芳荟萃，绿树浓荫中露出殿角楼影，与山水风景巧妙结成一体。

寺园沿溪流在山谷中构筑也颇为常见，杭州名刹灵隐寺就是一座面峰临涧而建的寺园。此峰名“飞来”，相传东晋时有印度僧人慧理云游到此，见此峰叹道：“此乃中天竺国灵鹫山之小岭，不知何以飞来？佛在世日，多为仙灵所隐，今此亦复尔邪？”[14] 于是建寺名“灵隐”。

人们游灵隐寺，要沿山涧缓步而上，涧水

14 潜说友：《咸淳临安志》，见《景印文渊阁四库全书》史部地理类，第 490 册，上海古籍出版社 1989 年版，第 270 页。

由冷泉流出，淙淙作响，极其清冽。水中巨石散落，偃卧自然，甚有顾盼之意。对岸是飞来峰百尺绝壁，有洞口通向龙泓、玉乳等洞穴。整座峰岭古木参天，清幽静谧。随溪涧的高下曲折，建有春淙、壑雷、冷泉等亭榭小筑，俨然一派山地林园风貌。宋代诗人洪炎有感于灵隐寺的山水林泉风光，写诗赞叹：

四山矗矗野田田，近是人烟远是村。
鸟外疏钟灵隐寺，花边流水武陵源。

《四月二十三日晚同太冲、表之、公实野步》

其他像嵩山少林寺、焦山定慧寺、大慈山虎跑寺等，也是地处山坳或山麓的寺庙园林，其特点一如灵隐寺，山深林静，环境幽雅，溪泉相伴，颇有宋徽宗赵佶所说“深山藏古寺”的意境。

繁华都市中的寺庙，造园条件较差，但僧人们还是想方设法在寺内的空地上点石凿池，莳花种树，造些园林小景，有时还在近郊荒芜之地修筑附属于寺庙的独立小花园。苏州阊门外有一处著名的佛刹园林——西园，其实它是戒幢律寺和西花园放生池的总称，但寺因园出名，人们就以园称寺了。

西花园位于五百罗汉堂后面，环境幽雅，宽广明净。全园以放生池为中心，环池亭台馆榭，曲径回廊，掩映于山石花木之间。湖心亭六角翼然，势欲翚飞而立于水中央，以曲桥贯通两岸，构筑巧妙。

但此园的山林气象，并不在于让观者达到忘我的超俗境界，而在于放生积德的佛教功德。放生池为一蝌蚪状大池，头南尾北，折向东南，面积相当大。

池内鱼鳖极多，多为佛教信徒所放生，其中五色鲤鱼、百年神鼋尤为罕见。碧波映空，清荫铺地，一片野趣幽意，都是佛家慈心。有诗曰：

九曲红桥花影浮，西园池水碧如油。
劝郎且莫投香饵，好看神鼋自在游。

佚名《西园看神鼋》

此诗足以点明西园的景观特点。当然，就园景而言，这座佛寺花园与一般文人园林无多大差别，也有水池、假山、回廊和曲桥等景观，其间小桃无语，修竹关情，芭蕉叶卷出一襟凉思，西园还是颇有一些文人园林的意境的。

的确，城市寺园与文人园林之间并没有明确的界限，历史上它们就常因所属关系的改变，时而为寺园，时而为私园。像西园最初建于元代的归元寺的旧址，明代嘉靖年间，文人徐泰时买下此地改建宅园，徐家还有个东园（今留园），于是称此园为西园，其名沿用至今。徐泰时过世后，他的儿子弃园为寺，园子就成了戒幢律寺的花园。

在留存至今的城市寺园中，类似情况还有不少。如苏州狮子林，它原是元代高僧天如禅师为纪念其师中峰禅师所建菩提正宗寺的花园，后因园内“竹下多怪石，状如狻猊（意即狮子）者”，又因中峰禅师曾倡道天目山狮子岩，为纪念佛徒衣钵、师承关系，取佛经“狮子座”之意，易名为“狮子林”。

狮子林中满布奇峰怪石，大大小小，各具姿态，多数像狮子形，千奇百怪，莫可名状。天如禅师惟则出入狮子林，饶有兴致地赋诗一首：

狮子林

鸟啼花落屋西东，柏子烟青芋火红。
人道我居城市里，我疑身在万山中。

《狮子林即景十四首》其十三

当年，天如禅师请画家倪瓒、朱德润、赵善长、徐幼文等十余人共同设计此园，打造出这座最具文人园林意趣的寺园。倪瓒还画有《狮子林图卷》，并赋《游狮子林兰若诗》，使狮子林成为佛家讲经说法和文人赋诗作画的胜境，数百年间，名噪江南。清乾隆初年，狮子林为私人占有，与寺殿隔绝，名涉园，又称五松园。1917 年为上海商人贝润生购得，又归为寺园，仍名狮子林。其中的沧桑变迁，可谓大矣。

道教是我国土生土长的宗教，它正式出现是在东汉后期，但先秦时期即已萌芽。道教经典将春秋时的老子奉为教主，接受了道家清静无为、清虚自守的思想，因而道士们修持总是要寻求幽静的山水环境，他们的道观也和佛教的寺庙一样，大多建在山水林泉间。到东晋时，凡名山大川几乎都有道士的足迹，他们将风景秀丽的山川封为“洞天福地”。

城市中的道观，如北京白云观、成都青羊宫、苏州玄妙观等，也每每建有较规整的园林。此外，江南城市中的城隍庙，也多数拥有自己的花园，如上海豫园的内园、嘉定秋霞圃等，都曾经作为当地城隍庙的“灵苑”，其景色与文人园林并无大的差异。

白云观位于北京，初建于唐开元二十六年（738），原名天长观，金朝时，重修此观，后又改名为太极宫。元初，全真派道长丘处机奉诏驻太极宫掌管全国道教，遂更名长春宫。元太祖二十二年（1227），丘处机仙逝，其弟子在长春宫东建立道院，取名白云观。元代末年，长春宫等建筑毁于兵燹，白云观独存。

明洪武二十七年（1394）重建白云观前后二殿和一些附属建筑，正统年间又大规模重建和添建，使道观的规制趋于完善。明嘉靖年间诗人赵贞吉作有一诗，开头四句点出了白云观特有的幽寂之景和方外之趣：

一丘堪枕白云边，古塔高悬紫柏前。
到此心澄思出世，何年丹熟学登仙？

《白云观》

白云观北端为云集园，又名“小蓬莱”，为白云观附属园林，建于清光绪十三年（1887）。云集山房位于云集园最北端，坐北朝南，高大宽敞，是全真道律师讲经说法之所，兼具会客功能，为云集园的主体建筑。云集园东西两端林木茂盛，植有银杏数株，耸干舒柯，绿叶青翠，使这座道观园林更添清幽之感。

秋霞圃位于上海嘉定城内，创建于明正德、嘉靖年间，为工部尚书龚弘的宅园。园名取自唐王勃《滕王阁序》“落霞与孤鹜齐飞，秋水共长天一色”。清雍正四年（1726），嘉定的士绅富商购下秋霞圃，改建为城隍庙后园。此园以狭长水池为中心，池西北以建筑物为主，有山光潭影四面厅。厅西叠黄石假山，山上枕即山亭，登亭可俯瞰全园，远眺城乡。

山下有归云洞，山北麓有延绿轩。池南为湖石大假山，泉流仿佛出自山中。山上植落叶乔木，身入林中，顿觉园景幽邃，不知尽端。北岸临水有朴水亭，西部尽端面水为丛桂轩，池东有屏山堂，与丛桂轩互为对景。池南小筑多隐于山石花丛间，池北则较为显露，参差错落，文心可鉴。当时文人雅士多有题咏，尤以清人邓钟麟的诗句最能传其神韵：

莺语堤边照隔林，寒香室外花盈坞。

《秋霞圃》

古人十分尊重历史上的名人和英雄，因而在一些历史名城和风景名胜地，每每设有纪念他们的祠庙。如杭州岳王庙、成都武侯祠、长安杜公祠、绍兴右军祠、当涂青莲祠等，均是纪念性的祠庙园林。在古代，这些具有宗法意味的花园建筑，统统由道士代为管理，因此也可看作道观园林的一个特殊类型，其景色往往具有较浓厚的历史文化气息。

太原西南悬瓮山下的晋祠，是一处集山、泉、洞、水于一体的综合性祠庙园，它原为纪念周武王次子叔虞而建，这里青山为屏，秀水环绕，置身其中可仰望悬瓮山，俯观晋泉水，周柏、唐槐等珍稀古树，烘托出晋祠庄严隆重的气氛，其他苍松、翠柏、银杏，树龄亦多在几百年以上。这些古树掩映点缀在殿堂楼台之间，使祠内四季常青，生机勃勃。元人魏初作有一词，开头四句写道：

何处龙山事不偏。晋王祠下水浮天。

参空铁树三千丈，刻石名臣五百年。

《鹧鸪天·九日晋溪》

圣母殿为晋祠主要建筑物，它前临鱼沼，后拥危峰，雄伟壮观，是保存最为完好的宋代建筑。圣母殿两侧有难老、善利两道泉水，是晋水的主要源头，水量丰富，有“晋阳第一泉”之称。泉水从圣母殿前流过，进入方池鱼沼之中。鱼沼上建有十字形桥，组成“鱼沼飞梁”的效果，成为该祠的著名景观。

再往下，由泉聚水而成的溪流，称智伯渠，蜿蜒流淌于园内，循溪而行，可见钓天乐台、关帝庙、东岳祠等景点。在圣母殿左侧，有棵据说是周朝时期栽种的古柏树，遮天蔽日，尽显古朴之态。整座园林，除圣母殿和关帝庙等几组建筑有自己的轴线外，其他山水台榭均按地形的自然形态布置，突现了道教顺其自然的造园情趣。

尽管寺观园林分属于佛、道等不同宗教，有的布局规整，有的自由活泼，有的在城中，有的处山野，但它们都是为人们瞻仰或游赏之余的休憩而建，香客、游人在特定时间里能自由进出。有些寺观园林还设有客房，以供读书人或远行者借住，像《西厢记》中的张生就是借住在山西普救寺中的书生。古代不少文人所作的山水诗或游记，多与寺观有关，或是留宿于寺观，或是与僧人、道士唱和等。

寺观园林的范围可小可大，小者往往处于深山一隅的咫尺小园，取其自然环境的幽静深邃，以利于发挥念经静修的宗教功能；大者构成萦绕寺院内外的大片园林，可以结合周围自然山水，形成闻名遐迩的风景名胜。在众多的寺观园林中，后者所占的比例较大，故而总体上寺观园林比文人园林要大得多，如泰山、武当山、普陀山、五台山、九华山等宗教圣地，占地广袤，视野开阔，往往能容纳大量的香客和游人。

相对来说，皇家苑囿常因改朝换代而废毁，文人园林难免受家业衰落而败损，而寺观园林因有僧人道士维护管理，具有较稳定的连续性。园中保留了许多古树名木，其形姿古拙苍老，盘根错节，荫翳蔽日，成为后世著名的风景名胜。一些著名寺观的大型园林往往历史悠久，积累了历代的题刻、歌咏、品评。自然景观与人文景观相交织，使寺观园林具有丰富的历史、文化和审美的价值。

青山隐隐水迢迢

风景园林

风景园林是位于城邑近郊，以原有的天然山水林泉及自然风物为基本骨架，经过开发治理和艺术加工而形成的园林风景区，它不属于皇家或者私人，而是城邑居民共有的、人皆可游的公共游览区，在使用性质上接近于今日的市郊公园。

邑郊风景园林的出现也较早。兰亭是东晋时期一处邑郊风景园林，位于浙江绍兴城西南十三公里的兰渚山下。据王羲之的《兰亭集序》记，“此地有崇山峻岭，茂林修竹，又有清流激湍，映带左右”，是山阴道上的风景绝佳之处。相传，越王勾践在这里种过兰花，汉代又在此设置驿亭，因得此名。

兰亭由于东晋文人王羲之邀约的一次文人雅集而闻名海内。晋永和九年（353）农历三月初三，天朗气清，惠风和畅，时任会稽内史的王羲之与东晋名流谢安、孙绰、谢万、孙统、许询、支遁及子侄王凝之、王涣之、王徽之、王献之等四十二人会聚兰亭，他们列坐于兰渚上环曲的小溪两侧，将酒觞置于清流之上，任其逐流漂浮。一旦酒觞停顿在谁的面前，谁就得即兴赋诗一首。若赋诗不成，则罚酒三觞，以为娱乐。

在这次雅集中，有二十六人作诗共三十七首。事后，王羲之将这些诗汇成《兰亭集》，并以行书作序一篇，记下了宴集的盛况和与会诸人的观感。序文共三百二十四字，字字玲珑，遒媚飘逸，气韵完美，这就是著名的《兰亭集序》。当时王羲之已醉，下笔如有神助，醒后他自己也觉诧异，又日书数十本，比原稿终莫能及。

唐初，王羲之书《兰亭集序》为太宗所得，尊为“天下第一行书”，命虞世南、欧阳询、褚遂良等钩摹数本，以冯承素为首的弘文馆拓书人也奉命将原迹摹成了副本。唐太宗把摹本分赐亲贵近臣，真迹则被他作为殉葬品，随葬昭陵。现在流传的冯承素摹本，存故宫博物院。宋代文人李兼有感于兰亭风流，曾赋诗一首《兰亭题咏》，其中有两句：

书法光芒晋永和，后来摹写不胜多。

至于兰亭，在历史上几经迁址。晋时在会稽郡山阴县东北隅的石壁山下，宋时又移至西南方石壁天章寺前。明嘉靖二十七年（1548）郡守沈启从天章寺迁建，后经清嘉庆年间重建，始具今日规模。1980年全面修复后，兰亭依山傍水，竹木掩映，风姿更胜当年。

流觞亭是兰亭的主要建筑之一，系清代为纪念王羲之诸人的曲水流觞活动所建，亭的周围长窗雕镂，外侧回廊环绕、古香古色。亭内墙上挂着一幅明万历年间石拓手卷《流觞曲水图》，生动再现了当年修禊雅集的情景。画中人物姿态各异，有的举杯豪饮，有的低头沉吟，有的袒胸露臂，醉态毕露，无不描绘得惟妙惟肖。

《流觞曲水图》
据明末清初无名氏扇面画作原件复制

兰亭的总体布局错落有致，以流觞亭为中心，南浚鹅池，北筑御碑，西竖兰亭碑，东建右军祠，展现了中国传统的造园艺术。步入景区，穿过一条修篁夹道的石砌小径，迎面就是鹅池碑亭，碑上“鹅池”两个赫然大字，字体雄浑，笔力遒劲。

自然的美一旦被发现，又反过来造就了审美的人。那里的水波光潋滟，温柔多情；那里的山伟岸挺拔，四时苍郁。或杏花春雨，草长莺飞；或淡烟疏柳，夕照孤峰。东晋文人对于自然的美更为敏感，感受也更为细腻。孙统的《兰亭诗》将目之所及的景物淡淡写来，虽浅白如话，却是将兰亭美景直接呈现于世人面前。诗云：

地主观山水，仰寻幽人踪。
回沼激中逵，疏竹间修桐。
因流转轻觞，泠风飘落松。
时禽吟长涧，万籁吹连峰。

谢万的《兰亭诗》则用清新娟秀的笔触，描绘出兰亭一带明媚秀丽的山水景色。清人王夫之称谢万这首诗为“兰亭之首唱”。诗云：

肆眺崇阿，寓目高林。
青萝翳岫，修竹冠岑。
谷流清响，条鼓鸣音。

玄崿吐润，霏雾成阴。

东晋文人就在自然山水中畅叙幽情，领悟玄理，留下了一首首兰亭诗。这些诗或是粗笔勾勒，或是细细描摹；或是登高望远，或是临水观花。诗人将疏竹、修桐、落松、冷风、长涧、连峰、崇阿、高林、青萝、修竹等一一写来，如同画卷般徐徐展开。这些诗描写的自然风物，俨然成了兰亭山水的长卷。

从历史上看，邑郊风景园林的发展要比其他园林缓慢，直到宋代，随着经济的发展，城市商业、手工业的繁荣，市民大众游赏风景的要求不断高涨，邑郊风景园林才逐渐兴盛起来，成为一种公共游览性质的园林。

风景园林的开发改造，常常与各城邑的山水治理相结合。水是城市的命脉，又是农业的根本，古代不少地方官员往往借农田水利之便，综合开发治理邑郊风景园林，杭州西湖便是一例。

杭州西湖之美，令历代文人墨客抒写不尽。那烟雨荷香的风景，抑扬绵延的歌舞，沉醉迷恋的游人，点出了古代邑郊风景园林的独特风貌。

水光潋滟晴方好，山色空蒙雨亦奇。
欲把西湖比西子，淡妆浓抹总相宜。

苏轼《饮湖上初晴后雨》

毕竟西湖六月中，风光不与四时同。

接天莲叶无穷碧，映日荷花别样红。

杨万里《晓出净慈寺送林子方》

山外青山楼外楼，西湖歌舞几时休?

暖风熏得游人醉，直把杭州作汴州。

林升《题临安邸》

西湖原是杭州湾边上的一个潟湖，这种浅滩湖极易淤积。它之所以能誉满中外，两千年来一直闪耀着迷人的光彩，与历史上不断的治理是分不开的。其中，有三个人物起到了关键的作用。

唐长庆二年(822)，因朝内朋党斗争激烈，年过半百的白居易自请“外放”，来到美丽的杭州任刺史。他看到西湖山水时，精神为之一振。白居易在杭州的政绩数不胜数，其中最突出的是疏通六井和筑西湖白堤。对此，白居易有诗句云：

最爱湖东行不足，绿杨阴里白沙堤。

《钱塘湖春行》

北宋元祐五年(1090)，苏轼在杭期间，亲自上书宋哲宗，为西湖请命，写下历史性的文件《杭州乞度牒开西湖状》，那句著名的断言“杭州之有西湖，如人之有眉目，盖不可废也”[15]，便出于此。这之后，苏轼发动全城募捐，动用了二十万民工，用淤泥葑草筑就了著名的苏堤。历代以“苏堤春晓”为题的诗歌不少，直至清代，酷爱作诗的乾隆帝也曾赋诗一首：

通守钱塘记大苏，取之无尽适逢吾。
长堤万古传名姓，肯让夷光擅此湖？
《苏堤春晓》

明正德三年（1508），杭州郡守杨孟瑛动用民夫八千，历时五个月，恢复了西湖旧观。所挖的葑泥，一部分用于苏堤，将其填高了二丈，拓宽了五丈三尺，两岸遍植杨柳，使苏堤重现“六桥烟柳”的景致。另一部分另筑一堤，与苏堤并驾齐驱，从栖霞岭起，绕丁家山直至南山。杭州人为感激郡守杨孟瑛，遂称此堤为“杨公堤”。

江南著名的风景园林还有瘦西湖。瘦西湖原名“保障河”，本来只是扬州城外一条较宽的湖道，隋唐时沿湖岸陆续建园。及至清代，由于乾隆南巡，盐商在湖道两旁大造园林，形成了一条长长的水上园林带，大到楼台亭阁、曲室回廊，小至一花一木、一竹一石，无不别出心裁。瘦西湖二十四景之一的“西园曲水”中有一联，刻画了乘舟游览瘦西湖所看到的景致：

两堤花柳全依水，一路楼台直到山。

15 苏轼：《杭州乞度牒开西湖状》，见《苏轼文集》，孔凡礼点校，中华书局 1986 年版，第 864 页。

较之杭州西湖的雍容华贵，扬州瘦西湖另有一番清瘦神韵。历代文人雅士在扬州留下了很多诗篇，描写瘦西湖的清风皓骨。清代钱塘人汪沆来到扬州，觉得繁华景象不比他的家乡杭州逊色，于是咏诗一首：

垂杨不断接残芜，雁齿虹桥俨画图。
也是销金一锅子，故应唤作瘦西湖。

《瘦西湖》

清代文人沈复在其小说《浮生六记》中对瘦西湖毫不吝啬笔墨，他说瘦西湖行途之风景，“虽全是人工，而奇思幻想，点缀天然，即阆苑瑶池，琼楼玉宇，谅不过此。其妙处在十余家之园亭合而为一，联络至山，气势俱贯”，“而观其或亭或台、或墙或石、或竹或树，半隐半露间，使游人不觉其触目，此非胸有丘壑者断难下手”。[16] 这些文字点出了瘦西湖景观的精髓所在，值得人们品味。

瘦西湖共有二十四景，扬州的风景名胜，几乎都荟萃于瘦西湖的怀抱，十里湖光，园林相接，连绵不断。窈窕曲折的湖道，两岸几无一寸隙地，巧夺天工的湖上胜境比比皆是。如霓虹卧波的二十四桥，如莲花一般的五亭桥，那一夜堆成的白塔，都静静地绵延着瘦西湖的妩媚。

当时的“二十四桥”为单孔拱桥，汉白玉栏杆，如玉带飘逸，似霓虹卧波。唐代诗人杜牧官宦异地，时时思念扬州，于是写下

16 沈复：《浮生六记》，彭令整理，人民文学出版社 2010 年版，第 58 页。

了传唱千古的诗篇：

青山隐隐水迢迢，秋尽江南草未凋。
二十四桥明月夜，玉人何处教吹箫？

《寄扬州韩绰判官》

诗因桥而咏出，桥因诗而闻名。诗人扬眉二十六岁时也曾来此游历，长坐于二十四桥头，反复吟咏"二十四桥明月夜，玉人何处教吹箫"诗句，后留有一诗，高度概括了瘦西湖的景致：

十里长堤曲水酣，松柏竞翠掩徐园，
荷蒲熏风花间醉，四桥烟雨睡梦甜。
金山观月殊峰翠，吹台钓鱼白塔宽，

五亭桥边莲性寺，杨柳依依晴云间。

《瘦西湖》

瘦西湖的五亭桥上建有极富江南特色的五座风亭，挺拔秀丽的风亭就像五朵冉冉出水的莲花。五亭桥一共有十五个桥洞，月圆之夜，月光洒满桥洞。《扬州画舫录》中有这样的记载：“月满时每洞各衔一月，金色滉漾。”[17] 微雨空蒙中，站在五亭桥上向东看，远处的湖光水色仿佛一幅江南山水画。

据史料记载，当年乾隆六下江南时，坐船游览扬州瘦西湖，从水上看到五亭桥一带的景色，不禁遗憾地说，只可惜少了一座白塔，不然这里看起来就像极了北海的琼岛春阴。财大气粗的扬州盐商江春听后，当即花十万两银子从太监那里买来了北海白塔的图样，连夜用白色的盐堆成了一座白塔。这就是流传至今的“一夜造塔”的故事。

瘦西湖的景观经多年修建，变得格外妩媚多姿。尤其烟花三月下扬州，漫步于瘦西湖畔，只见几步一柳，好似绿雾般柔媚动人，加之山茶、石榴、杜鹃、碧桃等花树陪伴，更觉舒卷飘逸，窈窕多姿，万般的诗情画意尽现其中。

综观各地的邑郊风景园林，无一不是开发较早，历史悠长，积淀了浓郁的历史文化因素。它们最大的特色是有历代文人题咏，留下了许多脍炙人口的咏景诗篇。比如江淮一带的邑郊风景园林，凡是名气较大的，皆有历史人物题诗：

17 李斗：《扬州画舫录》（插图本），王军评注，中华书局2007年版，第210页。

江涵秋影雁初飞，与客携壶上翠微。

杜牧《九日齐山登高》

西湖虽小亦西子，萦流作态清而丰。

苏轼《再次韵赵德麟新开西湖》

好山好水看不足，马蹄催趁月明归。

岳飞《池州翠微亭》

因为诗人的题咏，这些风景园林都成为后人慕名一游的胜地。在风景园林的发展中，它的山水亭台逐渐与传统文化融合在一起，成为历史文化内涵丰富的园林景观。

明清时期，邑郊风景园林达到全盛，其地位也越来越重要，成为市民百姓生活中不可缺少的部分。当时不少文人对此有记载，明人袁宏道在《虎丘》中描写苏州虎丘："虎丘去城可七八里，其山无高岩邃壑，独以近城故，箫鼓楼船，无日无之。凡月之夜，花之晨，雪之夕，游人往来，纷错如织。"

而中秋节时，虎丘尤其繁盛。每到这一天，"倾城阖户，连臂而至，衣冠士女，下迨蔀屋，莫不靓妆丽服，重茵累席，置酒交衢间。从千人石上至山门，栉比如鳞，檀板丘积，樽罍云泻，远而望之，如雁落平沙，霞铺江上，雷辊电霍，无得而状"。[18]

18 袁宏道：《虎丘》，见钱伯城笺校：《袁宏道集笺校》，上海古籍出版社 2008 年版，第 157 页。

〔宋〕苏汉臣《货郎图》

杭州人游西湖也一样。有一年初春，梅花与杏桃相次开放，景观甚为奇特，袁宏道“时为桃花所恋，竟不忍去”。见到市民盛装而来，“湖上由断桥至苏公堤一带，绿烟红雾，弥漫二十余里。歌吹为风，粉汗为雨，罗纨之盛，多于堤畔之草，艳冶极矣”。[19]

不少恣情山水的士大夫官员也喜欢和百姓一起游赏，称之为“群乐”。如欧阳修的滁州山水之游，就见到负者在路上唱歌，行人在树下休息，前者呼后者应，老人伛偻行走，小孩由大人提携。这来来往往，络绎不绝的，正是滁州的人们在游玩。他们与官员同游，可以说热闹至极。

因为游人众多，城中各行各业也纷纷到风景之地占地开店，酒肆、茶楼、旅舍、店铺等鳞次栉比，还有民间艺人前来卖艺杂要，热闹非凡。可见，游赏邑郊风景园林已成为城市社会生活的重要一环。

19 袁宏道：《西湖二》，见钱伯城笺校：《袁宏道集笺校》，上海古籍出版社2008年版，第423页。

人物篇

在中国园林史中，帝王贵胄、文人士子，乃至市井细民，皆属意园林，在园林中寻求精神寄托。在全民造园的时代风潮下，自然便有造园名家应运而生。明代造园宗师计成说过，造园倚重三分匠，七分主人，主人者，能主之人也，即指明建造园林的主体是造园名家。这些造园名家总结前代理论，汇集实践经验，造园方面的著作甚夥，下面择取有代表性的人物及其著作，介绍其园林美学思想。

园林潇洒可终身

白居易的园林隐逸生活

白居易酷爱园林，居必营园，是一位情味高远的园林艺术家。他每到一处，看见有土的地方，就想堆叠假山；看见有水的地方，就想开凿小池。就像他的名字，“居易”，意即找一个简单的地方住下来。他一生建造过四个园林——渭上南园、庐山草堂、忠州东坡园和洛阳履道坊故里园，都是较为简单的文人园林。这种“居易”园林观是唐代文人园林发展的一个前提。

园林是隐逸文化的基本载体，唐代文人园林发展的另一个前提是隐逸思想盛行，白居易就是这种思想的代表。古代士大夫的隐逸思想，来自其儒道互补的文化心理结构。白居易本为当时政坛的汲汲进取者，虽二十七岁方从乡试，然而“十年之间，三登科第，名入众耳，迹升清贯，出交贤俊，入侍冕旒”[1]，可谓春风得意，踌躇满志。当时他对政治怀有大抱负，想在官场干出一番大事业来。

德宗、宪宗时，已渐衰败的唐王朝出现“中兴”迹象，这极大地激发了白居易的政治热情，他曾在京城一口气写下七十五篇《策林》。他初做周至县尉，不久入翰林，拜左拾遗，近侍皇帝。左拾遗，顾名思义，就是捡起皇上决策的遗漏。他从小小的周至县尉，“一朝选在君王侧”，这使他有机会在政治上一展宏图。

然而，中唐即意味着盛唐不再，盛世气象一经打破，颓势不可阻挡，皇权削弱，权臣必然互斗，党争必然激烈。处于微妙的转折点上，身在官场的白居易有极强的政治敏锐性，他深知帝国的危机，欲挽狂澜于既倒，于是不断上奏章，直言进谏，指摘朝政积弊。后来他又大量创作新题乐府，主张“文章合为时而著，歌诗合为事而作”，用诗歌去裨补时政。

白居易本着“言者无罪闻者诫，下流上通上下泰”的原则，希望通过他的诗作，把他强烈的政治危机感，传达给养尊处优的最高统治层，对朝廷政治起到警示作用：

君耳唯闻堂上言，君眼不见门前事。

贪吏害民无所忌，奸臣蔽君无所畏。

白居易《采诗官》

1 白居易：《与元九书》，见《白居易集》，顾学颉校点，中华书局 1979 年版，第 963 页。

奈何仍看西凉伎，取笑资欢无所愧。

纵无智力未能收，忍取西凉弄为戏。

白居易《西凉伎》

白居易的五十首新乐府均缘事而发，试图唤醒统治集团的觉悟，使他们痛感积弊，进而改革政治，改良社会。这是他的一贯立场，当年他写《策林》，也是言辞激切，机锋所向直指德宗皇帝。

白居易后来又写了十首《秦中吟》，与新乐府同列“讽喻诗”，朝野反响巨大。《与元九书》称：“闻《秦中吟》，则权豪贵近者相目而变色矣。”白居易因此也得罪了宪宗皇帝和权臣。宪宗不太喜欢这个过于耿直的言官，不再让他干左拾遗，调任京兆户曹参军，掌管京兆府的户籍、租税，这让踌躇满志、一心想要有所作为的白居易备受打击。

就在这一年，白居易的母亲坠井而亡，中书舍人王涯上疏白居易言行之过，说他渭村丁忧期间作《赏花》及《新井》诗，有伤名教。白居易丁忧结束回到朝廷，宪宗给他任命了一个闲职，叫“太子左善赞大夫”，官居六品，活动范围仅限于东宫，不得臧否朝政，每日跟随太子，宴乐游冶，吟诗作赋。

元和十年（815）六月，两河的藩镇联合叛唐，派人刺杀了当时力主讨伐藩镇的宰相武元衡。当时白居易官非谏职，却“越职言事”，上疏请求限期严缉凶手和幕后指使。白居易的锋芒和真性情又一次授人以柄，当朝宰相韦贯之等不免嫌恶，向皇帝进言。八月，宪宗降罪于白居易，将他贬为江州司马。

江州治所浔阳，即今江西九江。秋天来了，浔阳山清水秀，落叶纷纷而下，秋声不绝于耳。陷入苦闷的白居易，该如何排遣内心无尽的失意？被贬江州是白居易人生的一大转折，居江州四年，他的“吏隐”思想开始形成。吏隐，即一面担任基层官员，不放弃济世理想；一面又向往隐逸生活，消解仕途的烦扰。

白居易一直非常崇拜陶渊明。在渭村丁忧时，他曾写效陶潜体诗十六首，其中有几句让人印象深刻：

日出犹未起，日入已复眠。
西风满村巷，清凉八月天。
但有鸡犬声，不闻车马喧。
时倾一樽酒，坐望东南山。

《效陶潜体诗十六首》其九

这几句已经颇有陶渊明“结庐在人境，而无车马喧”“采菊东篱下，悠然见南山”的意味了。居江州期间，他建有草堂，隐匿于山水之间，日日与诗酒、琴瑟为伴，一个人的时候弹琴，几个人的时候吟诗。在私家园林之中，白居易终于找到了属于自己的那一份闲适与安逸。

白居易在江州写下大量的闲适诗。杜甫曾在成都盖草堂，早春时节，草堂门前浣花溪边，“两个黄鹂鸣翠柳，一行白鹭上青天。窗含西岭千秋雪，门泊东吴万里船”（《绝句》）。白居易与杜甫都是情味高远的诗人，白居易有诗曰：

乱点碎红山杏发，平铺新绿水苹生。
翅低白雁飞仍重，舌涩黄鹂语未成。

《南湖春早》

这首诗写江南雨后早春，与杜甫草堂诗作何其相似。

比较起来，白居易在江州的草堂比杜甫草堂好多了。“巧于因借”是古代园林最重要的艺术特色之一，庐山乃“匡庐奇秀，甲天下山”，而香炉峰与峰麓的遗爱寺风光秀美，那里白石凿凿，清流潺潺，松竹遍山，是建造园子的绝佳胜处。白居易有几句诗描写那里的风景：

白石何凿凿，清流亦潺潺。
有松数十株，有竹千余竿。
松张翠伞盖，竹倚青琅玕。
其下无人居，惜哉多岁年。

《香炉峰下新置草堂，即事咏怀，题于石上》

又据白居易《庐山草堂记》记载，江州草堂东头的三尺悬瀑，昏晓如白练，夜间万籁俱寂时叮咚作响，衬托了夜晚的静谧。岩崖东趾有飞泉，以池为盆，积聚泉、瀑之水。草堂西南有一石涧，夹涧有古松老杉，枝叶繁茂，上遮天日，下覆池水。堂西依北崖右趾，剖竹架空，上承石崖细泉，下搁屋脊，水自屋面瓦沟流至檐口滴水瓦口，注入砌筑的沟渠。整个草堂除北部是背靠山崖，其他三面都有水景，形态各异，饶有情趣。

白居易巧妙地利用庐山水盈谷幽的特点，在草堂前引水构池，构成池、瀑、泉等不同的水景。此外，“耳得之而为声，目遇之而成色”，驱遣万物、灵机皆入园中，不仅突破了空间限制，而且消融了物我之别。水池建好后，他就在此养鱼种荷，日有幽趣，这一方水池成为他舒适身心、慰藉烦闷、净化心灵的清净之所。对此，他有诗曰：

淙淙三峡水，浩浩万顷陂。
未如新塘上，微风动涟漪。
小萍加泛泛，初蒲正离离。
红鲤二三寸，白莲八九枝。
绕水欲成径，护堤方插篱。
已被山中客，呼作白家池。

《草堂前新开一池，养鱼移荷，日有幽趣》

庐山草堂中动植物千姿百态，摇曳多姿，这些都为草堂平添盎然生机。环绕池子种的多是山竹野卉，池内养有白莲和红鲤。由此向南，有石涧，两旁长有古松、老杉，枝叶繁茂，上遮天日，下覆池水，树下用白石铺成小径。草堂的北面五步左右，有层崖积石，杂木异草覆盖其上，将草堂遮蔽在绿荫之中。尽管草堂以植物为主，但鸟啾、飞瀑、鱼游更是以动显草堂之静，以噪衬山林之幽。

草堂室内摆设的琴、书，是白居易慰幽独、寄性情的必备之物。从伯牙、子期开始，琴就象征着古代文人的高雅情致，尤其是在高山松影下操琴，有一种飘飘欲仙的风致，一种图画般完美的审美意境。白居易就在这里观山、听泉、赋诗、饮酒，以泉石竹树养心，借诗酒琴书怡情，把自己的情思寄托于园林之中，身心得以自由徜徉，生命与自然得以悠然契合。

元和十三年(818)底，在好友的举荐下，白居易升任忠州刺史。次年春天，他乘船抵达忠州。这期间他整顿地方行政，宽刑均税，奖励生产，为百姓做了不少实事。忠州任期未满，朝廷调他回京，累迁中书舍人，在皇帝身边起草诏令。然而朝廷已是今非昔比，穆宗即位后，党争又见激烈，藩镇再起叛乱。白居易自知无力扭转政局，请求外放做地方官。

长庆二年（822），白居易转任杭州刺史。他居杭期间，修西湖水利，浚杭州六井，与在忠州一样政绩斐然。百忙之中仍不忘饮酒赋诗，在杭州留下的几首诗词，俱称佳作。且看这首《钱塘湖春行》：

孤山寺北贾亭西，水面初平云脚低。
几处早莺争暖树，谁家新燕啄春泥。
乱花渐欲迷人眼，浅草才能没马蹄。
最爱湖东行不足，绿杨阴里白沙堤。

唐敬宗宝历元年（825）三月，白居易改任苏州刺史。他始终远离党争，官却越做越大。自五十八岁开始，他长居洛阳，先后担任太子宾客、河南尹、太子少傅等闲职，远离长安的是是非非，过着悠闲自得的日子。正是在居洛阳期间，他的“中隐”思想开始形成。他作了著名的《中隐》诗，全诗这样写道：

大隐住朝市，小隐入丘樊。
丘樊太冷落，朝市太嚣喧。
不如作中隐，隐在留司官。
似出复似处，非忙亦非闲。
不劳心与力，又免饥与寒。
终岁无公事，随月有俸钱。
君若好登临，城东有秋山。
君若爱游荡，城东有春园。
君若欲一醉，时出赴宾筵。
洛中多君子，可以恣欢言。
君若欲高卧，但自深掩关。
亦无车马客，造次到门前。
人生处一世，其道难两全。
贱即苦冻馁，贵则多忧患。
唯此中隐士，致身吉且安。

穷通与丰约，正在四者间。

中唐以前，并没有“中隐”这个词，这实属白居易的发明。儒家的用世有完整的进退体系，文人懂得“有道则见，无道则隐”。“隐”有各种形态，如渔隐、樵隐、市隐、禅隐等。同时，个人的癖好也与“隐”挂钩，如爱好品茗的称为茶隐，爱好饮酒的称为醉隐，爱好弈棋的称为弈隐，不一而足。

中隐却不同，它是对大隐和小隐的折中调和，就是居高官、享厚禄，且差事清闲，更像一种居官如隐的处世态度。它保证了士大夫生活无忧，避免陷于小隐的冷落和清贫，还可躲过政治风险和世事纷争。既然不能“兼济天下”，白居易已然决定要“独善其身”了。

与白居易一样，唐代文人王维也有隐逸的情结，但他不主张做陶渊明那样的真正隐士，他在《与魏居士书》中评价陶渊明：“近有陶潜，不肯把板屈腰见督邮，解印绶弃官去。后贫，《乞食诗》云：‘叩门拙言辞’，是屡乞而多惭也。尝一见督邮，安食公田数顷，一惭之不忍而终身惭乎？此亦人我攻中，忘大守小，不知其后之累也。”[2]

不受一时之辱而终身受辱，小不忍而乱了大谋，这是王维对陶渊明的评价。他自讽晚年的生活是“偷禄苟活”，同时还发明了一个词叫“官冕巢由”。“巢由”指的是巢父和许由，相传为尧时隐士，尧让位于二人，皆不受。“官冕巢由”就是做官的隐士，与白居易居官如隐的中隐思想接近。

白居易与王维的隐逸思想落实在现实中，

2 王维：《与魏居士书》，见赵松谷笺注：《王摩诘全集笺注》，世界书局1936年版，第260页。

需要一个能抵御现实名利侵蚀的环境，他们都选择了文人园林。二人代表了唐代文人建造园林的两种态度，王维精心挑选了一个风景优美的地方，其辋川别业基本上是天然园林。白居易则讲究“居易”，园林无须很大，也不必奢侈，只要在喧嚣的城市中营造一个隐居的自由天地就可以了。他有一首诗是讲严子陵的：

沧浪峡水子陵滩，路远江深欲去难。
何似家池通小院，卧房阶下插鱼竿。

《家园三绝》其一

这首诗意思是说隐逸思想到了极致就不必外求了，自家门前挖个水池，叠几块石头，种几根草，在家门口就可以钓鱼，无须学严子陵到富春江去垂钓。

白居易似乎对水情有独钟。除了江州草堂水池，在洛阳履道里宅院里，有一白氏家池。白居易《池上篇》描写这个水池：

十亩之宅，五亩之园，
有水一池，有竹千竿。
勿谓土狭，勿谓地偏，
足以容膝，足以息肩。
有堂有亭，有桥有船，
有书有酒，有歌有弦。

这一园亭仍秉承白居易清新淡雅的造园理念，一如陶渊明田园诗中所描述的自然画卷，虽然简朴无华，却能够自足适意。

白居易围绕水池，植上密密麻麻的竹子。池东建粟廪，池北筑书库，池西立琴亭。整个园子没有高耸的假山，只有一两片太湖石；没有富贵的牡丹，只有三两支紫菱、白莲；没有五颜六色的飞禽，只有从杭州带回的两只华亭鹤。

在水香莲开之旦、露清鹤唳之夕，白居易或举杯，或抚琴，怡然自得。酒酣琴罢，又命乐童登中岛亭，合奏《霓裳散序》，袅袅琴韵伴着微凉的清风，久久飘荡于竹烟波月之际。曲子还没奏完，他已然陶醉，睡于石上了。

唐代文人园林由隐逸思想而来，园林生活能给人带来乐趣。王维在《山中与裴迪秀才书》中描摹清新明丽的辋川山水，表达了相邀友人同游园林的乐趣："当待春中，草木蔓发，春山可望，轻鲦出水，白鸥矫翼，露湿青皋，麦陇朝雊，斯之不远，傥能从我游乎？非子天机清妙者，岂能以此不急之务相邀？然是中有深趣矣！"[3]

白居易《庐山草堂记》里面有一段话，也十分具体地讲到了园林的乐趣："乐天既来为主，仰观山，俯听泉，旁睨竹树云石，自辰及酉，应接不暇。俄而物诱气随，外适内和，一宿体宁，再宿心恬，三宿后颓然嗒然，不知其然而然。"[4]

"一宿体宁"，"再宿心恬"，"三宿后颓然嗒然"，说的是园林生活的三个境界。他也不知道为什么会这样，所以才说"不知

3 王维撰，赵殿成笺注：《王右丞集笺注》，上海古籍出版社 1984 年版，第 27 页。

4 白居易：《草堂记》，见《白居易集》，顾学颉校点，中华书局 1979 年版，第 934 页。

其然而然”，这话颇有些陶渊明当年所说“此中有真意，欲辨已忘言”（《饮酒》其五）的意味。

王维、白居易之后，到了宋代又出现好几个传世的文人园林，如苏舜钦的沧浪亭、司马光的独乐园、沈括的梦溪园等。闲而自适不容易，但这些文人借助园林轻易就做到了，他们也讲过园林的乐趣：

“予时榜小舟，幅巾以往，至则洒然忘其归。箕而浩歌，踞而仰啸，野老不至，鱼鸟共乐。形骸既适则神不烦，视听无邪则道以明。返思向之汩汩荣辱之场，日与锱铢利害相磨戛，隔此真趣，不亦鄙哉！”[5]

“临高纵目，逍遥徜徉，唯意所适，明月时至，清风自来，行无所牵，止无所柅，耳目肺肠，悉为己有，踽踽焉，洋洋焉，不知天壤之间，复有何乐可以代此也。”[6]

“渔于泉，舫于渊，俯仰茂木美荫之间，所慕于古人者，陶潜、白居易、李约，谓之‘三悦’。与之酬酢于心目之所寓者：琴、棋、禅、墨、丹、茶、吟、谈、酒，谓之‘九客’。”[7]

至明清时期，园林支撑着文人的闲适生活，竞筑园林蔚成风气。这是一种诗化的生活、一种艺术的境界，这大概就是德国诗人荷尔德林所说的“诗意地栖居”吧。现代人也普遍向往休闲生活，但有的人却闲得声色狗马，闲得丑态百出，其生活情状无论如何也与“诗意地栖居”无缘了。

5 苏舜钦：《沧浪亭记》，见《苏舜钦集》，沈文倬校点，上海古籍出版社 1981 年版，第 158 页。

6 司马光：《独乐园记》，见王云五、朱经农主编，黄公渚选注：《司马光文》，商务印书馆 1947 年版，第 87 页。

7 沈括：《梦溪自记》，见翁经方、翁经馥编注：《中国历代园林图文精选》第 2 辑，同济大学出版社 2005 年版，第 47 页。

神工哲匠开绝岛

造园宗师计成及其《园冶》

计成是明代著名造园大家，但他在现代中国差点被埋没。这位园林宗师，曾经留下一本叫作《园冶》的造园著作，这本造园奇书在古代一直默默无闻，清人李斗在《扬州画舫录》中对影园有大段的记录，却对此园的设计者计成的《园冶》未着一字，唯有李渔在《闲情偶寄》中偶尔提到它。这之后《园冶》一书在国内销声匿迹近三百年，直至20世纪30年代才从日本传回中国，计成这位造园宗师以及他的造园艺术，终于被人们所认识、所欣赏。

这本书由阮大铖作序。有人推测，《园

治》在日后差点失传，原因或与阮大铖作序有关。阮大铖是明末政治人物，以进士居官后，先依东林党，后附魏忠贤阉党，崇祯朝终以附逆罪将其罢黜为民。虽然阮氏在政治上堕落不堪，为士林所不齿，却也是才子名士，极富艺术才情，看到计成《园冶》的初稿后非常喜爱，继而出资帮他刊刻印行，并亲为《园冶》写序。如此一来，计成自然被目为附逆而备受冷落。

计成，字无否，号否道人，生于明代万历十年（1582），卒年不详，原籍吴江松陵同里镇。家世无可考，只能依《园冶》及同时代几位文人文集所讲，略知计氏原本吴江大姓，在明清之际出过不少文人名士，计成青少年时代家境尚可，受到良好的教育，熟读经史子集，能书工诗善画，还养成“搜奇”的癖好。

年轻时计成曾游历南北，中年以后不知何故，家境衰落，没有雄厚的经济基础，也没有稳定的生活条件，曾自云“历尽风尘，业游已倦”。幸而他对世事颇为超脱，认为人生在世不过百年光阴，“寻闲是福，知享即仙”。于是，从小就喜爱优游林泉的他，最终选择了做一介草野闲人，以造园为乐。

云无心以出岫，鸟倦飞而知还。

云朵已经无心出山，倦飞的小鸟也知道飞回巢中，这是陶渊明《归去来兮辞》中的两句。陶渊明的“归园田居”本于内在的自然天性，计成“少有林下风趣”，却苦于功名之累而身不由己，中年以后他也终于在造园中找到了安身立命的所在。

当然，长期从事造园，不仅是计成的情趣所在，还是生计所需。在明代，私家园林是官宦富商的退养之地，计成“久资林园”，便时常要与他们打交道，但这并非依附“朱门”，而是挟造园之技以谋生。

明清时期的私家园林大多受到文人画的直接影响，更重诗画情趣和意境创造，以含蓄蕴藉为贵。文人们喜欢诗中有画、画中有诗的诗情画意，偏爱曲径通幽的意境，因此园林的整体设计要具有画面感，意境上追求深远、含蓄、内秀。明清时期的造园与山水画一样达到极盛，可以说，这两个领域里的造园师或画家，本质上都是文人，而且是文化与审美都有相当造诣的文人。

计成在成为名扬四海的造园宗师之前，就是一位出色的画家，他平素最喜欢五代画家关仝和荆浩的笔意。荆浩作山水画气势雄横，钩皴布置，笔意森然。关仝早年师从荆浩，且有出蓝之誉，中年时开始学王维，擅长画关山之势，设色古淡，笔简气壮，时称“关家山水”。

计成少年时代就以擅画而闻名乡里，他骨子里对新鲜奇特的东西特别感兴趣，后来他离家去北京、湖南、湖北等地游历，中年的时候返回家乡吴江松陵，最终定居镇江。镇江山水天成，古朴幽雅，加之周边地区造园之风甚炽，正是他理想的栖居地。

有一次，计成路过镇江郊外，见几位工匠在一片竹木间用奇石叠山。那些奇石奇巧多姿，倒是造园的好材料，但工匠所堆假山毫无意趣，计成笑着说：“世所闻有真斯有假，胡不假真山形，而假迎勾芒者之拳磊乎？”[8]他认为叠山应该借鉴自然界的真山，而不是只学别人用小石块堆假山，并当场堆叠出一座峭壁山，观之有高峻挺拔之势，在场的人无不赞叹。从此，计成的叠山造园绝技就远近闻名了。

不久，常州武进曾做过江西布政使的吴玄慕名而来，邀请计成为自己设计私家园林。吴公在城东得到一块十五亩地基，原是元朝温相的旧园。他要求用其中十亩来建宅院，余下的五亩造园，还特地嘱咐计成可以仿效北宋司马光独乐园的遗制。

计成仔细观察了园基情况，发现这块地基呈陡坡之势，附近的水源很深，还有乔木高耸于云霄，虬枝低垂至地面。他对吴公说：“此制不第宜掇石而高，且宜搜土而下，令乔木参差山腰，蟠根嵌石，宛若画意；依水而上，构亭台错落池面，篆壑飞廊，想出意外。”园林建成后，吴公高兴地说：“从进而出，计步仅四百，自得谓江南之胜，惟吾独收矣！”这就是计成建造的第一座园林——东第园。

计成不止一次在《园冶》中提到造园师创意的重要性，他说造园讲究“三分匠，七分主人”，主人是指“能主之人”，这在造园艺术中起到七分作用，而技术只占三分。他还说，世人喜欢找平庸的工匠，其实造园要的是有设计有想法的“主人”，如果工匠只把精雕细琢奉为巧活，认为能做几个架子就很有本事，定然成不了气候。

“绘画乃造园之母”。计成一定是以一个画家的视角去造园的，比如请他去掇一座峭壁山，他便说：“峭壁山者，靠壁理也。

8 计成著，陈植注释：《园冶注释》，杨伯超校订，陈从周校阅，中国建筑工业出版社 1988 年版，第 42 页。

藉以粉壁为纸，以石为绘也。”他是以白壁为纸，用石头作画。掇山时，选石之纹理，依绘画的皴法，仿古人的笔意来象形堆叠：掇小山，就仿效倪瓒的画本；掇大山，就学习黄公望的笔法。堆好之后，再点缀些老松、古梅、秀竹，从圆窗中望去，有镜中游之妙趣。

计成建东第园时四十二岁，以后名气越来越大。那时，又有汪士衡中书邀请计成在江苏仪征的銮江之西为他主持建造寤园。关于这座园子，《仪征县志》记载：“园内高岩曲水，极亭台之胜，名公题咏甚多。”[9] 寤园建成后很合园主的志趣，计成自己也非常满意，他在《园冶》中仅仅介绍了两座自己所建的园子——一座是东第园，一座就是寤园，他将两园说成是“并驰南北江”。

崇祯五年（1632），汪氏花园来了一个客人，就是曾任光禄寺卿的阮大铖。这阮大铖被罢官后迁居南京，南京离仪征不远，有一天他突发兴致，雇一小船来到仪征，在寤园柳淀之中住了两宿。看到这园子将所有幽美的丘壑都罗列在篱落之间，他顿时乐而忘返，即兴赋诗，将此园的建造者誉为“神工”“哲匠”：

神工开绝岛，哲匠理清音。
一起青山寤，弥生隐者心。

《宴汪中翰士衡园亭》

听说了这造园者是松陵计成，二人在园

9 王检心修，刘文淇、张安保纂：《道光重修仪征县志》，见《中国地方志集成·江苏府县志辑》第45册，江苏古籍出版社1991年版，第89页。

中初次见面，一起饮酒赋诗。阮大铖对计成十分欣赏，称赞他质朴爽直，颖悟不凡，毫无庸俗虚伪之习气。阮氏有一诗，其中有几句称赏计成的诗才：

有时理清咏，秋兰吐芳泽。
静意莹心神，逸响越畴昔。

《计无否理石兼阅其诗》

阮大铖对计成的诗赞赏备至，认为他的诗甚如其人，均可与“秋兰”媲美。可见，除了造园技艺，计成的诗歌水平也非等闲，只是后人无法见到。

而就在此前，计成还利用闲暇时间写了《园牧》一书，这就是《园冶》的初稿。安徽当涂的曹元甫到寤园来玩，主人汪士衡和计成陪他在园中盘桓，并留他住了两晚。曹元甫很内行，对此园赞不绝口，认为看到的仿佛是一幅幅荆浩、关仝的山水画，他问计成能不能把这些造园经验用文字记录下来，计成就把《园牧》拿给他看。曹元甫说：“斯千古未闻见者，何以云‘牧’？斯乃君之开辟，改之曰‘冶’可矣。”这便是《园冶》的诞生。

这一更改颇有价值，“冶”字体现了计成著作的首创性。至此，《园冶》书稿完成，但出版却是个大问题。在明代，虽然出版业相当发达，但书籍的出版、发行却并非易事。所幸计成遇到了阮大铖，与计成初次见面后，阮大铖邀请计成为其在南京的居所造园，这就是计成建造的第三座园林——石巢园。园子建好后，阮大铖很满意，而计成的《园冶》要出版，阮大铖兴之所至，主动提出愿意出资为计成出版此书。

很快《园冶》一书发行了第一版。然而，这本书虽然有幸出版，在历史上却险些被埋没。《园冶》问世时，正值明末党羽纷争，政局动荡，加之《园冶》并非大众读物，内容深奥难懂，文字骈俪华美，一般读者并不能欣赏。因此，此书在出版后并未引起太大反响，渐渐湮没无闻了。

其实，计成写这本书，并非想流传千载。面对纷乱时世，不少人已躲入桃花源，而他空有一身才能，只能在乱世中忍受煎熬。作为父亲，他对身后颇多担忧，他说："何况草野疏愚，涉身丘壑。暇著斯《冶》，欲示二儿长生、长吉，但觅梨栗而已。"[10]他写《园冶》，只是想把自己的造园经验记录下来，好留给自己的两个儿子长生、长吉。可惜那时他们还太小，他只好付之梓行，与世人分享了。

后来，计成被邀请到扬州去营造他一生中的第四座园林——影园。影园主人郑元勋与计成交游甚久，十分赞赏计成的才能，他说计成造园往往融灵臆而变化于心，能使顽劣的石头变得奇巧，滞塞的空间疏而流动，恨不能将天下名山罗列一处，神仙力士供他驱使，搜尽奇花、瑶草、古木、仙禽，随他点缀。

《园冶》书成后，郑元勋感叹道，只恨计成的智慧技巧无法传承下去，能传的只不过是他的成法，此传实在等于未传了。因为计成造园时"从心不从法"，后人如计成这般有着使"顽者巧，滞者通"的才华者，又能有几人呢？

影园建成后，郑元勋很是满意，对计成更是钦佩，他写了《影园自记》，详尽地记述了计成精心建造影园的具体过程，成为后

10 刘乾先注译：《园林说译注》，吉林文史出版社 1998 年版，第 252 页。

人了解计成园林作品的重要史料。有一次，园中一株硕大的黄牡丹绽放，郑元勋大喜，于是宴请宾客于花前品赏赋诗。又将所得九百首律诗寄与文坛领袖钱谦益，请他评定等次。夺魁者得金杯一对，杯上刻有黄牡丹状元字样，一时传为盛事。影园后因战事而毁，梦幻之景，已为历史尘埃湮没。

计成此后的经历史料不详，无从考证。但据阮大铖在其《咏怀堂诗集》中的一首诗《早春怀计无否张损之》可做大致推断。诗中有几句写道：

二子岁寒俦，睇笑屡因依。
殊察天运乖，靡疑吾道非。

此诗中，阮大铖告诉计成“靡疑吾道非”而与自己疏远，希望能够与他重修“睇笑屡因依”之好。这说明计成可能发现阮氏“道非”与其断绝了交往，阮氏察觉后颇为感伤，于是作了此诗。

有学者推断，这首诗应是阮氏结“中江诗社”时所作。如此说来，计成与阮大铖不只是寤园中的一面之识，其后仍有交往，但不久二人就疏远了。计成大概活到了六十多岁，崇祯八年（1635）以后，他可能回到了故乡，谢世于明清之际的兵荒马乱之中。

《园冶》一书笼括了中国古典园林艺术的精华，书中对相地、立基、屋宇、装折、栏杆、门窗、墙垣、铺地、掇山、选石、借景等造园艺术的理论和实践经验都有详尽的图释。此书的精髓，可归纳为“虽由人作，宛自天开”，“巧于因借，精在体宜”，确实是中国园林文化的极致所在。

“虽由人作，宛自天开”，这是计成对造园真谛的精妙总结。如果能师法自然，在园林中营造出幽、雅、闲的意境，达到虽经人工创造，又不露斧凿的痕迹，这就很了不起了。计成所造之园，更多是带有文人气息的私家园林，在《园冶》中，他所表述的也是完全属于文人的趣味。

园林的厅堂多用来社交、雅集，计成认为厅堂的方向应与园林的大门保持一致，然后于厅堂四周规划楼阁斋馆、亭台廊榭。亭子是园林中不可缺少的建筑，但“安亭有式，基立无凭”，建造在什么地方，如何建造，要依周围的环境来决定。楼阁必须建在厅堂之后，可“立半山半水之间”，“下望上是楼，山半拟为平屋，更上一层，可穷千里目也”。

晚明时期，许多文人隐居在私家园林中专心著述。计成说，书房应该建在园中偏僻幽静的地方，书房外种些花草古松，沿灰墙植些藤萝野蔓，即得山林之乐。看书看累了，走进一片松林，松香阵阵，赏心怡神，这些都足以荡涤人心。书房窗下用山石围成水池，凭栏俯瞰窗下，似有临水观鱼的意味。书房只要雅朴、端庄即可，色彩宜用淡雅的青绿色。简而言之，书房的建造应该符合文人高致，摒弃那些凡庸俗套。

长廊与漏窗是园林中两个惊艳的构造。长廊是观景的路线，“宜曲宜长则胜”，要“随形而弯，依势而曲。或蟠山腰，或穷水际，通花渡壑，蜿蜒无尽”。漏窗，计成把它称为“漏砖墙”，它不仅可以使墙面上产生虚实的变化，而且由于隔了一层窗花，可使两侧相邻空间似隔非隔，景物若隐若现，“凡有观眺处筑斯，似避外隐内之义”。

“巧于因借，精在体宜”，这是《园冶》一书中最为精辟的论断，亦是对中国传统的造园艺术手法的总结。“因”是讲园内布局，即如何利用园址的条件加以改造加工。《园冶》说：“因者，随基势高下，体形之端正，碍木删桠，泉流石注，互相借资；宜亭斯亭，宜榭斯榭，不妨偏径，顿置婉转，斯谓‘精而合宜’者也。”

所谓“因”，就是要依随地势的高低错落、地形的端正方直，如有树木阻挡了观景视线，可剪掉一些枝丫，如遇泉水溪流，则可引其流注石上，让水石相互映衬；宜亭处建亭，宜榭处造榭，园径不妨偏僻而蜿蜒，意在曲折自然而致深。这就是“精而合宜”的意思。

而“借”则是指园内外的联系，借景为园林之最者。《园冶》说：“借者，园虽别内外，得景则无拘远近，晴峦耸秀，绀宇凌空；极目所至，俗则屏之，嘉则收之，不分町疃，尽为烟景，斯所谓‘巧而得体’者也。”

所谓“借”，就是园林虽分为园内园外，取景则不必拘泥于近景远景。晴山耸翠，古刹凌空，都是好的，凡是如画美景，要尽收眼底；至于那些庸俗景观，要一概加以遮挡，不管它是田野还是村庄，都化为烟云缥缈的景色。这就是“巧而得体”的意思。

那么如何去“借”呢？在《园冶》末尾一篇“借景”，计成亮出了他的拿手绝活，他说，“夫借景，林园之最要者也。如远借、邻借、仰借、俯借、应时而借”。这是全书精华所在，却写在书的末尾，那些急功近利之人，即便拿到了书，恐怕也读不到最后一页。

总之，读过《园冶》，站在一座园林的亭台楼阁之间，你才知道如何去观赏一座园林，如何去发现园林的妙处。

计成在《园冶》中大量采用“骈四俪六，锦心绣口”的文体，刻意追求明代竟陵派“幽深孤峭”的文风，一咏三叹，感怀物事，字里行间满溢生动华丽的词句和奔流直泻的文思。

结茅竹里，浚一派之长源；障锦山屏，列千寻之耸翠。

《园冶·园说》

开径逶迤，竹木遥飞叠雉；临濠蜒蜿，柴荆横引长虹。

《园冶·相地》

编篱种菊，因之陶令当年；锄岭栽梅，可并庾公故迹。

《园冶·立基》

这些文字如“秋兰吐芳，意莹调逸”，不失为一篇篇优美动人的散文。计成在文中好些地方的诗意流露，确实像一个雅到极致的文人，字里行间都散发着淡淡的幽香，沁人心脾。品读这本书，好似聆听一曲摄人心魄的昆曲，每一个婉转的清音，每一处翻飞的水袖，都美得无以复加，于消遣中自可陶冶性情。

雅人深致在长物

文震亨《长物志》的园林美学

在明代，名闻江南的文氏家族与园林有着不解之缘，这是一个诗、书、画多般才艺世代相传的艺术世家，而将深厚的艺术修养用于造园、赏园的，要数文氏家族的文震亨。他一生建有四处园林：一为苏州高师巷的香草垞；二为苏州西郊的碧浪园；三为南京的水嬉堂；四为苏州东郊水边林下的竹篱茅舍。著有《长物志》十二卷。

《长物志》的书名来自魏晋人所说的“身无长物”。《世说新语·德行》讲了一个故事：王恭从会稽还，王大看之。见其坐六尺簟，因语恭：“卿东来，故应有此物，可以一领及我。”恭无言。大去后，即举所坐者送之。既无余席，便坐荐上。后大闻之，甚惊，曰：“吾本谓卿多，故求耳。”对曰：“丈人不悉恭，恭作人无长物。”[11]

王恭曾任东晋五州都督，青、兖二州刺史等职，史传其“清廉贵峻，志存格正”，他的“身无长物”，是指没有身外之物，足见其品格德行。不过，魏晋文人标榜“身无长物”，明清文人却要借“长物”建立起他们全部的精神生活。

明人宋诩在《宋氏家规部》中称“长物”为：“凡天地间奇物随时地所产、神秀所钟，或古有而今无，或今有而古无，不能尽知见之也。”[12] 所列长物包括二十一类，有宝类、玉类、珠类、玛瑙类、珊瑚类、金类、漆类、木类、草类、竹类、窑类等。

细考起来，文震亨的“长物”，就是身外奢侈之物、清赏雅玩之物，文震亨好友沈春泽将之戏称为“寒不可衣，饥不可食”之器。《长物志》共十二卷，一条一款，详释室庐、花木、水石、禽鱼、书画、几榻、器具、衣饰、舟车、位置、蔬果、香茗等长物。大到自然山水、宅院园林，小到笔墨纸砚、花鸟鱼虫，可谓世间长物尽收书中，趣味盎然。

品读这本书，会感到整本书都充溢着隐逸文化。隐逸是中国士文化体系的重要特色，孔子说过“邦有道则仕，邦无道则隐”，孟子也曾说“穷则独善其身，达则兼济天下”，这些都是为了实现精神的自由独立，所以文

11 刘义庆撰，徐震堮校笺：《世说新语校笺》，中华书局1984年版，第27页。

12 宋诩：《宋氏家规部》卷四，北京图书馆古籍珍本丛刊景印本，书目文献出版社1988年版。

人雅士会选择归隐林下，来捍卫其清逸脱俗的品格志趣与人文情怀。

《长物志》正是晚明文人清逸脱俗的品格志趣与人文情怀的展现，此书虽以长物为志，实则是一篇篇园林系列小品文。如仅论园林的小池和太湖石：

"阶前石畔凿一小池，必须湖石四围，泉清可见底。中畜朱鱼、翠藻，游泳可玩。四周树野藤、细竹，能掘地稍深，引泉脉者更佳，忌方圆八角诸式。"

"太湖石在水中者为贵，岁久被波涛冲击，皆成空石，面面玲珑。在山上者名旱石，枯而不润，赝作弹窝，若历年岁久，斧痕已尽，亦为雅观。吴中所尚假山，皆用此石。"[13]

也许是现代生活节奏太过紧张，《长物志》对晚明文人隐逸诉求的表达，闲雅生活的描写，总会让人心生向往。生存的压力，快节奏的生活，让我们无暇他顾，也无暇安顿自己的心灵，闲适平静的心态由此缺失，这不能不说是我们这个时代的缺憾。

《长物志》的作者文震亨，字启美，南直隶长洲（今苏州）人，生于万历十三年(1585)，出身于吴中簪缨世族、书香门第。曾祖文徵明是翰林院待诏，与沈周、唐寅、仇英并称为"明四家"，晚明声誉日隆；祖父文彭为国子监博士；父亲文元发官至卫辉府（今河南汲县）同知；兄长文震孟是天启二年（1622）状元，官至礼部尚书、东阁大学士；文震亨本人崇祯初为中书舍人，给事武英殿。

文震亨厚得家传，情趣高雅，琴棋书画、园林声伎、煮茶焚香无一不精。如琴艺，他"以

13 文震亨著，陈植校注：《长物志校注》，杨超伯校订，江苏科学技术出版社 1984 年版，第 104、112—113 页。

〔明〕唐寅《三忠图》

琴书名达禁中”，著有《琴谱》，曾为崇祯皇帝制作的颂琴两千张一一题名。如书画，他画山水兼宗宋、元诸家，格韵兼胜，钱谦益《列朝诗集小传》谓其“风姿韶秀，诗画咸有家风”[14]。又如园林，文氏世代喜好林泉，精于造园，文震亨更是精于此道，明人顾苓在《武英殿中书舍人致仕文公行状》一文中说文震亨“所居‘香草垞’，水木清华，房栊窈窕，阛阓中称名胜地。曾于西郊构碧浪园，南都置水嬉堂，皆位置清洁，人在画图”[15]。

文震亨在晚明活跃于金陵秦淮河畔的桃叶渡，那里曾是孕育金陵风流盛名的温床，频繁往来于此的文人有久负盛名的“明末四公子”陈贞慧、冒辟疆、方以智、侯方域等，文震亨的声名虽不能与他们相比，也堪称风流才子。在金陵，他与葛一龙、顾梦游、邹典、杨补等名士结社唱和，与秦淮名妓顾横波、范双玉也有来往。他们不仅以诗文会友，相互酬唱，更以艺事为乐，在琴棋书画中悠游度日。对此文震亨有诗记载：

金石录中朝共夕，有无声里画兼诗。

《过丁箩月司农衙斋看奇石》

按拍定增新度曲，挑灯犹忆旧清谈。

《寄钱振河丈》

何当挟瑟吹竽候，得坐清风朗月中？

《赠徐虞求尚宝》

14 钱谦益：《列朝诗集小传》丁集下“王秀才留（附见文舍人震亨）”，上海古籍出版社 1959 年版，第 658 页。

15 文震亨著，陈植校注：《长物志校注》，杨超伯校订，江苏科学技术出版社 1984 年版，第 426 页。

文震亨的朋友顾苓说他“长身玉立，善自标置，所至必窗明几净，扫地焚香”，他应该是一位素有风仪的雅士，成日里吟诗、作文、绘画、造园。用今天的话来说，即相貌出众，特立独行，生活品质要求极高。

《长物志》于崇祯七年（1634）成书时，为其作序的友人沈春泽问文震亨，你们文家已是冠冕吴趋、家声香远了，你们的诗画已经穷尽吴人的巧心妙手了，你们的园林已经冠绝江南、美不胜收了，你为何还要费笔墨工夫去写这些日常小事呢？文震亨却说：“不然，吾正惧吴人心手日变，如子所云，小小闲事长物，将来有滥觞而不可知者，聊以是编堤防之。”

不为显身扬名，只为与雅人分享，因为“长物”的生活，本就是“眠云梦月”“长日清谈”的雅人之趣。现在在苏州，处处可见《长物志》的踪影。不少人会选择在幽雅的园林中品茶谈天，也算没有辜负文震亨当年的一片初心。

生逢晚明崇尚享乐、极尽奢华的时代氛围中，文震亨却不仅仅是一个沉溺长物、与世无争的富家公子，他还有另一面——他的气节与人格。在大是大非面前，同为风流文人的钱谦益、吴伟业、侯方域等远远不能望其项背。他的名字被载入多种地方志，清乾隆四十一年（1776），他被追谥“节愍”。

明人张溥写有《五人墓碑记》，说的是明天启六年（1626）苏州爆发的一场轰轰烈烈的反抗阉党的斗争。吏部郎中周顺昌因得罪魏忠贤而被捕，苏州数万百姓为之鸣冤叫屈，市民首领颜佩韦等五人激昂大义、蹈死不顾。文震亨曾参与五人事件，谒见巡抚和御史，营救被魏忠贤迫害的周顺昌。这便是清代戏曲家李玉的《清忠谱》所表现的历史事件的背景。

事后，文震亨被巡抚参奏，幸亏有东阁大学士顾秉谦力主不牵连名人，方才得以幸免。翌年，崇祯帝即位，魏忠贤投缳而死，文震亨以恩贡出仕中书舍人，给事武英殿。在明末的动荡岁月，文震亨曾任职于南明，终因不能见容于阮大铖、马士英等权臣而辞官退隐。

文震亨虽是风雅之人，但生于明末乱局之中，自难逃脱末世无可挽回的悲哀。在南明灭亡前夕，他从金陵回苏州，途经镇江时与南逃的姊姊及外甥相遇，彻夜晤谈，作下《京口晤甥即事二首》，凄凉万分，令人不忍卒读。其二云：

身于濒死方为寄，事到谋生总未成。

崇祯十七年（1644），大明帝国崩亡，江南烟花之地，南明弘光小朝廷在垂死挣扎。第二年五月，清兵攻陷南京，六月攻占苏州城，文震亨避难阳澄湖畔，听闻剃发令下，遂投河自杀，虽被家人救起，但终绝粒六日而亡。

一个如此热爱“眠云梦月”“长日清谈”的世家公子，一个时常吟咏“石令人古，水令人远”的文人雅士，最终选择了以这样一种决绝的姿态，告别自己所钟爱的生活，实在令人唏嘘不已。

晚明士人崇尚风雅的生活，并刻意在现实与文字两方面推波助澜，将此种生活打造成为一种文人文化，在文士阶层形成风尚。文震亨写了一部《长物志》，类似的还有高濂的《遵生八笺》、屠隆的《考槃余事》、袁宏道的

《瓶史》、王思任的《奕律》等。

这些书内容不尽相同，而趣味往往如清人伍绍棠所言："有明中叶，天下承平，士大夫以儒雅相尚，若评书品画，沦茗焚香，弹琴选石等事，无一不精，而当时骚人墨客，亦皆工鉴别，善品题，玉敦珠盘，辉映坛坫，若启美此书，亦庶几卓卓可传者。盖贵介风流，雅人深致，均于此见之。"[16] 晚明雅人深致就在闲情偶寄处，《长物志》的书写，即是文士阶层生活艺术化和物质精神化的书写。

这个时代的"长物"在纸上书写的同时，也在大地上复制，这就是江南遍地的私家园林。《长物志》可谓私家造园专著的代表作之一，书中与造园有直接关系的为室庐、花木、水石、禽鱼、蔬果五卷，而另外七卷书画、几榻、器具、衣饰、舟车、位置、香茗，与造园有间接关系。前者为园林构成的主要材料，而后者为园林中陈设的器物。

《长物志》"室庐"卷开宗明义，提出："居山水间者为上，村居次之，郊居又次之。吾侪纵不能栖岩止谷，追绮园之踪，而混迹市廛，要须门庭雅洁，室庐清靓，亭台具旷士之怀，斋阁有幽人之致。又当种佳木怪箨，陈金石图书，令居之者忘老，寓之者忘归，游之者忘倦。"

文震亨认为，居室的选择，最好的去处当然是在山水之间。但晚明文人不可能如魏晋名士们那样栖身山谷，他们混迹市井中，唯有选择雅洁清靓的园林居所。在园林居室四周种佳木奇竹，室内陈金石图书，只要能营造出"亭台具旷士之怀，斋阁有幽人之致"的境界就可以了。

16 伍绍棠：《长物志跋》，见文震亨著，陈植校注：《长物志校注》，杨超伯校订，江苏科学技术出版社 1984 年版，第 423 页。

“室庐”卷分别论述了门、阶、窗、栏杆、照壁、堂、山斋、丈室、佛堂、桥、茶寮、琴室、浴室、街径庭除、楼阁、台等。堂的设计，文震亨提出“堂之制，宜宏敞精丽”，而山斋的设计则“宜明净，不可太敞”，因为“明净可爽心神，太敞则费目力。或傍檐置窗槛，或由廊以入，俱随地所宜”。在山斋旁可置一斗室为茶寮，以供长日清谈，寒宵兀坐。

琴室的设计，文震亨已考虑到音响及共鸣的问题，他说，“古人有于平屋中埋一缸，缸悬铜钟，以发琴声”，但这种做法尚不如“层楼之下，盖上有板”以利共振。当然，松林竹间、岩洞石室之下，“地清境绝，更为雅称”，即最理想的鸣琴听音之处是在山林之中。

“花木”卷列举了园林中常用的四十余种观赏花木，详述其姿态、色彩、习性及栽培方法。对于花木的一般配植原则，文震亨认为：“繁花杂木，宜以亩计。乃若庭除槛畔，必以虬枝古干，异种奇名，枝叶扶疏，位置疏密。或水边石际，横偃斜披；或一望成林；或孤枝独秀。草木不可繁杂，随处植之，取其四时不断，皆入图画。”

论花草，如：“桃李不宜植于庭除，似宜远望”；“红梅、绛桃，均借以点缀林中，不宜多植”；“梅生山中，有苔藓者，移置药栏，最古”；花王牡丹、花相芍药“栽植赏玩，不可毫涉酸气。用文石为栏，参差数级，以次列种”；秋海棠“性喜阴湿，宜种背阴阶砌，秋花中此为最艳，亦宜多植”；芙蓉“宜植池岸，临水为佳；若他处植之，绝无丰致”。

论树木，则如：植柳“须临池种之。柔条拂水，弄绿搓黄，大有逸致”；松柏可植“堂前广庭，或广台之上，不妨对偶”；而山松应植“土冈之上”，使之“涛声相应”。书中还提及豆棚、菜圃等山家风味，虽有经济价值，但若种在庭除，“便非韵事”，要另辟隙地，单独种植。

“水石”卷介绍十八种常见水、石，文震亨认为“石令人古，水令人远。园林水石，最不可无。要须回环峭拔，安插得宜。一峰则太华千寻，一勺则江湖万里”。在山水之间，再用竹木点缀，便可形成“苍崖碧涧，奔泉汛流，如入深岩绝壑之中”的天然胜景。

园中有水，水上架桥，架桥也有讲究：“广池巨浸，须用文石为桥，雕镂云物，极其精工，不可入俗。小溪曲涧，用石子砌者佳，四旁可种绣墩草。”至于游船，也要点缀好：“小船，长丈余，阔三尺许，置于池塘中，或时鼓枻中流；或时系于柳阴曲岸，执竿把钓，弄月吟风”。如此桥、船的布置格局，既动静调和，又别具风味，使人如入画图之中。

“位置”卷专论堂、榭等建筑，对室内器具的陈设也有专门的说明，认为“高堂广榭，曲房奥室，各有所宜，即如图书鼎彝之属，亦须安设得所，方如图画”，要求室庐、器具、花木、水石、禽鱼等的设置或陈列，各有所宜，不能杂乱无章。

如园中楼阁，作卧室用的，“须回环窈窕”；供登眺用的，“须轩敞宏丽”；当收藏书画用的，“须爽垲高深”。“画桌可置奇石或时花盆景之属，忌置朱红漆等架”。书桌应“设于室中左偏东向，不可迫近窗槛，以逼风日”。“亭榭不蔽风雨，故不可用佳器，俗者又不可耐，须得旧漆、方面、粗足、古朴自然者置之”。

看《长物志》的文字，似乎感觉到文震亨对闲雅生活讲究得近乎挑剔，追求得近乎苛刻。世间“长物”犹如一面镜子，折射出文人的生活面貌和内在情愫，而《长物志》就是晚明文人闲雅生活、艺术精神的镜像与记录。

宗白华先生曾总结了中国美学史上“错彩镂金”与“初发芙蓉”两种不同的审美理想。显然，文震亨在《长物志》中所传达的简约雅致的审美取向，是属于“初发芙蓉”之美的。他认为造园艺术应遵循简朴疏淡的原则，须做到“宁古勿时，宁朴勿巧，宁俭勿俗”，从而达到“令居之者忘忧，寓之者忘归，游之者忘倦”的目的。

讲究清新雅致，反对雕镂繁俗的美学思想始终贯穿于整个《长物志》之中，也正是在这一重要思想的折射下，文震亨建议园林建造要做到少而简，俭而雅，坚决反对过分雕镂的装饰设计。如书中谈及几榻，赞“古人制几榻，虽长短广狭不齐，置之斋室，必古雅可爱”，而“今人制作，徒取雕绘文饰，以悦俗眼，而古制荡然，令人慨叹实深”，这正是文震亨的美学主张。

文震亨对园林的理解，充满了丰富的情感体验和人文意趣。他擅长文墨，精通琴画，具有较高的文化素养，他讲究营造园林的诗情画意，园林中的一亭一榭、一草一木，并不是孤立的存在，物物皆由我出，又都融于造化，才是造园的最高境界。

文震亨欣赏园林的品位太高，能入他法眼的大概只有元人倪瓒的清閟阁了。“位置”卷开篇说：“云林清閟，高梧古石中，仅一几一榻，令人想见其风致，真令神骨俱冷。”倪瓒是位爱洁成癖的文人，明人顾元庆《云林遗事》记倪瓒的清閟阁，“阁前置梧石，日令人洗拭，及苔藓盈庭，不留水迹，绿褥可坐。每遇坠叶，辄令童子以针缀杖头，刺出之，不使点坏”[17]。这个典故名曰“洗桐”，阁外如此洁净，阁内只有一几一榻，“神骨俱冷”。

凡间事物，俗固然不可耐，雅到极致，规行矩步，亦失了可爱。到了清朝，文震亨所提倡的简淡古雅的明式风格渐失拥趸，还是李渔那种翻俗为雅的平易情调易于效法。如果说《长物志》是文人雅士的情趣，《闲情偶寄》就是商贾市民的口味。无论如何，到了清代，文人风雅，商贾也风雅，风雅者众，附庸风雅者更多，“雅玩”不再是文人士大夫的专利，“长物”也开始接了地气。

17 陶珽:《说郛续》，见陶宗仪等编:《说郛三种》第9册，上海古籍出版社2012年版，第1013页。

生如芥子有须弥

园林艺术家李渔的浮世人生

在中国园林史上，明末清初的李渔无疑是极为独特的一位。明清易代的沧桑巨变总是与个体的生存方式有着无法分割的联系。与许多江南遗民一样，李渔亲历甲申之变，见证了时代的动荡；鼎革之后也是绝意仕清，醉心于园林艺术。不同的是，李渔选择了一条迥异于江南遗民的生存方式，他挟造园等绝技维持生计，名扬大江南北，并为自己建造了三处园林：早年浙江兰溪老家的伊园、后期南京的芥子园、晚年杭州的层园。

李渔，号笠翁，他还有很多别号，如随庵主人、湖上笠翁、新亭樵客、澹慧居士等，这些别号无一不与园林相关，透露出他与园林的不解之缘。他出生于如皋，祖籍则在金华兰溪下李村。兰溪，一如它的名字，总会让人想到那里有一溪透着兰草气息的清水。其实，那不是一条幽幽的溪水，而是一条既温婉又雄浑的江。兰溪边山林葱郁，乌桕成林，是一处自然的风景园林。

李渔的父亲李如松、伯父李如椿在如皋经营医药，家境较为优裕。那个时候，行医之家多近于儒，李渔从小就耳濡目染，读诗书，习医药，涉猎很广，在当地素有才子之称。明崇祯二年（1629），父亲李如松去世，李渔回到金华兰溪老家。这时他的学业已颇有长进，作诗写文下笔千言，一挥而就，诸子百家也多有习读。崇祯八年（1635）左右，他到金华应童子试，得到主

李渔画像

考官许豸的青睐。之后，他又考取了金华府庠，师从刘麟长。

不过，李渔顺风顺水的命运到此为止，这以后他于崇祯十二年（1639）、十五年（1642）两次参加乡试均未成功。崇祯十七年（1644），李自成率义军攻占北京，崇祯帝自缢于煤山，明王朝宣告灭亡，紧接着清兵入关。李渔在应试途中闻讯，只得折返还家，当时沮丧的心情是可想而知的。

这之后的几年中，浙东一带战乱频仍，李渔在《甲申纪乱》一诗中感叹"既为乱世民，蜉蝣即同类。难民徒纷纷，天道胡可避"，吐露了一介草根生逢乱世的艰辛与无奈。其间，他曾应金华同知许檄彩之邀入其幕府，往来于金华、兰溪之间，周旋于官僚文人之家，竟也因此颇得文名。

清顺治三年（1646），清兵南下攻占金华，李渔在金华的幕宾生活难以维持，只得回到兰溪老家下李村。战乱之后，李渔已过而立之年，数年的举业荒废，让他逐渐降低了对功名的热情。这期间，他本想效法王维，构建辋川别业，无奈经济拮据，好梦难圆。于是在亲友的帮助下，他在兰溪老家下李村这个偏僻的乡村建造了一处名为"伊园"的别业。

伊园十分简陋，仅有容身的小屋和低矮的粉墙，但充分利用了位于伊山之麓、傍临清流的山水之利，并采撷当地的茅草、青竹等材料构景，亭台楼阁、桥舸廊径也都布设得体，颇有田园风味。看看李渔为伊园所题的几句诗：

门开绿水桥通野，灶近清流竹引泉。

《拟构伊山别业未遂》

栽遍竹梅风冷淡，浇肥蔬蕨饭家常。

《伊山别业成，寄同社五首》其三

山窗四面总玲珑，绿野青畴一望中。

《伊园十便·课农便》

在下李村伊园，李渔杜门扫轨，远离尘嚣，“得享列仙之福”，一过就是三年。但是完全的乡居生活，对李渔这种不甘寂寞的文人来说，大概是难以长久的。按照当时文人的正统观念，李渔完全可以重操举业，以求功名，或寄迹官府，仍为幕僚，然而他却出人意料地选择以造园技艺来谋生。

兵燹之后，看到江南形势渐趋平稳，李渔变卖了伊园别业，于顺治八年（1651）左右结束金华兰溪的隐居生活，举家迁往繁华的江南都市杭州，开始了他长达三十年的挟技创业生涯。据说，这次促使他迁居杭州的直接原因是为了替乡里村民调解一场山林纠纷，他得罪了权贵，这才不得不身披蓑衣，头戴斗笠，乔装打扮成渔夫，离开家乡，从此开始浪迹天涯的生活，这也是他自号“湖上笠翁”的由来。

繁华都市杭州与兰溪乡村相比，自有天壤之别。李渔颇为迷恋杭州浓厚的文化氛围与风雅的生活情调，在那里，他以刻书卖文为生，闲暇之余游山玩水，结交名士，与“西泠十子”及汪然明等名士交往甚密，尤其与毛先舒关系非同一般。但作为一个职业文人，他在杭州的生活异常拮据。他靠刻书卖文维持生计，然而卖文不足以糊口，刻书的收入又十分微薄，加上盗版猖獗，他陷入营债度日的境地。

这期间，李渔为生计去了北京，做了兵部尚书贾汉复府上的幕僚，并为贾府营建了“半亩园”。清人麟庆在《鸿雪因缘图记》中说：“半亩园，在京都紫禁城外东北隅，弓弦胡同内，延禧观对过。园本贾胶侯中丞宅，李笠翁客贾幕时，为葺斯园”，又说“半亩园以石胜，缘出李笠翁手，故名”。[18]

半亩园叠石成山，引水为沼，平台曲室，奥如旷如。据清人震钧《天咫偶闻》记载，半亩园“纯以结构曲折，铺陈古雅见长，富丽而有书卷气，故不易得”[19]。可见此时他的造园技艺已有大家风范。此园位于今北京东城黄米胡同，存有部分遗迹。从保存至今的园图看，园子房舍庭树、山石水池安排紧凑而不觉局促，虽占地不多，却十分丰满舒畅，清秀恬静，令人顿起可居、可游之想。

李渔在游历京师时，还帮当地的权贵修建了惠园。据清人钱泳《履园丛话》记载：“惠园在京师宣武门内西单牌楼郑亲王府，引池叠石，饶有幽致，相传是园为国初李笠翁手笔。”[20]李渔在北京设计建造的园林很可能不止这几处，只是如今已无法具体考证了。

大约在顺治十八年（1661），李渔携家眷来到了繁华的金陵，卜居秦淮河畔的金陵闸。移居金陵不久，他就于城南营构了著名的“芥子园”。芥子园可说是李渔造园的代表作。从李渔诗文中可知，这个金陵的园子，原与周处读书台相邻，现位于秦淮区老虎头附近。

关于芥子园之名的来历，李渔《芥子园杂联序》云：“此予金陵别业也，地止一丘，

18 麟庆著文，汪春泉等绘图：《鸿雪因缘图记》第3集《半亩营园》，北京古籍出版社 1984 年版。

19 震钧：《天咫偶闻》，北京古籍出版社 1982 年版，第 63 页。

20 钱泳：《履园丛话》，张伟点校，中华书局 1979 年版，第 520 页。

故名芥子，状其微也，往来诸公，见其稍具丘壑，谓取芥子纳须弥之义。”[21]须弥，是佛教传说中的神山，既高且大，宝光四射。而芥子园小如芥子，却能容纳一座须弥山，其内涵、境界不言而喻。

仿佛舟行三峡里，俨然身在万山中。

这是李渔为芥子园“栖云谷”所写的一副楹联，意思是说，芥子园虽小，游园时移步换景所带来的流动变幻的美感享受，并不亚于远游自然山水。芥子园之地，不及三亩，李渔却以“芥子纳须弥”的匠心，把轩、阁、台、榭等安排得错落有致，赏心悦目，使状如芥子的小园纳入无限景致，其间有丹崖碧水、茂林修竹、鸣禽响瀑、茅屋板桥，凡是山居所有之物，无一不备。

然而，这一代名园自李渔移家杭州后几易其主，历经洗劫，到民国初期已是一片菜地，毫无昔日踪迹可寻。为纪念这位文化名人，后人在兰溪市郊的兰荫山麓，建造了仿古园林芥子园。因为地处市郊僻静之处，这所仿古园子规模适中而自具清幽，无论是郁郁葱葱的花木还是小桥流水的庭园，都有江南园林的情致。一般游客不识其文化品位，极少蜂拥至此，便使它保留了一份独矜清高的格调与书院式的宁静。

李渔除了自建园林之外，还以自己的一技之长为他人建造园林。他曾经毛遂自荐，帮助龚鼎孳修建了绿野堂。他在一首诗中写道：

21 李渔：《李渔全集》第1卷，浙江古籍出版社1991年版，第241页。

闻说将开绿野堂，可容老圃见微长。

满怀丘壑无由出，愿与裴公作嫁裳。

《大宗伯龚芝麓先生书来有将购市隐园与予结邻之约，喜成四绝奉寄，以速其成》

康熙十六年（1677），李渔又从金陵移家杭州，在浙中朋友的帮助下，买下了云居山东麓张侍卫的旧宅修筑“层园”。云居山远离喧嚣闹市，面临西子湖，背靠钱塘江，环境清幽。层园倚山顺势而建，凭借起伏的地形，显得高低层叠，错落有致。

此园面积不大，一如芥子园，风格并不奢华富丽。从山麓仰望，可见石砌蹬道，盘曲迂回而上，绿荫丛中，透出层层叠叠的楼宇，“层园”之名，也由此而来。远处群岚耸翠，烟霞飞霭。湖光山色、烟波浩渺的奇景都被借入，使人不觉得层园有单调简陋之感。这是李渔为层园写的诗句：

似客两峰当面坐，照人一水隔帘清。

《次韵和张壶阳观察题层园十首》其三

云霞尽可须臾致，松菊还须渐次增。

《次韵和张壶阳观察题层园十首》其五

堤上东坡才锦绣，湖中西子面芙蓉。

《次韵和张壶阳观察题层园十首》其八

可惜的是，由于经济和健康等原因，李渔的层园只勉强盖完第一层，他别出心裁的多层建筑虽已成竹在胸，却没有营构成功，就匆匆走完了生命历程。康熙十九年（1680），七十岁的李渔在贫病交加中过世。

李渔深受晚明启蒙思潮的影响，崇尚自我个性的解放。他曾说，他的嗜好就是不喜欢做瓶内之花、笼中之鸟、缸内之鱼，因为这些东西都把人压制住了，让人无法放开想象，无法舒展个性。他的园林美学思想最注重的也是打破陈规，创新立奇，讲求个性。

在《闲情偶寄》中，李渔记录了自己的园林美学主张。明清时一些官宦富商喜欢炫耀富贵，以繁缛富丽为美，以效仿名园为荣，动辄花费成千上万的资产来修建园林。对于当时这种仿效与奢靡之风，李渔特别强调园林之所以迷人，并不在其奢靡绮丽，而在于园主的别具匠心。

在《居室部·房舍第一》中，李渔对造园的总体思路进行了概述："盖居室之制，贵精不贵丽，贵新奇大雅，不贵纤巧烂漫"，在造园时，要"因地制宜，不拘成见，一榱一桷，必令出自己裁"[22]。

芥子园即遵循"不拘成见""出自己裁"的原则。李渔在芥子园入门处植修竹数列，形成曲径通幽的美感。他嗜好芙蕖，园子空

22 李渔：《闲情偶寄》（插图本），杜书瀛评注，中华书局2007年版，第196页。

间有限，于是开挖一小池，种数枝荷花。盆中栽山茶，植于怪石之旁。园中种植较多的花木是石榴，因为石榴喜高而直上，相对不占空间。芥子园的一切都因陋就简，又仿佛自然天成。

在《居室部・山石第五》中，李渔论叠山："磊石成山，另是一种学问，别是一番智巧"，"一卷代山，一勺代水"，"能变城市为山林，招飞来峰使居平地，自是神仙妙术"。他叠山讲究智巧，师法自然，自有石涛"搜尽奇峰打草稿"之意，绝非雕虫小技。

在叠山时，李渔更看重妙肖自然的土石山。在他看来，用土代石堆山，既能减少人工，又能节省物力，而且土俯拾即是，更能贴合自然而有天然委曲之妙。所以，用土堆山就能混假山于真山之中，使人真假莫辨。

李渔造园还特别强调窗棂的美学作用。在《居室部・窗栏第二》中，他认为窗棂是"尺幅窗"和"无心画"，窗栏设计的好坏，直接影响园林的整体效果。如果窗棂设计不好，园林就只能是平庸的存在，一旦设计好了窗棂，园林美景就无不在图画中了。

芥子园的"梅窗"，纯属妙手偶得。有一年水灾，淹死榴、橙各一株，伐而为薪，终日堆积于阶下。李渔正构思园窗，见此幡然而悟，采老枝数茎，不加斧凿，枝干直接做了窗户的外轮廓，枝条则处理成两株梅树，再剪裁出红梅和绿萼的纸花，按梅树的形状点缀于疏枝细梗之上，远远望去，就像一株梅花正在窗边盛开，见者无不叫绝。

李渔后期经常挟造园叠山之技，到各地达官贵人府上做清客。利用这个机会，他几乎走遍了大江南北，足迹遍及今天的浙江、江苏、安徽、湖北、河南、陕西、山西、甘肃、江西、福建、广东等地。每到一地，都会受到当地达官贵人的款待，吃喝过后还要接受绨袍之赐。

游食豪门而接受绨袍之赐，此类人群在当时被称作“清客”。上层的达官显贵为了附庸风雅，常常借助清客之类的文人来显示自己的文化品味。清客的前身是在春秋时代被称为“食客”或“门客”的一类人，其中三教九流什么人都有，且都是有一技之长的。

到了清代，清客又有了其他代称，如“篾片”“帮闲”等。鲁迅曾说：“明末清初的时期，一份人家必有帮闲的东西存在的。那些会念书会下棋会画画的人，陪主人念念书，下下棋，画几笔画，这叫做帮闲，也就是篾片。”[23]许多文人都曾是这个群体的一员，如陈继儒、李渔、袁枚等。

李渔做清客为高官显宦造园，并接受绨袍之赐的经历，使他受到颇多訾议，时人以俳优目之，鄙笑者甚众，清人袁于令甚至评价李渔“性龌龊，善逢迎，游缙绅间，……诱赚重价。其行甚秽，真士林所不齿者也”[24]，并声言要剥其“士籍”。

其实，清客固然是权贵“借士大夫以为利，士大夫亦借以为名”[25]，但还是有些真本事的。清人梁章钜在《归田琐记》中曾经列举了清客必备的十种才品：“一笔好字，二等才情，三斤酒量，四季衣服，五子围棋，六出昆曲，七字歪诗，八张马钓，九品头衔，十分和气。”[26]可见，做清客需要具备多

23 鲁迅：《帮忙文学与帮闲文学》，见《鲁迅全集》第7卷，人民文学出版社1973年版，第782—783页。

24 袁于令：《娜如山房说尤》，见《李渔全集》第19卷，浙江古籍出版社1991年版，第310页。

25 赵宦光：《牒草》，见《四库全书总目提要》卷一百八十，集部三十三，中华书局1965年版，第1626页。

26 梁章钜：《归田琐记》，于亦时点校，中华书局1981年版，第138页。

般才能，并非等闲之辈可为。

李渔之所以成为清客中的翘楚，自然在于他无与伦比的才情。从他的闲书杂著《闲情偶寄》即可看出，举凡词曲、演习、声容、居室、器玩、饮馔、种植、颐养等，书中竟无一不备，且简单易懂、幽默风趣，把文人的闲雅生活说得有滋有味，深得达官贵人的喜爱。1935 年，林语堂英文版《吾国与吾民》给予该书极高的评价，认为此书是“中国人生活艺术的指南”。

景观篇

人们游园，所见秀峰耸翠，碧水回环，亭阁翼然，花木葱郁，形形色色的景观在移步换景中悄然涌现，不断变换，令人目不暇接。这些目之所及的景观不外乎由造园的几个基本要素巧妙结构而成：一是用石材堆掇而成的假山、石峰，构成园林的风骨；二是溪、池、湖、泉等各种水体，构成园林的灵魂；三是点缀于山水间的亭、榭、廊、窗等园林小筑；四是充满生机的花草树木以及与此相依的鱼虫鸟兽等。这些是造园不可或缺的四大景观要素。

墙外春山横黛色

山是园林的风骨

追溯园林的源头，上古时代的灵山与灵沼构成了天子苑囿的主体。在后世园林中，山一直是园林的风骨，水始终是园林的灵魂，园林中的山水，正是大千世界的缩影。在不大的园林空间中叠构出峰峦起伏、水波荡漾的山石池水，精巧安置的山石令人想起著名的山岳，一汪池水令人想起大江大河，这大概就是文震亨所说的“一峰则太华千寻，一勺则江湖万里”吧。

山，高大峻耸，壮阔而多姿，黄山云海、庐山秀峰、香山红叶、西山晴雪，令无数文人雅士赞叹不已。陶渊明直言

“性本爱丘山”（《归园田居》其一），李白面对敬亭山“相看两不厌”（《独坐敬亭山》），杜甫登泰山顶峰“一览众山小”（《望岳》），苏轼高吟“山中对酒空三叹”（《游道场山何山》），马致远庆幸“青山正补墙头缺”（《夜行船·秋思》），文徵明感慨“春山何似秋山好”（《题画》）……山，一直就是文人精神世界的外化。因此，在士道与王道发生激烈碰撞时，士人往往选择遁隐山林，以此来摆脱王权的羁绊，显示高标独立的自我。商朝孤竹君之子伯夷、叔齐因耻于食周粟，隐居首阳山，靠采集薇蕨充饥。可因薇蕨也是周朝的，于是他们连薇蕨也不吃了，宁可饿死山中。后来，司马光有感于伯夷、叔齐的气节，作诗《夷齐》来赞美他们：

夷齐双骨已成尘，独有清名日日新。
饿死沟中人不识，可怜今古几何人！

汉代时称隐逸山林者为“山林高士”，矫慎隐遁山谷，因穴为室；戴良逃入江夏山，拒不出仕；庞公携妻子隐于鹿门山，靠采药为生；向长与好友禽庆同游五岳名山，竟不知所终……为了保有人格的独立与尊严，他们全然不顾“深山太濩落，要路多险艰”（白居易《闲题家池，寄王屋张道士》）。

魏晋文人热衷寄精神于自然，在山水间静思默想，清谈玄理，一时间纵情山水蔚然成风。荀羡登北固山望海，未见三山便有凌云之意；宗炳西涉荆巫，南登衡岳，“澄观一心而腾踔万象”（如冠九《都转心庵词序》）；谢灵运

〔唐〕王维《江干雪霁图卷》（局部）

在庐山肆意遨游，“山行非有期，弥远不能辍”（谢灵运《登庐山绝顶望诸峤》）；陶弘景隐居句曲山，虽身在方外却怡然自得。依托山林的隐逸情怀，已然积淀为重要的士文化精神。

这种寻求幽雅环境来静观世界的生活，源于文人特立精神空间的需要。与此同时，文人园林开始勃兴，文人于自然山水之外，也多将人工化的山水——园林作为特立精神空间的依托，园林对于文人隐逸生活的重要性开始突显出来。

园林中的山景，有真假之分。气势恢宏的皇家苑囿常常依山而建，揽入真山，如颐和园中有座山叫万寿山，承德避暑山庄建于燕山山脉的深处。有的文人园林也引入山的余脉来造景，像明人邹迪光的愚公谷便借入惠山，王鏊的招隐园则建在洞庭山。

多数文人园林的山景是由工匠用石材堆掇而成的假山，这些假山就是文人寝馈山林、寄情丘壑的替代品。文人园林一般都不大，假山也相应地缩小，均为小型山石景观，观赏者可以通过“澄怀味象”，做到小中见大，即所谓“会心处不必在远”（刘义庆《世说新语·言语》），身处小丘而神游昆仑。北周文人庾信曾作《小园赋》，提倡小园小山，于其中亦能神游、意会、冥想、体玄，大可不必置身于真山真水中。

尽管小山强调主观体味的作用，但建造时仍本乎自然界的大山，以追求“虽由人作，宛自天开”为最高境界，因此叠山也是一门艺术。计成在《园冶》中以大量篇幅谈论叠山艺术，他认为：依据假山的位置，园林假山可分为园山、厅山、楼山、阁山、书房山、内室山、池山、峭壁山等；按其构造则可分为峰、

〔明〕仇英《游春图》

峦、崖、洞、岸、矶、峡等；而叠山离不开土，按土与石的使用情况，假山又可分为土山、土包石山、石包土山和石山几种。

“片山有致，寸石生情”（计成《园冶》），园林中的山石师法自然，凝结着造园家的艺术创造，因而除神形兼备外，还具有传情的作用。古人造园常借叠石来抒发山林情趣，这可能是受到了绘画的启迪。宋代画家郭熙在《林泉高致》中对山的描绘“春山澹冶而如笑，夏山苍翠而如滴，秋山明净而如妆，冬山惨淡而如睡”，就很能说明寄情于山的移情作用。

扬州的个园用石象征春夏秋冬，也说明了叠石的某种象征或传情作用。如春石，以粉墙漏窗为背景，一峰突兀于疏竹丛中，犹如雨后春笋，有万物竞春的意趣。夏石，峰岩耸立，盘根深厚，碧波穿流其间，苍翠蓊郁氛围极浓。秋石，呈暗赭色，倚立于亭之一侧，寓意翠残叶枯，万物萧索。

宋代之前的假山大多以土包石堆叠而成，以后逐渐单用太湖石、黄石等名石来叠山，旨在营造峻峭嶙峋的山林雅趣。宋人杜绾《云林石谱》收录一百余种，石种范围广达八十余个府、州、县和地区。明人计成《园冶》也收太湖石、昆山石、宜兴石、龙潭石、宣石、英石、黄石等十余种。

不同的石头生成的环境不同，其形质带给人的美感也不同。中国古代园林向来有分峰用石的说法，《云林石谱》记平江府太湖石“产洞庭水中，石性坚而润，有嵌空穿眼，宛转险怪势”[1]，若钩带联络，可营造出绵延奔走、起伏多姿的山势；而黄石体块较大，垂直性较好，石面

1 杜绾：《云林石谱》，见《景印文渊阁四库全书》子部谱录类，第844册，上海古籍出版社1989年版，第586页。

如刀削斧劈，棱角分明，可营造出陡峭奇伟、坚挺浑厚的山势。

在石头的谱系中，太湖石品为最上等，颇受文人青睐。唐人白居易首次发现太湖石的美，用于装点自家园池，开了后世假山洞壑之渐。他有一首诗云：

远望老嵯峨，近观怪嵚崟。
才高八九尺，势若千万寻。
嵌空华阳洞，重叠匡山岑。
邈矣仙掌迥，呀然剑门深。
形质冠今古，气色通晴阴。
未秋已瑟瑟，欲雨先沉沉。
天姿信为异，时用非所任。
磨刀不如砺，捣帛不如砧。
何乃主人意，重之如万金？
岂伊造物者，独能知我心！

《太湖石》

由于靠近石头产地，太湖石在明代中后期广泛用于江南园林，苏州环秀山庄的湖石假山便是江南园林中的极品，擅名已久。至于北方造园大规模地在江南采办太湖石，则要数宋徽宗赵佶于宣和年间以“花石纲”建造宫苑中的“艮岳”。赵佶酷爱山石，对奇石有独到的鉴赏力，他仿江南园林的叠石掇山，把诗情画意移入艮岳，突破了秦汉以来皇家苑囿“一池三山”的形制，自此以后太湖石声名更著。

太湖石产于江南水乡，玲珑秀润，一直受到文人和造园家的青睐，但由于过度开采，到明末就已经很少了，所幸还有黄石等其他名石。明人文震亨在《长物志》中说：“尧峰石，近时始出，苔藓丛生，古朴可爱，以未经采凿，山中甚多。”这里所说的尧峰石，即产于苏州近郊尧峰山的黄石。明末尧峰石的使用，是造园叠山史上的大事，自此以后黄石假山逐渐取得与太湖石假山比肩的地位。

黄石苍劲古拙、质朴雄浑，显示出一种阳刚之美，与太湖石的阴柔之美，正好是截然不同的两种风格，所以受到了造园叠山家的重视。《长物志》说尧峰石“不玲珑耳，然正以不玲珑，故佳”，计成《园冶》也说黄石：“质坚，不入斧凿，其文古拙。……俗人只知顽夯，而不知奇妙也”。

为了表现两种假山的不同趣味，古代造园家常将太湖石和黄石用于园林的不同区域，以示对比，如扬州个园四季假山中的湖石夏山与黄石秋山，苏州耦园中的东花园黄石假山与西花园湖石假山等。苏州拙政园的东部假山也是如此，明人王心一《归田园居记》说：“东南诸山采用者，湖石，玲珑细润，白质藓苔，其法宜用巧，是赵松雪之宗派也。西北诸山采用者，尧峰，黄而带青，古而近顽，其法宜用拙，是黄子久之风轨也。”[2]

王心一文中提到的赵松雪，即元人赵孟頫，其所画山水，点染工细，用太湖石正好表现其工巧秀润的画风；黄子久即元人黄公

2 王心一：《归田园居记》，见邵忠、李瑾选编：《苏州历代名园记·苏州园林重修记》，中国林业出版社 2004 年版，第 103 页。

望，其所画山水，浑厚简逸，用黄石堆叠的假山正好表现其气势雄浑的画风。这两种不同的绘画宗派，对应着叠山中的两种不同表现手法。所以，绘画乃造园之母，叠山技艺精绝者，必然精通绘画。

园林中的山石有大山，有小山，有石壁，有石洞。李渔《闲情偶寄》说园林之中的大山，如“名流墨迹，悬在中堂，隔寻丈而观之，不知何者为山，何者为水，何处是亭台树木，即字之笔画杳不能辨，而只览全幅规模，便足令人称许。何也？气魄胜人，而全体章法之不谬也”。这种气魄来自何处？一方面，来自作者胸臆之博大、精神之宏阔；另一方面，来自作者构思之雄浑、大家之气度。

而小山，则要讲究玲珑剔透，情趣盎然。它们可让人在近处赏玩，细处品味，因此选择好的石头尤为重要。叠山名家提出，石之四面可视者为极品，三面可赏者为上品，前后两面可看者为中品，一面可观者为末品。但杜绾说石之可观者，“大抵只两面或三面，若四面者，百无一二”，可知品相好的石头极为难得。

石壁之妙，则在于其“势”，挺然直上，有如劲竹孤桐，其体嶙峋；仰观如削，造成万丈悬岩、穷崖绝壑之势。这样的石壁给人的审美感受是崇高，可激发观赏者的昂扬意志。一般园林的石壁给人的审美感受多是优美，有了陡立如削的石壁，则多了一种审美品味，形成审美的多样化。

假山无论大小，其中皆可作洞。李渔在《闲情偶记》中说，石洞宽者可以用来坐人，窄者不能容膝，就与其他屋子相连，屋子中放置一些小石块，如此一来屋子就与石洞浑然一体，虽然身在屋子中，也跟坐在石洞里差不多了。

假如石洞与居室相连，再有涓滴之声从上而下，真有如身居幽谷之境。

石与人的关系最为亲密。对于爱石之人来说，石头是有灵魂的，一块佳石，是无言的诗、不朽的画。唐人白居易《双石》诗中有“回头问双石，能伴老夫否。石虽不能言，许我为三友”的诗句，道出了托石寄情的内心感悟。宋人陆游也有诗曰：

花如解语还多事，石不能言最可人。

《闲居自述》

李渔说，石不必定作假山，拳头大的别致石头，只要安置得有情趣，即便摆在房间，在旁边坐卧，也可让内心深处对泉石的渴望得到慰藉。庭院之中，石头亲切可人，平坦者可坐，欹斜者可倚，又可代几案，放置香炉茗具。唐人孙位的《高逸图》描绘了“竹林七贤”与山石亲密无间的意态。

计成《园冶》中谈到掇山“有真为假，做假成真”的原则。既然世上有真山水，就可用来掇叠咫尺山林；若想求得逼真，就要表现出自然的气质和神韵。掇山虽要有些天赋和悟性，但还是全靠人的执着探索。那些奇秀苍古的假山峰峦、宛若天成的咫尺山林，虽出自造园家的妙思，一半还在园主的脱俗雅兴。

园林立石最重神韵，一块好的石头，关键在于耐看、耐品。石之美固然是由常年的风吹浪激、日晒雨淋所造就，可谓鬼斧神工，巧趣天成，但这种美却有赖赏石者的主观发现。关于品石，李渔说："言山石之美者，俱在透、漏、瘦三字。"可见这一标准已为人们所认可。除此之外，人们还提出了皱、丑、痴、巧、顽、拙等标准。

透与漏，字面上难以明确区分。李渔对此解释说："此通于彼，彼通于此，若有道路可行，所谓'透'也；石上有眼，四面玲珑，所谓'漏'也。"所以，"透"是通过、穿过之意，用于品石，指石孔相通透；"漏"是指窍孔，用于品石，则强调石上有孔穴。总之，"透""漏"之石所表现的是窍孔通达、玲珑剔透之美。

瘦，是对石的外在轮廓的审美要求，即李渔所说的"壁立当空，孤峙无倚"，好似高标自持的君子。在古代园林中，符合"瘦"这一标准的名石很多。苏州著名的留园三峰——冠云峰、瑞云峰、岫云峰，无不具有清秀挺拔的"瘦"之神韵。岫云峰瘦而多小孔；瑞云峰瘦而多大孔；冠云峰则孤高而奇瘦，漏皱而多姿。瘦石在审美上给人以骨力之美，是孤傲峭拔人格的象征。

皱，与中国古代山水画的皴法有关。清人沈宗骞《芥舟学画编·论山水》中论述画石："依石之纹理而为之，谓之皴。皴者皱也，言石之皮多皱也。"[3]可见，皴即是皱。在造园叠山中，皱就是石面上的凹凸和纹理，也就是计成所说的"文理纵横，笼络起隐"。对石来说，皱的效果是使其立面显隐起伏、纹理丰富，这样的石头富于变化，不显呆板，让人觉得耐看、耐品。

丑，是相对于美而言的。石头常常丑到

3 沈宗骞：《芥舟学画编·论山水》，见俞剑华编著：《中国古代画论类编》，人民美术出版社2004年版，第880页。

极处即是美，苏轼提出石以清、丑、顽、拙为美，龚自珍将“清丑”用以品人，陈从周先生说：“清龚自珍品人用‘清丑’一辞，移以品石极善。”[4] 桂林七星岩的石峰奇形怪状，如兽，如鸟，如树，如云，如少女，如老翁，如狮吼，如牛饮，各种丑陋无比的石头，丑得不合逻辑，却丑得那么有个性，个个都是石中极品。

“吴中园林之以石名著，端推狮子林为第一”，谈到江南园林的假山，怎能不提及元代苏州名园狮子林呢？

《大智度论》说，“佛为人中狮子，佛所坐处若床若地，皆名狮子座”，高僧住的地方，“如大树丛聚，是名为林”，所以“狮子林”这个名字颇有禅意。将寺庙禅院建成园林的样子，少了些许庄严肃穆，添了几分灵性韵味。住进狮子林的惟则禅师说：

> **人道我居城市里，我疑身在万山中。**
>
> 《狮子林即景十四首》其十三

狮子林内的假山，除少量为黄石外，几乎全用太湖石堆叠。这些瘦、皱、透、漏的湖石，仿照佛教故事中的人体、狮形、兽像，有的若大狮，有的若小狮，有的像吼狮，有的像蹲狮，有的像睡狮，有的在搏球，有的在相斗，千姿百态的狮石、狮峰竟然多达五百余座。明人倪瓒

4 陈从周：《续说园》，见顾骧编：《未尽园林情——陈从周散文随笔选》，商务印书馆 2010 年版，第 14 页。

有《狮子林图》，绘出了狮子林假山之大成。

据民间传说，佛国的一头雄狮，见了狮子林，以为回到了佛国狮子群，一阵欢喜，就地一个打滚，化作了狮子林里的狮子峰，四处散落的狮毛，也化作了一个个小狮子，站的站，蹲的蹲，争抢的争抢，打闹的打闹，将佛门净地狮子林挤了个严严实实。

乍一看，狮子林里的假山，真有大大小小的狮子的样子，但也不是特别逼真的那种，只在似是与非是之间。而这似是而非也是一种禅意，若有若无，若隐若现，同时又是一种艺术的理想和境界。

狮子林假山，大致分为东南、西部和北面三大部分，园内最大的假山群，位于东部并蜿蜒至池中。西部的假山，则以石包土为典型特征。北部真趣亭前，也有一座相对独立的小型假山。而更多的零星湖石，或点缀于厅前堂后，或错落于曲径两侧，或镶嵌于花台水榭，一些湖石还被分隔为水中的汀步，甚至厅堂的台阶也选用高低不平的湖石。如此一来，狮子林可说是无处不石，无地不山了。

狮子林临水而筑的“水假山”，随着季节而变幻多端，更是狮子林假山一绝。每当雨季来临，池水盈溢，一部分假山就会浸淫入池。于是，水因石而媚，石因水而活，狮子林千姿百态的狮石狮峰，就会奇迹般地你隐我现，我露他藏，正因不能得其全而妙不可言。清人赵翼游狮子林后题诗一首，其中几句赞赏狮子林假山：

人间乃有狮子林，一亩中藏百里阔。

取势在曲不在直，命意在空不在实。

《同蓉溪芷堂游狮子林题壁兼寄园主同年黄云衢侍御》

乾隆喜欢狮子林，六次南巡时五游狮子林，感慨此园“假山岁久似真山”（乾隆《再游狮子林》）。他又在京城和承德避暑山庄仿造了狮子林，但这两处景观毕竟是模仿，在神韵上总是比苏州狮子林差了那么一点，所以他才在南巡时，一而再，再而三地去苏州看狮子林。其御制诗曰：

最忆倪家狮子林，涉园黄氏幻为今。
因教规写阊城趣，为便帝王御园寻。

《狮子林八景·狮子林》

民间有一笑谈流传甚广。乾隆游狮子林，在假山丛中转来转去，觉得十分有趣，一时雅兴大发，唤随从备砚，挥笔写下“真有趣”三字。这时站在一旁的一位黄姓状元见了，觉得这三字太白话了，不免俗气，有失皇上体面，便说：“万岁御笔千金，微臣一贫如洗，叩请皇上把中间的‘有’字赏给微臣吧！”乾隆自然明白黄状元话中有话，便顺水推舟地把“有”字赏给了他，而把“真趣”赐给了这一园景色。

苏州的环秀山庄也是江南园林中的极品，它的湖石假山擅名已久。

“石为山之骨”，苏州太湖西山盛产太湖石，湖石运到北京是皇帝才有的享受，而在苏州，即便是普通百姓，只要家有余裕，院子里就能垒上几块。所以叠山高手往往出自苏州，堆叠假山也渐渐成为一门古老的手艺，一个养家糊口的职业。明人谢肇淛就曾说："吴中假山，土石毕具之外，倩一妙手作之，及舁筑之费非千金不可，然在作者工拙何如。"[5]自明代开始，江南一带就出现了不少职业的造园师。

环秀山庄就出自苏州造园名师戈裕良之手。有关戈裕良的事情，历史上没有多少记载，只知道他是常州人，什么出身，有怎样的经历，都无从知晓。不过，从他叠造的假山来看，那种超凡脱俗的神来之笔，似乎不应出自一个为柴米油盐而奔波的匠人之手。

江南自古水乡泽国，有造不完的园子，戈裕良年复一年地东奔西走，渐渐有了些名声，当环秀山庄的主人找到他时，他已经是闻名遐迩的叠山高手了。在戈裕良走进环秀山庄大门的那一瞬间，随着他的脚步，中国造园史最后的一笔精彩轻轻掀开了。

环秀山庄的假山一直是苏州城里最珍贵的东西，有人把它与拙政园文徵明手植的紫藤、织造府的瑞云峰共推为"三宝"。这假山虽高不足三丈，却有群山万壑之势，危径、洞穴、幽谷、石崖、飞梁、绝壁，姿态万千。就像造化钟灵的祥瑞、上天呵护的尤物，环秀山庄的假山由一块块再平凡不过的石头堆叠而成，但就是不露"假"的痕迹。

叠山与绘画确有异曲同工之妙，清人石涛在扬州用太湖石叠成一座章法奇妙的万石园，他绘画时也往往能做到"搜尽奇峰打草稿"。戈裕良叠山则好似绘画，

5 谢肇淛：《五杂组》，上海书店出版社 2001 年版，第 56 页。

他用的是大斧劈法，以大块竖石为骨架，叠成垂直状石壁，形成平地拔起的秀峰，大有绘画中“斧劈皴”的味道。

明人叠山常用条石合凑，石间空缝填土，便于种树，久而久之则树根盘固，与石一体，不仅山体结构更牢固，也更近于真山情境，不失为堆叠假山的好方法。戈裕良却有他的独创，他采用自己首创的“钩搭法”，利用山石之间的挤压、勾连，将大小石头钩带联络，山石纹理吻合，孔洞相连，浑然天成，如真山洞壑一般，可以千年不坏。

宋人郭熙在《林泉高致》中说：“山有三远：自山下而仰山巅谓之高远，自山前而窥山后谓之深远，自近山而望远山谓之平远。”在环秀山庄，戈裕良就实践了这样的美学理想。清代诗人洪亮吉写诗赠戈裕良，赞誉他的造园绝技，诗曰：

奇石胸中百万堆，时时出手见心裁。

《赠戈裕良诗三首》其一

一峰出水离奇甚，疑是仙人劫外山。

《赠戈裕良诗三首》其二

张南垣与戈东郭，移尽天空片片云。

《赠戈裕良诗三首》其三

假山是环秀山庄的风骨和灵魂，后人对此也是交口称赞，如近人金松岑说："凡余所涉天台、匡庐、衡岳、岱宗、居庸之妙，千殊万诡，咸奏于斯。"[6]陈从周说："环秀山庄假山，允称上选，叠山之法具备。造园者不见此山，正如学诗者未见李、杜。"[7]刘敦桢也说："就艺术水平言，苏州湖石假山当推此为第一。"[8]

戈裕良去世后仅十年时间，中国社会便进入长期的战乱之中。两次鸦片战争使北京的园林毁损大半，咸丰年间的太平天国起义又对江南经济造成极大破坏，苏州、扬州、南京等地的名园大多毁于兵燹，湮于荆榛。明清两代叠山轰轰烈烈几百余年，到戈裕良算是一个总结，既是一座高峰，也是由盛而衰的转折。

6 金松岑：《天放楼文言》卷五《颐园记》，文海出版社 1970 年版，第 165 页。

7 陈从周：《苏州环秀山庄》，见顾骧编：《未尽园林情——陈从周散文随笔选》，商务印书馆 2010 年版，第 69 页。

8 刘敦桢：《苏州古典园林》，中国建筑工业出版社 1979 年版，第 72 页。

远烟深处弄沧浪

水是园林的灵魂

与皇家苑囿中的水景象征神话仙境不同，文人园林中的水景，与山石一样，既是自然景观，也是士人精神的外化。儒家以水比德，“亟称于水”，提出“知（智）者乐水”（《论语·雍也》），“原泉混混，不舍昼夜，盈科而后进，放乎四海”（《孟子·离娄下》），借水永不枯竭的生命活力，要求人像水一样循序渐进，自强不息。道家认为水之德近于“道”，“上善若水，水利万物而不争”（《老子》第八章）。文人雅士则以水为友，“水能性淡为吾友”（白居易《池上竹下作》），借以表达高远的情怀。晶莹明洁的水犹如澄澈的心境，隔绝尘嚣，使人志清意远，若游于方外。

“考槃在涧，硕人之宽”（《诗经·考槃》），《诗经》赞美远离尘嚣、隐逸山涧之畔的贤人形象伟岸、心怀宽广，“槃涧”遂成为山水隐逸之所的符号。槃涧之水，流淌于后世，网师园中就有一水景名“槃涧”，浸润抱慰着参差各异的生命主体。

东汉文人严子陵助刘秀称帝，后功成身退，不受征召，垂钓于富春江。唐代有“竹溪六逸”，他们隐居徂徕山下的竹溪，于溪水间纵酒酣歌，诗思骀荡，写出了悠悠烟水，十里荷香。渼陂是唐时长安郊邑的一大水景，源自终南山，西北流入涝水，杜甫曾与岑参等人在此泛舟、饮酒、吟诗、作乐。宋代初年，网师园中潇洒的渔翁，活动的天地仅是半亩的彩霞池，却显得辽阔旷远，有水乡漫漶之感。

水有多种形态。大江大湖，一片浩渺；池塘河湾，水平如镜；溪涧涡流，潺潺回旋；瀑布奔腾，轰然震耳……这些水体一直是中国园林中最具生气的元素，园林因水而秀，无水不成景，无水不成园。智者乐水，古代文人十分欣赏水韵幽幽的江南园林，南宋诗人杨万里的诗句点出了园林与水的关系：

岸岸园亭傍水滨，裴园飞入水心横。

《大司成颜几圣率同舍招游裴园，泛舟绕孤山赏荷花，晚泊玉壶得十绝句》

明清文人也说得透彻。明人文震亨说：“石令人古，水令人远。园林水石，最不可无。”[9]

9 文震亨著，陈植校注：《长物志校注》，杨超伯校订，江苏科学技术出版社1984年版，第102页。

清人郑绩说："石为山之骨，泉为山之血。无骨则柔不能立，无血则枯不得生。"[10] 可见，水是园林的灵魂，水景是园林中最富魅力的部分，它同山石景观互相辉映，相得益彰。

水令人远，浩渺无际的水景可将人的心思延伸到无限的远方，在想象中远离尘世的喧嚣和俗务，诚如杨引传的诗歌《小桃源》所云：

不在山林在城市，可知心远自忘喧。

这一文化心理积淀在文人的园林审美中。欧阳修《养鱼记》说"循漪沿岸，渺然有江湖千里之想"，这里隐含一个"远"字；钱大昕《网师园记》说"沧波渺然，一望无际"，也包含着"水令人远"的意趣情思。

园林水景，最著名的要数沧浪之水了。

沧浪亭最初系五代时吴越国广陵王钱元璙的近戚、中吴军节度使孙承祐的池馆。北宋文臣苏舜钦以四万贯钱买下废园，傍水造亭。据范成大《吴郡志》记载，沧浪亭始建之时，"积水弥数十亩，傍有小山，高下曲折，与水相萦带"，"积土为山，因以潴水"。[11] 后沧浪之水渐渐闻名于世。

苏舜钦，字子美，宋仁宗景祐二年（1035）进士，历任蒙城、长垣县令，入大理评事、集贤殿校理、监进奏院等职。当时杜衍、富弼、

10 郑绩：《梦幻居画学简明论山水》，见俞剑华编著：《中国古代画论类编》，人民美术出版社 2004 年版，第 971 页。

11 范成大：《吴郡志》，陆振岳校点，江苏古籍出版社 1999 年版，第 188 页。

范仲淹执政，主持“庆历新政”。苏舜钦为杜衍之婿，因支持新政而遭人陷害。御史中丞王拱辰让其属官劾奏苏舜钦，劾其在进奏院祭神时，用卖废纸之钱宴请。苏舜钦以监守自盗罪被削职为民，于庆历五年（1045）四月远离京都，闲居苏州。

苏舜钦流寓苏州，心情郁闷时，常常在盘门附近的山水空蒙中徘徊。有一天，他经过府学，沿着贴水的曲径向东而行，望见钱氏池馆旧址，这里野水潆洄，草木葱郁，还有一架小桥通向更加广阔的郊野。苏舜钦心里一动，几乎就在一瞬间，他决定买下这片荒地，开始围山造水，水旁筑亭。

亭子起什么名字呢？苏舜钦想起了流传已久的沧浪歌，“沧浪之水清兮，可以濯我缨。沧浪之水浊兮，可以濯我足”，这首春秋战国时期汉北一带的民歌，想必孔子、孟子听到了，要不孟子怎么引用孔子所说“清斯濯缨，浊斯濯足，自取之也”呢？想必屈原也听到了，要不他怎么借渔父之口鼓枻高歌呢？真是千古绝唱啊，就叫“沧浪亭”吧。

沧浪亭建造好后，苏舜钦住了下来，他常常摇荡着小船到亭上游玩，享受着沧浪亭的一潭静水带来的精神愉悦，并作有《沧浪静吟》一诗。其有两句诗云：

独绕虚亭步石矼，静中情味世无双。

在苏舜钦看来，最能忘却尘世荣辱、锱铢利害的，莫过于沧浪亭的一片静谧。他所讲的“静中情味”，无非是自己在静谧境界中感受到的远离尘嚣的闲情雅趣。南宋文人胡仔《苕溪渔隐丛话》中说苏舜钦“真能道幽独闲放之趣也”[12]，此诗可为一例。

当时，欧阳修听说此事后，随即寄赠一首诗给苏舜钦，里面有两句“清风明月本无价，可惜只卖四万钱”，道出文人的酸楚与无奈。欧阳修同样在官场受到排挤，所以这两句既说了苏舜钦，也说了自己。几百年后，清代江苏巡抚梁章钜在修复沧浪亭时，觉得这后一句似有不雅，不由想起了苏舜钦《过苏州》中的两句：“绿杨白鹭俱自得，近水远山皆有情。”于是将四句裁剪成了一幅别开生面的对联：

清风明月本无价，近水远山皆有情。

沧浪亭中的这一份淡泊宁静，比“力拔山兮气盖世”（项羽《垓下歌》）含蓄内在，比“风萧萧兮易水寒”（荆轲《易水歌》）自然温润，这就是苏舜钦独爱沧浪之水的原因吧。

千百年来，沧浪亭数度兴废。随着历史的变迁、园主的更迭，沧浪亭的文化意涵也在悄然发生变化，从抒写沧浪濯缨的政治愤懑，到追慕先贤高踪、景行维贤，沧浪亭的创构和布局的变迁，清楚地显现出这一文化精神的历史发展轨迹。

苏舜钦后复为湖州长史，庆历八年（1048）十二月去世。苏舜钦去世后，沧浪亭为章楶

12 胡仔纂集：《苕溪渔隐丛话》，廖德明校点，人民文学出版社1962年版，第218页。

和龚氏两家所有。章粢扩大了沧浪亭的面积，又在沧浪亭北面的洞山下发现嵌空大石，以为是广陵王时所藏，于是“增累其隙，两山相对，遂为一时雄观”[13]，时人称为“章园”。章氏之子又用三万贯钱买黄土，增筑山亭。至此，章园之胜甲过江南。

南宋绍兴年间，韩世忠据此建造韩蕲王府，人称“韩园”。韩氏在两山之上筑桥相连，名为“飞虹”，山上建寒光堂、冷风亭、翊运堂，水边筑亭，有梅亭、竹亭、桂亭等，但仍保留沧浪亭胜景。南宋绍定二年（1229）刻制的《平江图》石刻中有沧浪亭，大门朝南，周围三面环水，园内修篁绿荫，树木蓊郁，其亭依然立于园子北部。

元明之际，沧浪亭成为寺园，磬音缭绕，香火明灭，曾是妙隐庵、大云庵等寺庙所在地。此时的沧浪亭虽仍有些许崇阜广水的旧貌，但已不复当年之姿。沈周于明弘治年间所见的沧浪亭依然是“竹树丛邃，极类村落间”[14]，文徵明也说：“所谓沧浪亭者，虽故址仅存，亦惟荒烟野草而已。”[15]

明嘉靖年间，苏州知府胡缵宗为纪念韩世忠，把妙隐庵改建为韩蕲王祠；文瑛和尚钦重苏舜钦，于大云庵荒残灭没之余重建沧浪亭，并亟请归有光作《沧浪亭记》，且强调“昔子美之记，记亭之胜也。请子记吾所以为亭者”[16]，明确记录重建沧浪亭“高山景行”的

13 范成大：《吴郡志》，陆振岳校点，江苏古籍出版社 1999 年版，第 187 页。

14 沈周：《草庵纪游诗》，见四库全书存目丛书编纂委员会编：《四库全书存目丛书》集部，第 37 册，《石田先生文钞》，齐鲁书社 1997 年版，第 137 页。

15 文徵明：《题苏沧浪诗帖》，见《景印摛藻堂四库全书荟要》集部，第 72 册，《甫田集》，台湾世界书局 1985 年版，第 170 页。

16 归有光：《沧浪亭记》，见邵忠、李瑾选编：《苏州历代名园记·苏州园林重修记》，中国林业出版社 2004 年版，第 38 页。

目的。沧浪亭从抒写政治愤懑，一变而为追慕先贤名流，其创构布局及文化内涵发生转变。

到了清康熙年间，河南商丘人宋荦因仰慕苏舜钦的啸傲恣意，寻访沧浪亭遗迹，所见“野水潆洄，巨石颓仆，小山蘩翳于荒烟蔓草间，人迹罕至”[17]，颇为感慨，乃赋长诗《沧浪亭用欧阳公韵》一首，其中两句曰：

厥后踵事非一姓，转眼变灭随云烟。

为了“斯亭遂与人不朽”，宋荦主持重修沧浪亭，复构亭于山上，并筑观鱼处、自胜轩、步碕廊等数处，其名多取自舜钦诗文。据宋荦《苏子美文集序》载，改建之后的沧浪亭，“春秋佳日，游屐麇集，遂擅郡中名胜”。至此，沧浪亭原貌得以恢复。

乾隆皇帝六下江南，四次幸临沧浪亭，此园又有所增色，山石玲珑，云水苍茫，花树苍郁，堂榭整饬。道光年间，江苏巡抚梁章钜以布政使莅苏，对沧浪亭再加修治，增设台榭，使沧浪亭蔚为大观。

清咸丰十年（1860），太平军入城，沧浪亭遭毁。同治年间，巡抚张树声到苏州，主持重修沧浪亭，不但亭建原址，馆堂轩榭等建筑大半就地结构，题额、石刻、楹联、题咏、绘像等铭刻也全部恢复旧观，并撰书一联重申“景行维贤”的主题，今日沧浪亭的格局大体如此。

此联云：

17 宋荦：《重修沧浪亭记》，见邵忠、李瑾选编：《苏州历代名园记·苏州园林重修记》，中国林业出版社 2004 年版，第 40 页。

泉石憩名贤，伴具区烟水，林屋云峦，独向尘寰留胜迹；
簿书逢暇日，更解带乱耘，停车问俗，岂徒觞咏事清游？

沧浪亭，虽经千百年的风雨沧桑，却没有毁于榛莽之中，依然保持了宋代造园之初的基本风貌，苏舜钦的人格精神始终是沧浪亭的灵魂。千百年来沧浪亭屡废屡建，铭刻着一代又一代的文化变迁，叠印着越来越丰富的精神寄托。其高山景行的文化内涵，令后世之人追慕不已。

山得水而活，木得水而茂，亭榭得水而媚，绘画如此，造园亦是如此。计成《园冶》说："假山以水为妙。倘高阜处不能注水，理涧壑无水，似少深意。"无论是北方的皇家苑囿，还是江南的文人园林，凡条件具备，都必然要引水入园。即便受条件限制，也无不千方百计地以人工引水开池，以此来点缀山景、花木和亭榭。

因此，就像叠山一样，理水也是艺术。天地之美，园林概之；园林之美，理水载之。大美不言，尽在理水中。计成《园冶》说："卜筑贵从水面，立基先究源头，疏源之去由，察水之来历。"明确指出理水对于园林造景的重要性。

园林中的水，有湖、池、沼、河、溪、涧、泉、瀑等，一般可分为动、静两种。河流、溪涧、泉瀑是动水，湖泊、池沼是静水，动静相辅。而无论是静水还是动水，最终都必须体认平淡、虚静、素朴的意趣，达到如计成所说"不出郛廓，旷若郊墅，虽为人作，宛自天开"的效果。

园林水景，以静为主，那些滨湖或绕池置景的园子，都有一潭静水，如一面明镜，涵泳着园中的美景，周边的亭榭、山石、树木乃至天空都被含映在水中。小小的园子，因为水，四面景观得到无限延伸。宋人朱熹有诗吟道：

半亩方塘一鉴开，天光云影共徘徊。

《活水亭观书有感二首》其一

水面虽静，理水时却要灵活处之。一般来说，小园水少而聚之，尽可能使有限的水面显得集中开阔，再以水池为中心，周围环列亭榭，形成一种向心内聚的格局，一般中小型园林多采用这种理水方法。大园水宽则分之，用化整为零的方法把水面分隔成若干部分，形成主题不同的水景，这样便可因水的来去无源流，产生深邃藏幽之意趣。

拙政园是一个以水景为主的园子，水体占全园面积的六成左右，理水时利用原先积水弥漫的洼地，分隔成若干相互贯通、变化多端的水景，造成水陆萦纡、水面迂回的迷离意境。

拙政园分东、中、西三部，以中部为主。中部水面较多，呈横长形，水中堆出东西两座山岛，又用小桥和堤岸把水面分成数块。水面开阔的地方，苍翠层叠的林木之中，疏密不等地点缀着亭台廊榭，倒影如画，深远无尽。而水面相对狭窄的溪流，则起沟通连接作用，这样各空间环境既自成一体，又相互连通。

〔明〕文徵明《拙政园八景·芭蕉槛》

网师园几经沧桑，唯池水一泓，清澈无恙。园中的彩霞池仿虎丘山白莲池用黄石叠砌而成，围绕彩霞池，周围配以精致小巧亭廊轩阁，隙地遍植花草树木，形成一个幽静雅致的闭合空间。

网师园水池南，黄石堆叠的假山间植桂树，山下临水一小径绵延通往濯缨水阁，阁下泊一小船；水池北，植有罗汉松、古柏、白皮松等百年古树，苍劲古朴的枝干倒映水面；水池东，曲折的小石台阶直抵矶台，紫藤攀附黄石假山；水池西，水崖上有一座玲珑八角亭名月到风来亭，闲坐时凭栏望水。

拙政园和网师园的理水手法因地制宜，大则化整为零，小则内聚开阔。拙政园的水，以分为主。似有许多源流，水流曲折，来去无尽，有深壑藏幽之感。网师园的水，聚而不分。池岸吻水，水面伸入穴内，形同水口，望之幽邃深黝，有水乡漫滤之趣。

有的园林并无水源，常常需要人工开凿小池。这种园林小池，因为小，能起到点缀亭榭、花草的作用；又因为集中，往往能达到画龙点睛的效果。如杭州寺园虎跑寺，虽具有幽美的自然环境，但水源并不充沛，于是巧妙地开凿了若干小池，把局部空间点缀得十分妩媚。

园林太静了，便需要水声添些趣味。在寂静的园林中，流水发出的美妙声响，犹如天籁，更增添了园林的生气。对此，古人诗中多有吟咏：

非必丝与竹，山水有清音。

左思《招隐诗》

山溜何泠泠，飞泉漱鸣玉。

陆机《招隐诗》

风篁类长笛；流水当鸣琴。

何绍基题沧浪亭翠玲珑楹联

泉滴潭池，使人感到寂静幽深；流水潺潺，使人感到平和舒畅；瀑布轰鸣，使人感到情绪激昂。古代园林水景中，不乏利用水声成景的例子，那些潭瀑、溪涧、河湖，以其美妙的声响为园林增添了无穷意境。

无锡寄畅园占地十五亩，进园便见锦江湖，湖东长廊连接水榭。登上水榭，清脆动听的乐音便悄然入耳，似丝似竹，且唱且吟，悠扬而婉转。循声觅去，那乐曲却来自山谷小溪。清泉一股自假山对峙的小山谷潺潺而入，水流随山谷的高低宽窄，时缓时急，加之山谷共鸣，便发出和谐音律，时而浅吟低唱，时而婉转回环，好似金、石、丝、竹、匏、土、革、木八音，合奏出高山流水般的天籁，让人不禁吟出“泉水潺潺流不息，八音涧里听琵琶”的诗句，这就是著名的“八音涧”。

承德避暑山庄的风泉清听，有清溪流出，水滴石板，琮琤作响，如鼓瑟弹琴。这里原为康熙皇帝看望母亲时的休息处，后来做了乾隆的书斋。《热河志》说：“松鹤清越之西置三楹，曰‘风泉清听’，有泉出两山间，注溪穿窦。风来涧谷，则听益清远，与松声鹤韵相应答。”[18]康熙取孟浩然“松月生夜凉，风泉满清听”（《宿业师山房待丁大不至》）的意境，为门殿题额“风泉清听”，并题诗一首：

瑶池芝殿老莱心，涌出新泉万籁吟。
芳槛倚栏蒸灵液，南山近指奏清音。

《避暑山庄三十六景题诗·风泉清听》

圆明园夹镜鸣琴在福海南岸，按照李白“两水夹明镜，双桥落彩虹”（《秋登宣城谢朓北楼》）的诗意筑成。北临广水，南衔内港，二者之间飞跨着圆形拱洞的虹桥，结合水面倒影，正像一面圆形的镜子；东边山崖上有流泉跌落，冲激于乱石之中，发出鸣琴般的声音。无论是拾级登上桥亭，或策舟穿过桥洞，桥上桥下，都可以领略到水声成景的美妙。

杭州烟霞岭下，岩石盘峙，洞壑虚窈，泉水清甘，声如金石。宋神宗熙宁二年（1069），郡守给它起名叫“水乐洞”，后来成为文人园林一景。这里既有许由洗耳的清雅，又有洞中岁月的领悟，更有倾听天籁的乐趣，尽展“水乐”意趣。明人王大受为此赋诗一首：

历聘空寒六六天，更来洗耳听春泉。
迅湍激石浮清磬，悬溜行沙写素弦。
洞口林亭三四曲，洞中日月几千年。

18 《钦定热河志》，见《景印文渊阁四库全书》史部地理类，第495册，上海古籍出版社1989年版，第419页。

何人独得开收律，谱入宫商与世传。

《游水乐洞》

水是流动的、不定形的，与山的稳重、固定恰成鲜明对比。水中的天光云影、周围景物的倒影及碧波游鱼、荷花睡莲等，大大增添了园景的生动活泼，故有“山得水而活，水得山而媚”之说。

“落霞与孤鹜齐飞，秋水共长天一色”（王勃《滕王阁序》），这是滕王阁下的赣江秋水；“日暮乡关何处是，烟波江上使人愁”（崔颢《登黄鹤楼》），这是黄鹤楼下的长江烟波。园林之水则“纳千顷之汪洋，收四时之烂漫”（计成《园冶》），使人足不出户即能领略林泉之致、山水之怡。中国园林有“无园不水”之说，水晶莹剔透，柔媚且强韧，蕴含着无限的想象和深刻的哲理，是园林中最富有生气的要素。

亭榭凌空眼界宽

亭、榭、廊、窗的魅力

园林作为可行、可望、可游、可居的诗意空间，除了山水、花木外，亭、榭、廊、窗等园林小筑必不可少，它们大都选址得当，体量小巧，造型别致，饶有情趣，可起到点缀风景、供人休憩、引导游赏等作用。园林中的山水、花木与这些小筑相结合，再加上古人精湛的造园手法，造就了中国园林的独特魅力。

亭已有相当悠久的历史，但最初的亭与后来的园亭并不是一回事。在周代，边防要塞常常设有侦查、瞭望的岗亭，也称“亭堠”，每个岗亭设有亭吏。六朝以后，亭是供行人休憩之用，在道路两边每隔一段有一座亭，叫作“路亭”。路亭又有长亭和短亭之分，相距十里建亭的叫长亭，相距五里建亭的叫短亭，即所谓“十里一长亭，五里一短亭”（白居易、孔传《白孔六帖》卷九）。

后来，“亭”才以它丰富多姿的形式成为魅力独特的园林小筑。最初的园亭也是供游人休憩之用，所以《园冶》说：“亭者，停也，所以休憩游行也。”作为逗留赏景的场所，园亭造型小巧别致，结构简单，一般四面通透，有的一面倚墙，轻盈多姿的形态与园林中的山水、花木相结合，构成一幅幅饶有意境的生动画面。所以，亭在中国古代园林中十分常见，几乎是每个园子都不可缺少的景观小筑。

亭何时起出现在园林中，尚无定论。最早见于记载的园亭，是郦道元在《水经注》卷四十中所记的“兰亭”，即东晋王羲之、谢安等文人的修禊之所，稍后有《洛阳伽蓝记》卷一中说的北魏名园“华林园”中的“临涧亭”。到了南朝、隋唐以后，园林中的亭就多起来了，以至无园不亭、无亭不园了。

隋唐时期，隋炀帝杨广在洛阳兴建的西苑中有风亭月观等景观建筑，唐长安城的大明宫太液池中有太液亭，兴广宫城内龙池东的一组建筑以沉香亭为中心。宋代有记载的亭子就更多了，构筑也极为精巧，《营造法式》中就详细地描述了多种亭的形状和构造技法。此后，园亭便愈来愈多，形式也多种多样。

亭子不仅是供人憩息的场所，也是园林中重要的点景小筑，若布置得体，全园俱活，不得体则会有凌乱之感。亭子要建在风景好的地方，使人入内歇足休息时有景可赏，同时更要考虑它与周围景观的谐调一致，即要达到古人诗中所描写的效果：

径连湖水行幽草，廊接风亭卧偃松。

董嗣杲《甘园》

檐前列岫连云耸，亭下双溪彻底清。

吴芾《安仁绝览亭》

一派潺湲流碧涨，新亭四面山相向。

欧阳修《渔家傲》

琵琶亭畔多芳草，时对香炉峰一笑。

辛弃疾《玉楼春》

计成在《园冶》中总结道：“花间隐榭，水际安亭，斯园林而得致者。惟榭只隐花间，亭胡拘水际，通泉竹里，按景山颠，或翠筠茂密之阿，苍松蟠郁之麓；或借濠濮之上，入想观鱼；倘支沧浪之中，非歌濯足。亭安有式，基立无凭。”可见，花间、水际、山巅、溪涧、湖心、松荫、竹丛等处均可置亭，灵活运用，可纵目远瞻，得幽偏清静。

游江南园林，往往园因亭而添色，亭因园而增胜。江南城市园亭遍布，飞檐翘角，形态各异，不仅造型精美，而且文化底蕴丰富。其中，苏州的拙政园、环秀山庄、狮子林等最具代表性。

拙政园三十个建筑景观，其中因亭成景的就有十六个，有“一座园林半园亭”之誉。

拙政园的放眼亭，为拙政园东部的最高点。从涵青亭向北，沿溪涧过曲桥绕山道，一路翠竹如阴，花木扶疏。登放眼亭，远可望园外之市，近可观园内之景。绿漪亭西侧沿池栽植垂柳、梅花、碧桃，花时灿烂如锦，满园春色，春乃耕作季节，故又名“劝耕亭”。荷风四面亭因荷而得名，坐落在一片荷塘中心，四面皆水，池中莲花亭亭，岸边柳枝婆娑。待霜亭周围种满了橘子，每当霜后成熟季节，就能吃到可口的橘子。雪香云蔚亭四周遍植蜡梅，在亭中既可赏雪又能赏梅，冷香四溢。

拙政园的与谁同坐轩是个扇亭，颇有书卷之气。清末富商张履谦购入拙政园，为了纪念祖先制扇发家史，特修建此亭。轩中题额为姚孟起的隶书“与谁同坐轩”，语出自苏轼词《点绛唇》：“闲倚胡床，庾公楼外峰千朵。与谁同坐。明月清风我。”所以一见匾额，就会想起苏轼，并顿感园主内心的孤独。

环秀山庄的海棠亭造型独特，妙趣横生。海棠亭顶部制成一朵硕大的海棠蓓蕾，四根亭柱及坐槛墙、坐槛面、吴王靠，一直到最下面的石基，全部做成海棠花形。坐亭小憩，仿佛置身于海棠花海之中。另有梅花亭，不仅亭子的平面为梅花形，藻井装饰有一朵朵小梅花，围着中央一朵大梅花，柱、檐、滴水、石栏也均呈梅花状。春天到来，登亭纵目，梅花如雪，幽香四溢，使人心旷神怡，陶然忘归。

狮子林的真趣亭是一座半亭，倚廊面池而建。此亭规制很大，倚廊一面装有六扇屏门，上部雕有鸳鸯、凤凰、喜鹊、仙鹤等，中部雕山水、人物，下部雕狮、虎、象、马，形象逼真。屋架和梁柱上刻有凤穿牡丹图案，亭柱全部漆成大红色，木雕花卉图案全部涂抹金粉。此处又为园中主要的观景点，可以东品百狮山，南赏假山群，西观山林瀑布，低见画亭曲桥。四望观景，允满了诗情画意，宛如一幅徐徐舒展的画卷。

虎丘山上的二仙亭是一座全用石筑的古亭，高约五米，略呈长方形，四角飞翘，石葫芦结顶。亭中的石雕，内容丰富，雕刻精湛，有人物、花卉、动物，采用浮雕、空雕等手法，技艺高超绝伦，形象栩栩如生。亭中石壁上嵌有古碑两块，为清乾隆十一年（1746）所刻，左为吕纯阳像，右为陈抟像。两侧石柱上题联："昔日岳阳曾显迹，今朝虎阜再留踪。"洋溢着浓重的宗教文化气息，令人悠然神往。

"江山无限景，都在一亭中"（张宣《题冷起敬山亭》）。江南园林的亭子精致典雅，是名胜典故集中之处。王羲之书《兰亭集序》，字字韵高千古；欧阳修作《醉翁亭记》，醉翁之意不在酒，在乎山水之间；苏舜钦建沧浪亭，借沧浪之水以命园名。如今，仿佛依稀可见池畔亭子中文人雅士的身影，春光下鸟鸣花香，秋日里桂香酒醇，即使细雨蒙蒙，也有着十足的诗意。

榭，也是重要的园林小筑之一，它是建在高台上的敞屋，属高台建筑。古代的台和榭不可分割，故有"台有屋曰榭"的说法，后来榭逐渐发展为园林小筑。计成《园冶》中说："榭者，藉也，藉景而成者也。或水边，或花畔，制亦随态。"所以，榭主要建在水边或花畔，称为"水榭""花榭"。古人描绘水榭、花榭的诗句很多：

花榭香红烟景迷，满庭芳草绿萋萋。

毛熙震《浣溪沙》

水轩花榭两争妍，秋月春风各自偏。

苏轼《和文与可洋川园池三十首·涵虚亭》

水榭风微玉枕凉，牙床角簟藕花香。

苏庠《浣溪沙·书虞元翁画》

竹映红蕖水榭开，门闲乳雀下青苔。

梅尧臣《依韵和希深游乐园怀主人登封令》

水榭的典型形式是在水边架起平台，平台一部分架在岸上，一部分伸入水中。平台跨水部分以梁、柱凌空架设于水面之上。平台临水围绕栏杆、靠椅，供人坐憩凭依，平台靠岸部分建有长方形的建筑，面水一侧开敞通透，用来眺望观景。园林中的水榭，或小巧玲珑，装饰简朴，变化多样；或富丽典雅，雕瓦挑檐，落落大方。它漂浮在花间水畔，有凌波轻巧之感，人们伫立其中，胸怀会随着平坦的水际徐徐舒展开来。

江南园林中有的花榭名为芙蓉榭、藕香榭，很容易让人想到菱荷飘香的江南水乡。芙蓉榭是拙政园东部一方形歇山顶临水小筑，位于主厅兰雪堂以北大荷花池东头尽处。荷池约略为矩形，东西长，南北窄，故西向的小榭前有深远的水景，水中植荷，小榭之名由此而来。每到夏日的夜晚，皓月当空，清风、月影与荷香齐至，给人带来无尽的审美感受。

藕香榭为《红楼梦》大观园中一处景观小筑。小说第三十八回描述藕香榭：原来这藕香榭盖在池中，四面有窗，左右有曲廊可通，亦是跨水接岸，后面又有曲折竹桥暗接。进入榭中，只见栏杆外另放着两张竹案，一个上面设着杯箸酒具，一个上头设着茶筅茶盂各色茶具。看见柱上挂的黑漆嵌蚌的对子，湘云念道：

芙蓉影破归兰桨，菱藕香深写竹桥。

可见，藕香榭是一组建筑，而不是单一的水榭，这组建筑由水榭、水亭、曲廊和竹桥所构成，四面荷花盛开，不远处岸上有两棵桂花树。史湘云曾在这里开海棠社，设螃蟹宴。贾母二宴大观园时，在大观东面的缀锦阁底下吃酒，让女戏子们在藕香榭的水亭上演习乐曲，借着水音欣赏，箫管悠扬笙婉转，乐声穿林渡水而来，格外好听。

水榭这一江南特有的园林小筑，后来被北方皇家苑囿所吸收。除了保留小筑的基本形式外，较多地羼入皇家色彩，体量大而宽，屋顶高而拙，较为

〔南宋〕刘松年《四景山水图·秋》

厚重庄严。如北京颐和园中谐趣园的几组水榭，虽是以江南园林为蓝本，却着力注入红柱、灰顶、彩画等色彩，建筑形式更为复杂。由于使用上的需要，水榭之间均通过曲廊与其他园林建筑连成整体，使之形成一组庞大的建筑群。

廊，是园林中一种特殊的带形小筑，体量小巧，可以用来分隔景区，引导游览。与那些占据重要位置的厅堂楼馆，或点缀风景的水亭花榭相比，廊是比较隐的建筑，常常贴水穿行于花间柳下，被树丛、山石所遮掩。但它那曲长的形体和简朴的造型，却有着其他园林小筑没有的曲线美和朴素美。古人的诗句描绘出廊的无尽韵味：

别梦依依到谢家，小廊回合曲阑斜。

张泌《寄人》

山光照槛水绕廊，舞雩归咏春风香。

翁森《四时读书乐》

笙歌散后归深院，花柳阴中过曲廊。

张枢《宫词十首》其五

古代造园家十分注重廊在园景中的作用，计成在《园冶》中说，园林中的廊“宜曲宜长则胜”，“随形而弯，依势而曲。或蟠山腰，或穷水际，通花渡壑，蜿蜒无尽”，这是对古典园林中曲廊的精要概括。廊宜曲宜长，这样便可以随形而弯，依势而曲，或绕山腰，或沿水边，穿过花丛，渡过溪壑，随意曲折，仿佛没有尽头。而园林中多了高低曲折、自然连续的回廊，也就多了一道值得品味的风景。

江南园林乃文人雅士的私园，与传统的诗书画卷有着异曲同工之妙，所以造园尤忌平铺直叙，而推崇在其中加入起承转合的构思。人在廊中行走，随其平折直曲，方寸之间的园林妙趣横生，趣味无尽。拙政园西侧的曲廊便是一个极佳的例子，它不但在平面上蜿蜒曲折，同时也忽高忽低，与遍布荷叶的水面若即若离，极大地丰富了观者的游园体验。

苏州留园东部的“之”形曲廊，济南大明湖铁公祠两侧的水廊，北海静心斋依山围合、随势起伏的爬山廊，扬州寄啸山庄纵横交叉、上下盘旋的复道廊，上海豫园万花楼西侧南可观鱼、北可看花的复廊，拙政园小沧浪前横跨溪涧、秀丽轻巧的小飞虹桥廊，等等，都是较为有名的园林廊景。

苏州灵岩山麓的灵岩寺以曲廊亭榭著称于世，曲廊因地形而走，亭榭依山势而建。寺内建有一条响廊，此廊又称“响屧廊”。相传春秋时吴王筑此廊，令足底木空声彻，西施着木屧行于廊上，辄生妙响。对此，唐人皮日休有诗吟道：

响屧廊中金玉步，采蘋山上绮罗身。

《馆娃宫怀古五绝》其五

颐和园的长廊尤其著名。它环绕于万寿山前山，东起乐寿堂的邀月门，

西至石丈亭，是古代园林中最长的游廊。廊中又串起了留佳、寄澜、秋水、清遥四个八角亭，分别象征春、夏、秋、冬四季。长廊梁枋上绘有数百幅西湖景观图，廊外山水和廊内画面相呼应。这一建造精美、曲折多变、蜿蜒无尽的长廊，就像环绕万寿山的一条飘忽飞舞的彩带，绚丽妖娆。

花窗，系窗洞内有漏空图案的窗，故又名漏窗。作为中国园墙的装饰，玲珑剔透的花窗，似隔非隔，使内外景色通透，所以它是园林游赏中的“美人眼”。从这个“眼”，可以领略到“尺幅窗”“无心画”的魅力，欣赏到山光、流水、月色、花香等自然风光，峰峦丘壑、深溪绝涧、竹树云烟、楼台亭榭等，成为花窗中的一幅幅品味不同的山水画。一年四季，春夏秋冬，不断更迭着画中的色彩和形态，春风粉桃，夏日绿荷，金秋丹桂，冬雪红梅，充满着蓬勃的自然气息。

苏州园林中的花窗有两种，一种是砖瓦砌成的石窗，另一种是镂花镶就的木窗。作为园墙的点缀，花窗不仅增强了粉墙的观赏效果，而且它本身即是一景。那些廊墙粉垣，因有了花窗，一扫沉闷单调之感，虽面积不大，仍阻挡不了游人赏景观望的视线。透过花窗，园内景色反而富有层次感，扑朔迷离，深邃无穷。计成《园冶》中说，“地只数亩，而有迂回不尽之致；居虽近廛，而有云水相望之乐”，恐怕与花窗的作用不无关系。

充满艺术魅力的花窗，往往会产生意想不到的观赏效果。花窗的花纹图案丰富多样，仅苏州一地就达千种以上。留园是苏州园林中花窗最多的园林，全园有五百多孔花窗，图案千姿百态，无一雷同，其精细纤巧，令人叹为观止。其中揖峰轩的正墙开了三个尺幅窗，收入窗外芭蕉竹石，仿佛挂了三幅生机盎然的竹石图。

网师园殿春簃北面正墙上的花窗，以及竹外一枝轩西端尽头的花窗，都是自然得体的画框，一年四季，不尽景色入画来。透过这些花窗，墙外的景致若隐若现，亦真亦幻，别有花影遮墙、峰峦叠窗的意趣。

狮子林中小方厅的北面天井后墙上，有四个不同形状的花窗，中间嵌以琴、棋、书、画“四雅”的图案，周围环绕着梅花、石榴、荷莲及藤蔓，尽显文人的风雅和美学追求。窗下栽植的南天竺、石竹和罗汉松，与这些花窗相配，既具形式美感，又富有幽雅韵味。

有的花窗图案取自花草树木，如松、竹、柏、秋叶、海棠、梅花、牡丹、芭蕉、荷花、兰、菊、桃等，与园中景观水乳交融。透过花窗，窗内窗外之景互为借用，形成“泄景”“漏景”，使园林充满诗情画意。隔墙的山水亭台、花草树木，透过花窗，或隐约可见，或明朗入目。若移步观景，画面更是变化多端，令人目不暇接。

小园无处不花香

充满生机的花草树木

充满勃勃生机的花草树木始终与人类相伴，中国古代文人对花木的姿态、色香、神韵等有极其精微的审美品鉴，并常借花品来暗喻人品。如清人张潮《幽梦影》说："梅令人高，兰令人幽，菊令人野，莲令人淡，春海棠令人艳，牡丹令人豪，蕉与竹令人韵，秋海棠令人媚，松令人逸，桐令人清，柳令人感。"[19] 明代苏州才子唐寅为狮子林立雪堂题写楹联：

苍松翠竹真佳客，明月清风是故人。

19 张潮：《幽梦影》，王峰评注，中华书局 2008 年版，第 137 页。

花品与人品相互辉映，成为文人的情感载体和蕴含丰厚的文化符号。如竹子象征高洁与清逸，松柏象征坚贞与傲骨，莲花象征清纯与超脱，兰花象征典雅与高贵，等等。此外，松、竹经冬不凋，梅耐寒开放，于是有“岁寒三友”之称。

园林中沿堤植柳，绕堂栽梅，当窗莳竹，都折射出花草树木与园林的密切关系。苏州留园五峰仙馆，有清代状元陆润庠所撰书的对联，下联写道：“与菊同野，与梅同疏，与莲同洁，与兰同芳，与海棠同韵，定自称花里神仙。”此联把花品与人品联系在一起。这“花里神仙”，最著名的当属陶渊明、林逋、王徽之、周敦颐等，张潮《幽梦影》即言：“菊以渊明为知己，梅以和靖为知己，竹以子猷为知己。”

对菊的欣赏，千百年来承载着陶渊明的诗意。“采菊东篱下，悠然见南山”，菊之野与人之悠，是人们爱菊、赏菊的主要原因。唐宋以后人工栽植菊花，品种日益繁多。虽是人工种植，但文人对菊的审美趣味并未改变，种菊仍是文人隐逸情怀的外化，心素如简，人淡如菊，是人们崇尚的人格品性，所以周敦颐说：“菊，花之隐逸者也。”

文人的情趣，促进了园艺与园林的发展，文人仿陶渊明之诗意，于篱落间栽种野菊。自此，菊花从文人的笔下走向了园林。古人有诗云：

满园花菊郁金黄，中有孤丛色似霜。

白居易《重阳席上赋白菊》

虽惭老圃秋容淡，且看黄花晚节香。

韩琦《九日水阁》

梅花与众不同，在气候寒冷的时候，它最先开放，斗雪迎春，颇有傲骨，尤其是百年以上的古梅，枝干盘曲，有苍劲之态。人们品梅，欣赏梅的“横斜疏瘦”与“老枝怪奇”（范成大《梅谱》），有“三美”和“四贵”之说。“三美”，是指梅“以曲为美”“以欹为美”“以疏为美”（龚自珍《病梅馆记》）；“四贵”，则为贵疏不贵繁、贵老不贵嫩、贵瘦不贵肥、贵含不贵开（张大千《水墨为尚》）。

把梅花与“疏”联系在一起的是以“梅妻鹤子”著称的宋代诗人林逋，他的“疏影横斜水清浅，暗香浮动月黄昏”（《山园小梅》），可说是曲尽梅之体态与意蕴。正是林逋成就了梅与文人的精神联系，他隐居的西湖孤山，也不断吸引众多文人踏雪探梅，寻踪记幽。有诗云：

自有渊明方有菊，若无和靖即无梅。

辛弃疾《浣溪沙》

寻香曾到葛仙台，踏雪今临和靖宅。

赵善庆《忆王孙·寻梅》

种梅、赏梅都是借梅暗喻人的道德情操。明人王心一在《归田园居记》

中说："每至春月，山茶如火，玉兰如雪，而老梅数十树，偃蹇屈曲，独傲冰霜，如见高士之态焉。"真是一语中的，道出了文人赏梅的心态。借梅喻人的诗句就更多了，元代诗人王冕对梅情有独钟：

冰雪林中著此身，不同桃李混芳尘。

《白梅》

不要人夸好颜色，只留清气满乾坤。

《墨梅》

关于园林中梅花的栽种与配置，文震亨《长物志》说："幽人花伴，梅实专房，取苔护藓封，枝稍古者，移植石岩或庭际，最古。另种数亩，花时坐卧其中，令神骨俱清。绿萼更胜，红梅差俗；更有虬枝屈曲，置盆盎中者，极奇。"孤植取其古，片植取其清，盆植取其奇，古、清、奇三个字概括了梅的栽植配置要点。

兰花原生于人迹罕至的深山幽谷之中，美丽而不渴求示人，幽香而不期盼眷顾，就像是隐居山林的高士，不因为无人赏识而不芳香。所以《荀子·宥坐》说："芷兰生于深林，非以无人而不芳。"[20]《淮南子·说山训》也说："兰生幽谷，不为莫服而不芳。"[21]"幽兰生前庭，含熏待清风"（陶渊明《饮酒》十七），关于兰花的品性，

20 王先谦：《荀子集解》，沈啸寰、王星贤点校，中华书局1988年版，第527页。

21 张双棣：《淮南子校释》，北京大学出版社1997年版，第1643页。

明人王象晋《二如亭群芳谱》叙述甚详："兰，幽香清远，馥郁袭衣，弥旬不歇。常开于春初，虽冰霜之后，高深自如，故江南以兰为香祖。又云兰无偶，称为第一香。"[22] 后来康熙取兰花的品性，写下一诗：

婀娜花姿碧叶长，风来难隐谷中香。
不因纫取堪为佩，纵使无人亦自芳。

《咏幽兰》

兰花品种甚多，宋人赵时庚编《金漳兰谱》，著录二十二品。宋人王贵学编《王氏兰谱》，列出五十品。明人王象晋《二如亭群芳谱》也记载了紫梗青花、青梗青花、紫梗紫花、建兰、杭兰等品种。兰花在园林中多盆栽，或独辟一区置兰圃。

至于海棠，陈思《海棠谱序》说："梅花占于春前，牡丹殿于春后，骚人墨客特注意焉。独海棠一种，风姿艳质，固不在二花下。"[23] 认为海棠既有梅花之姿，又有牡丹之艳。海棠以韵胜，洁白如同梨花，风姿可比梅花，《红楼梦》第三十七回中，林黛玉以海棠自喻，有《咏白海棠》一诗，其中两句可谓点出了海棠之韵：

偷来梨蕊三分白，借得梅花一缕魂。

李渔《闲情偶寄》评秋海棠："秋海棠

22 王象晋辑：《二如亭群芳谱》，见《元亨利贞四部》，明天启刊本。

23 陈思：《海棠谱序》，见《景印文渊阁四库全书》子部谱录类，第 845 册，上海古籍出版社 1989 年版，第 134 页。

一种，较春花更媚。春花肖美人，秋花更肖美人；春花肖美人之已嫁者，秋花肖美人之待年者；春花肖美人之绰约可爱者，秋花肖美人之纤弱可怜者。”苏州拙政园有海棠春坞，庭中植海棠，铺地亦为海棠图案，加上室内镶海棠形状的云石茶几，粉墙上海棠春坞的砖雕题额，无不向人们展示着海棠的韵致，堪称佳构。

宋人郭熙说：“山以水为血脉，以草木为毛发，以烟云为神采。故山得水而活，得草木而华，得烟云而秀媚。”因此，园林有了花草树木，才会有生气，而呈现出生机勃勃的生命力。

古代园林中的众多景观都与花草树木有着直接或间接的联系。如承德避暑山庄中的万壑松风、松鹤清樾、青枫绿屿、梨花伴月、曲木荷香、金莲映日等，都是以花木作为景观的主体来命名的。江南园林也是如此，如拙政园的枇杷园、远香堂、玉兰堂、海棠春坞、留听阁、听雨轩等，其命名也都与花木有关。

计成《园冶》中诸如“风生寒峭，溪湾柳间栽桃；月隐清微，屋绕梅余种竹”“梧阴匝地，槐荫当庭”“插柳沿堤，栽梅绕屋”“院广堪梧，堤湾宜柳”等，均提及园林花木的栽种方法，即要把花木与假山、水池、小筑等互相穿插渗透，融合成统一的整体。

在园林小筑的窗下，种植小竹、芭蕉或低矮的花木，既不影响通风、采光，又绿意满窗，如拙政园听雨轩与留听阁等。在庭院或墙沿，用山石砌成花台，种植玉兰、海棠、牡丹、芍药、桂花等花木，顿时让园林生机盎然，如留园涵碧山房、拙政园玉兰堂、怡园锄月轩等。

为了打破墙面的单调格局，增加空间的绿意和层次，园墙常以爬墙虎、凌霄、蔷薇、木香、络石等攀缘花木爬于墙面，如留园华步小筑的爬墙虎、怡园小沧浪旁的凌霄、拙政园蔷薇径的墙边蔷薇、网师园水院东墙面的木香、拙政园枇杷园墙上的络石等。

宋人欧阳修主张园林花卉的种植不仅要注意花色搭配，还要符合季节性的变化，这样才能做到园林四季皆有花可赏。他在《谢判官幽谷种花》一诗中写道：

浅深红白宜相间，先后仍需次第栽。
我欲四时携酒去，莫教一日不花开。

在苏州园林中，以四季花卉为主题的景点很多。春天观赏茶花的有拙政园西部的十八曼陀罗花馆，看海棠花的有海棠春坞；晚春看芍药花的有网师园殿春簃；夏天赏荷的有拙政园远香堂和荷风四面亭；秋天赏桂的有留园闻木樨香亭、狮子林的暗香疏影楼；而怡园的梅林、狮子林的问梅阁，更是冬日观梅的好去处。

以拙政园为例。春天里，海棠春坞庭院里的垂丝海棠，带雨梨花似的低垂，婀娜妩媚，给清幽的小院带来了融融春色。夏天里，水面上是荷花的世界，绿色的荷叶，有的田田浮在水面，有的亭亭立于碧波，翠色之下，荷花分外娇艳，水佩风裳，院香阵阵。无论在芙蓉榭、荷风四面亭还是远香堂，都可以领略园林的夏季美景。

秋天里，中部花园北山上有待霜亭，亭周种植了橘树、香橼、枫树。待到浓霜过后，枫叶开始变红，灿烂如霞；香橼果实是黄色的，再配上橘子的红艳，方才明白待霜亭的“待”字是多么绝妙的诠释。冬天里，复廊花窗外的那一株蜡梅，早已把空气渲染成了清冷的幽香，而雪香云蔚亭边种植的翠竹和白梅，遍及幽曲的山径，自有几分冬日踏雪寻梅的情趣。

童寯先生说：“园林无花木则无生气。盖四时之景不同，欣赏游观，怡情育物，多有赖于东篱庭砌，三径盆盎，俾自春讫冬，常有不谢之花也。”[24]四季花卉给园林增添了自然生机与绚丽色彩，给人带来种种不同的美感，大大增强了园林的观赏性。

一些专供观赏的树木，其形色更绝，与园林中的花卉一样，也能给人们带来审美的感受。清代扬州净香园涵虚阁中有一副楹联：

艳彩芬姿相点缀，珊瑚玉树交枝柯。

清人李斗在《扬州画舫录》中描写净香园涵虚阁的林木之色：“涵虚阁之北，树木幽邃，声如清瑟凉琴。半山槲叶当窗槛间，碎影动摇，斜辉静照，野色连山，古木色变，春初时青，未几白，白者苍，绿者碧，碧者黄，黄变赤，赤变紫，皆异艳奇采不可殚记。”[25]如此绚烂多变的叶色，其观赏效果并不逊于姹紫嫣红的四季花卉。

扬州瘦西湖堤岸，三步一柳，亭亭如

24 童寯：《江南园林志》，中国建筑工业出版社1984年版，第10页。

25 李斗：《扬州画舫录》（插图本），王军评注，中华书局2007年版，第193页。

盖，一眼望去犹如挂着一道道绿色的幔帐，阵风吹来，柳条婀娜起舞，如轻烟绿雾，若翠浪翻空。从轻盈飘忽的柳枝下荡去，轻丝拂面，隔着绿幕，瘦西湖沿岸的园林被各色花木成组点缀着。远远望去，处处楼台烟波，清波澄碧，充满诗情画意。

芭蕉修茎大叶，高舒垂荫，苍翠如洗，多种于窗前墙隅，在朝飞暮卷的晴天，它宛如伞盖的大叶，给园林小筑的窗前投下一片凉爽的绿影。而在雨丝风片的阴天，雨打芭蕉声令人心醉，使园林中的自然乐音更加美妙动听。拙政园听雨轩小院内，池畔石间植几株芭蕉，创造了一个声色俱美的欣赏空间；留园揖峰轩旁的庭院，只植一株芭蕉，隔廊与石林小院美石相对，也道出了这一主题。

拙政园西部的十八曼陀罗花馆

松涛、竹箫等声景也能产生某种意境。无锡太湖旁的惠山，有一处景观叫“听松石床”。当年惠山山麓全是古松，这张石床是一块古铜色的巨石，石面平坦光滑，偃卧休息时，便听得阵阵松涛声，故称“听松石床”。唐代时，江南文人就喜欢到此静赏松涛，诗人皮日休还留下了一首《惠山听松庵》，诗云：

殿前日暮高风起，松子声声打石床。

岭南名园清晖园内有惜阴书屋，以赏花树闻名。特别是书屋之间的一棵玉棠春，是园主于清末自苏州购置，至今已有百年。但园主最欣赏的却是风吹新篁发出的飒飒声。园内竹苑一景的楹联写道：

风过有声留竹韵，月明无处不花香。

除了雨打芭蕉、风吹松竹等声景，有些花木还可通过色彩、香味等来营造意境。如承德避暑山庄的金莲映日和拙政园的枇杷园等，就是通过色彩来影响人的观赏感受。金莲映日位于承德避暑山庄如意洲的西部，为“康熙三十六景”之一，周围遍植金莲，与日月相辉映，如黄金覆地，光彩夺目。康熙曾有诗云：

正色山川秀，金莲出五台。

塞北无梅竹，炎天映日开。

《避暑山庄七十二景诗》其一

枇杷园位于拙政园东南部，院内广植枇杷，其叶经冬翠碧不凋，其果呈金黄色，每当果实累累，院内便一片金黄，所以又称“金果园”。

通过香气营造意境的花木就更多了，如留园中的闻木樨香轩，拙政园中的雪香云蔚亭和远香堂等，都是因桂花、梅花、荷花等的袭人香气而著名。陆游有诗云：

暗淡轻黄体性柔，情疏迹远只香留。

李清照《鹧鸪天·桂花》

梅须逊雪三分白，雪却输梅一段香。

卢梅坡《雪梅》其一

香樾横塘十里香，水花晚色静年芳。

蔡松年《鹧鸪天·赏荷》

更为人所乐道的是北京恭王府花园萃锦园中的赏香景色，此园是清代什刹海附近的名园，园内众多景致均以“香”为主题。据留存下来的诗文看，带有“香”字的景名就有吟香醉月、秀挹恒香、樵香径、雨香岭和妙香亭等。

这些香景，大大提高了人们的欣赏趣味。

园林之香，除了夏荷、春兰、秋桂和冬梅之外，名目繁多，举不胜举。就连一般的松、竹有时也会散发出特别的清香，甚至连小草也会发出诱人的气息。人们在游园时，可以闻到若有若无、淡雅含蓄的香味，这比浓烈的香气更令人陶醉。

韵味篇

中国园林的建造讲究韵味，即指园林所呈现出的耐人品味的风韵美感。如果将山石池沼、楼台亭榭、花草树木等园林景观视作『形』，那么诸如月华之美、花影之姿、幽篁之韵、天籁之境等园林的风韵美感则可解释为『神』。『形』大抵只是对自然的单纯模仿，『神』则达到一种更高的艺术境界，它给人提供了无限的想象空间，是园林建造成功的重要因素。一旦园林有了独特韵味，就不再是无生命的形式拼凑，而是充满诗意的审美空间。

多情只有春庭月

月华之美

窗外的月光和着雾气交融在一起，飘浮在树杪林间，诱人的幽微和美妙的感受伴着朱自清的《荷塘月色》荡漾波动：

> **月光如流水一般，静静地泻在这一片叶子和花上。薄薄的青雾浮起在荷塘里。叶子和花仿佛在牛乳中洗过一样；又像笼着轻纱的梦。虽然是满月，天上却有一层淡淡的云，所以不能朗照；……塘中的月色并不均匀；但光与影有着和谐的旋律，如梵婀玲上奏着的名曲。**

流动的月光与月影，如一首舒缓的小夜曲，缓缓流淌而出。其实，这不是朱自清的发明，古人早就有“听月”之说了。相传明代万历年间，福建晋江有位才女叫邱应仪，她的丈夫黄志清在翰林院任编修，是一位很有学问的读书人。有一次，当地某富豪新建高楼，请黄志清题匾。黄志清据陆游《临安春雨初霁》中“小楼一夜听春雨，深巷明朝卖杏花”诗句，拟取名“听雨楼”。新宅庆典那天，宾客满堂，黄志清当众挥毫，却不慎误写成“听月楼”。

旁边一名秀才打趣道：“自古只有玩月、赏月、踏月之说，何来听月之章？”黄志清大窘，正待重写时，邱应仪出来解围道：“‘听月’二字妙绝，何须重写？”众人愕然。邱应仪笑称，古人有《听月诗》为证。众人一听，齐声称赞“听月”一说果然绝妙。

当时，邱应仪引征的是辛弃疾的《听月诗》，这是一首“听”起来清脆悦耳的诗。诗中，月亮中的神仙和小动物悉数出场，组成了一幅绚丽的广寒月宫图，读起来有如走进神话传说中的仙境。此诗曰：

听月楼头接太清，依楼听月最分明。
摩天咿哑冰轮转，捣药叮咚玉杵鸣。
乐奏广寒声细细，斧柯丹桂响叮叮。
偶然一阵香风起，吹落嫦娥笑语声。

辛弃疾《听月诗》

高楼耸入云端，与天界相连。依在楼头，分明能听到月宫里的声音：如玉冰轮咿咿哑哑从天边升起，里面传来玉杵捣药的叮咚之声；缥缈的音乐时断时续地从广寒宫内传出，中间夹杂着吴刚伐桂的叮当斧声；忽然桂树吹起一阵香风，送到耳边仿佛夹杂了嫦娥的欢笑之声。咿哑、叮咚、叮叮几个词生动地描写出了神话传说里月亮升起、玉兔捣药、吴刚伐桂时的声情。细细的乐声，清脆的笑语声，让人浮想联翩。

细细品读此诗，有一种冥想式的雅趣。听月，是一种与心灵的对话，一种抛开尘世的烦扰，用“心”赏月的平静心态和忘我境界。

在盛世大唐，张若虚迎着月亮走来，在夜里，在江边。这是盛唐最初的那一轮明月，高高悬挂在江水流春的夜晚，俯瞰潮涨潮落，迎送人来人往。盛世的喧嚣与繁华，都在那轮明月的沉静中如轻羽般散落。

张若虚选择了夜。因为在这样的夜里，心才最宁静，人才最真实。他有明月在胸，正是那自然纯净、不染尘滓的明月，让他平静淡定、宠辱不惊，所以他自可以摒弃一切世俗和虚妄，用心去描绘那一夜的天地澄明，于是有了《春江花月夜》。此诗有几句说：

江流宛转绕芳甸，月照花林皆似霰。
空里流霜不觉飞，汀上白沙看不见。

月光荡涤了世间万物的五光十色，将大千世界浸染成梦幻一样的银灰色，浑然只有皎洁明亮的月光存在，这是何其美妙的春江花月之夜！

朦胧的月色确能带给人奇妙的审美感受，古人甚至认为夜晚月色远胜于朝暮之景。明人袁宏道最爱西湖月色，他曾对西湖不同时令的景致逐一做了评价，说“西湖最盛，为春为月。一日之盛，为朝烟，为夕岚”[1]。他认为一年之中，西湖春天最盛；一日之中，朝烟与夕岚最美；而昼夜阴晴之中，月色尤其妙不可言，花态柳情，山容水意，别是一种趣味。

明人张大复也爱月色，有一次他夜游破山寺，起步庭中观赏月景，发现夜晚的月华分外动人，与白日看到的景色完全不同，使他久久难以忘怀。后来他记下自己赏月的体会：“种种常见之物，月照之则深，蒙之则净；金碧之彩，披之则醇；惨悴之容，承之则奇”，“人在月下，亦尝忘我之为我也。”[2]张大复体味出了月境的深、静、醇、奇等种种风情。月色所移之世界，并非客观的种种物象，已然化为他心灵中的意境。

传说远古时代天上曾经有十个太阳并出，造成天下大旱，民无所食。于是尧命令羿射十日。结果，羿射落九日而成为英雄，可是他的妻子却偷了他的不死之药奔向月宫。“射日”与“奔月”虽然只是民间神话故事，却似乎暗示着神秘皎洁的月亮更让人亲近，令人向往。

文人园林是写意山水，是凝固的诗、立体的画，月亮就是园林中的贵客。园林月色，最能撩拨文人的诗情，从古到今，不知牵动了多少游子的离愁，也不知引发了多少文人的诗兴。月无疑是颇有魅力的，它的东升西落、阴晴圆缺，给幽静的园林带来了无限生气。月亮的光华，给园林涂上了一

1 袁宏道：《西湖二》，见钱伯城笺校：《袁宏道集笺校》，上海古籍出版社 1981 年版，第 423 页。

2 张大复：《月能移世界》，见张大复：《梅花草堂笔谈》，阿英校点，上海杂志公司 1935 年版，第 51—52 页。

层迷人的色彩，因此月华之美备受造园家的青睐。

计成在《园冶》中多次提到园林月华之美：庭院月境为“溶溶月色，瑟瑟风声，静抚一榻琴书，动涵半轮秋水”；湖池月境为“曲曲一弯柳月，濯魄清波，遥遥十里荷风，递香幽室”。“寒雁数声残月”是仰望天上残月，“俯流玩月”是俯视水中清月。月亮的光华，看上去皎洁而明润，清寒而素净，银辉之下，山水亭台显得格外奇幻缥缈。

所以，自古至今赏月之风不绝。杭州西湖的三潭印月，塔内烛光从五个小孔映出无数月影，与倒映湖面的明月相辉映，可谓奇妙至极；杭州西湖的平湖秋月，水痕初收，月华似泻，千顷一碧，格外澄澈空明；无锡惠山的二泉映月，清泉之中映出皎皎明月的楚楚倒影，清寒而幽静。

广东惠州西湖的苏堤玩月也是一绝。“万顷湖平长似镜，四时月好最宜秋”（西湖平湖秋月联），透过婆娑的疏影，遥望一轮皎洁，山影幢幢，夜色空灵。月光流转，带影入湖，波光粼粼，景同琼岛。也无怪清人吴骞见此景赋诗云：

茫茫水月漾湖天，人在苏堤千顷边。
多少管窥夸见月，可知月在此间圆。

《西湖纪胜》

曹雪芹是一位玩月高手，他精准地点出山月与水月的不同，把玩“山高月小”与“皓月碧水”的玄妙月景。《红楼梦》第七十六回写湘云和黛玉喜爱水月，湘云对黛玉说："这山上赏月虽好，终不及近水赏月更妙。你知道这山坡底下就是池沿，山坳里近水一个所在就是凹晶馆。可知当日盖这园子时就有学问。这山之高处，就叫作凸碧；山之低洼近水处，就叫作凹晶。这凸、凹二字，历来用的人最少。如今直用作轩馆之名，更觉新鲜，不落窠臼。可知这两处一上一下，一明一暗，一高一矮，一山一水，竟是特因玩月而设此处。有爱那山高月小的，便往这里来；有爱那皓月清波的，便往那里去。"她们坐在凹晶馆的竹凳上，只见"天上一轮皓月，池中一轮水月，上下争辉，如置身于晶宫鲛室之内。微风一过，粼粼然池面皱碧铺纹，真令人神清气净"。

"天下三分明月夜，二分无赖是扬州"（徐凝《忆扬州》）。曹雪芹笔下的大观园，今已无处寻觅，但在扬州瘦西湖边上的月观和小金山顶上的风亭，可以找到山月和水月的不同观赏点，这与大观园中的凹晶馆和凸碧堂有异曲同工之妙。月观坐西朝东，上悬匾额，有一副近代人陈巽卿题写的长联挂于两边：

今月古月，皓魄一轮，把酒问青天，好悟沧桑小劫；
长桥短桥，画栏六曲，移舟泊烟渚，可堪风柳多情。

屋前有廊庑一架，临水有槛栏，槛外疏柳，横卧水际。此处湖面开阔，是赏水月的好地方。

月观北边，有一山拔地而起，在山麓缘小径拾级登山，可达山巅的风亭。这里是小金山景区的最高点，可以南望古城，北眺蜀岗，西顾五亭桥，东看四桥烟雨诸景。亭亦悬一联：

> **风月无边，到此胸怀何似；**
> **亭台依旧，羡他烟水全收。**

倘若在皓月当空的夜晚，来到此亭中，月白风清，四周佳景于一片银光中隐约可见，比起水边赏月，更多一番情趣。

皇家苑囿中的月景也丝毫不逊色于文人园林。承德避暑山庄湖区有一景叫“月色江声”，位于避暑山庄水心榭之北，为一椭圆形岛屿。因离宫区较近，帝王园居时常在此读书休憩。景区的主建筑是一座三进的院子，朴素无华，院中多松柏古木，夏天松荫遍地，很是清幽寂静。由第一进月色江声入院，是主殿“静寄山房”。每当月上东山，月光洒满湖上，满湖清光，万籁俱寂，只有湖水微波拍岸，声音悦耳。如此月景，更衬托出静寄山房的幽静。

人们欣赏月景，主要是欣赏月光下风景的素净清幽。月光笼罩下，所有山水亭台都蒙上了一层银灰色，风景的杂乱之处被遮掩了，山水景物被净化了。月景呈现出的朦胧美，和雨雾中欣赏风景的迷蒙美不一样。雨雾中的山水，每每带有某些动态的变化，随着雨幕的疏密变化和雾气的飘忽来去，景色时隐时现。而月光似水，月下赏景，给人一种安宁素净之感，好像整个风景都被月光过滤了一般。

在园林中，造园家常常利用月光来创造真真假假的水景，如上海秋霞圃的延绿轩处于山的尽端，轩前有一片低地，右边是黄石假山，左边是园墙，在设计布局时，有意在轩前低地上不置任何景物，仅在园墙边置以山石，植些灌木。每当明月初上，从轩内外望，山脚下处处被清辉笼罩，简直就像与山石相辉映的一片静水。

为欣赏“二分明月”，扬州寄啸山庄专门在分隔东、西部的复道廊上设立了两个半月台，东半月台赏明月初升，西半月台观残月西落。在东半月台对面的院内，还有一座楠木船厅，在其廊柱上，悬有一副楹联：

月作主人梅作客，花为四壁船为家。

和一般园林中的旱船不同，这座船厅并不近水，而是置于以卵石瓦片作水波粼粼状的铺地之上，给人以水的联想。月夜到此厅静赏，那一片铺地在四周湖石叠峰的衬托下，似有十分的水意。此时的明月，真正成了园林的主景。

园林主人寄情山水，吟风弄月，便有了许多应景而名、因月而生的景点。月到风来亭位于网师园内彩霞池西，踞西岸水涯而建，三面环水，取意宋人邵雍《清夜吟》诗句“月到天心处，风来水面时”。亭东二柱上，挂有清人何绍基的楹联“园林到日酒初熟，庭户开时月正圆”。亭内正中悬着一面大镜，每到明月初上，便可看见水中、镜中、天上三个明月，独成一道奇景。

锄月轩是沧浪亭西侧的一座小轩，北临葑溪，取意“自锄明月种梅花”（刘翰《种梅》），寄寓了园主对恬淡安宁生活的向往。响月廊是艺圃的一条长廊，面池傍山，廊内有联“踏月寻诗临碧沼，批裘入画步琼山”。在月色溶溶的夜晚漫步池边，清风徐来，碧波涟涟，水中明月与天上明月交相辉映。沐浴在月光下，不禁会诗兴勃发，“冷香飞上诗句”（姜夔《念奴娇》），何等雅趣。

虎丘后山的揽月榭架于荷花池水之上，月明星稀之夜，月亮倒映水中，似乎手可摘月。耦园的受月池西边临山，东边靠廊，山水可人，正所谓“池光不受月，野气欲沉山”（李商隐《戏赠张书记》）。中秋月夜可于池边望月亭，看月影入池，赏水月天光。留园的掬月亭有匾额“月带人来”，于此亭赏月、玩月，可体味“掬水月在手，弄花香满衣”（于良史《春山夜月》）的乐趣。

在江南文人园林中，水边的厅堂每每都要跨水建月台，用来夏日纳凉赏月。月台临水，一来取其空间较开阔，树木遮挡少，看月看得真切。二来可以看月在水中的倒影，一实一虚，上下争辉，更增添了景色的趣味。有的临水亭榭中，为赏月还要挂上一面大镜子，如苏州网师园彩霞池西的月到风来亭。这样，除了真月、水月之外，又多了一个镜月，人在亭中赏景，几乎处于月的包围之中。

花影扶疏自满庭

花影之姿

园林中的花草树木被赋予某种品格之后，就不再是孤立的客观物体，而是文人托物寄兴、借景抒情的审美对象。主客体之间相互感应，情景交融，深化了园林意境，强化了园林的艺术感染力。如松、竹、梅被称为“岁寒三友”，梅、兰、竹、菊被誉为“四君子”，其清华于外、淡泊其中，不作媚世之态的高洁品格，千百年来广为称颂。

在“岁寒三友”中，松显苍劲，竹为清逸，唯有梅被称为冷艳，是“三友”中唯一的赏花树。冬天去游虎丘，登上云岩寺塔底下的冷香阁，窗外有一片盛开的红梅和白梅，送来阵阵冷香。若是赶上一场大雪，满山皆白，一片银装素裹，唯有点点红梅吐艳，像是缀着的红玛瑙珠，其色其香，令人心醉。

宋人范成大《范村梅谱》是关于梅花最早的记录，他说“梅以韵胜，以格高”[3]，梅的幽静之韵和至洁品格，早已融入了古代文人的灵魂。文人雅士赏梅，以曲为美，直则无姿；以欹为美，正则无景。苏轼曾赋诗写梅：

江头千树春欲暗，竹外一枝斜更好。

《和秦太虚梅花》

“竹外一枝斜更好”，古人评此句为咏梅之千古绝唱，认为它的意境远在其他咏梅诗之上，网师园中的竹外一枝轩即取其诗意。

与梅最为有缘的当数宋代诗人林逋了。一个飘雪的冬日，林逋在外踏雪，突然被不远处一抹红色所吸引，他知道那就是梅园，因为在这冰雪的时节，只有梅花才如此傲然绽放。于是，他顺着那个方向去寻梅。

疏影横斜水清浅，暗香浮动月黄昏。

《山园小梅》

转眼间已近黄昏，很快月亮出来了，梅园里清澈的池水映照出梅枝的疏秀清瘦，黄昏的朦胧月色烘托出梅香的清幽淡远，那清

3 范成大：《范村梅谱》，见《景印文渊阁四库全书》子部谱录类，第 845 册，上海古籍出版社 1989 年版，第 35 页。

香隐隐约约，似有还无，沁人心脾。看着眼前的景致，林逋诗兴大发，随即吟出这首著名的《山园小梅》。

当凛冬降临，万木凋零的时候，只有梅花独自怒放，因此，梅与松、竹并称“岁寒三友”。元人杨维桢写诗赞赏梅的气节：

万花敢向雪中出，一树独先天下春。

《道梅之气节》

经历代文人的歌咏，梅花凌寒傲雪、坚韧不拔的品格早已深入人心。园林之中，若是栽种一株红梅，迎春吐艳之时，高标傲骨，分外精神，最能体现“万花敢向雪中出，一树独先天下春”的情趣和意境。

清朝初年，虎丘西侧有座梅花楼，因文徵明壁画梅花而得名。这座再普通不过的旧观古园，因曾有徐崧与归庄两位名士寓居于此，而有了说不尽的意味。

明亡后，徐崧作为文化漫游者，足迹遍及吴中，专事搜求吴地史事故实，时人称之为“吴地董狐”。友人尤侗颇为熟悉他的漫游情状，说他“时以一瓢两屐，彳亍数百里，每遇名山大川，徘徊眺望，即至一丘一壑，亦必穷搜幽妙，寻章摘句，收拾奚囊中，荟萃成卷，名曰《百城烟水》”[4]。徐崧在清顺治年间寓居梅花楼，他时时以梅花苦寒自励，曾写有一首赠友人曹尔堪的诗：

4 尤侗：《百城烟水序》，见徐崧、张大纯纂辑：《百城烟水》，薛正兴校点，江苏古籍出版社 1999 年版，序第 1 页。

曾向山楼一笑看，仙人留下紫霞冠。
梅花落尽春风里，玉笛凄凉月影寒。

作为文化哭灵人，归庄与顾炎武等遗民在吴中坚持抗清。失败后，归庄穿起丧服，遁迹荒野，遇到名山大川就放声大哭，毫不顾忌别人诧异的目光，时人遂有“归奇顾怪”之说。清康熙初年，他寓居梅花楼，作有《观梅日记》，记录姑苏游历之事。他也爱梅花笑傲冰雪的风骨，将梅之高洁比作孤标傲世的魏晋名士嵇康，作有《懒梅》一诗：

古梅偃蹇复昂藏，春到名园动地香。
不是风摧将石压，元来性懒是嵇康。

徐崧与归庄代表了清初文人志士两种不同的生命情态。同为梅花楼主人，他们的人生又何尝不像那凌寒傲雪、高标风骨的梅花？

苏轼也咏桃花。“竹外一枝斜更好”（《和秦太虚梅花》），是梅花；“竹外桃花三两枝”（《惠崇春江晚景二首》其一），是桃花。梅，一枝横斜而出最佳；桃，三两枝初放才好。而无论是梅，是桃，都应该嫣红，倘是绿萼梅或者白碧桃，便觉单调了。

《山海经》中记夸父逐日：“夸父与日逐走，入日。渴欲得饮，饮于河渭，河渭不足，北饮大泽。未至，道渴而死。弃其杖。化为邓林。”清代学者毕沅解释说，邓、桃音相近，邓林即桃林，也就是《中山经》所说“夸父之山，北有桃林”[5]。夸父所逐之日，象征着他心中的永恒乐园，尽管夸父在最接近夕阳无限美好的地方倒下，但他的渴望却在死后化为了一片桃林。

桃林象征着美好的前景，这似乎也可以解释陶渊明的桃花源理想。一位武陵渔人缘着溪水行走，“忽逢桃花林，夹岸数百步，中无杂树，芳草鲜美，落英缤纷”。陶渊明心中的美好前景，在在显示出繁华落尽后的真实、恬淡与朴素，桃花源自此成为历代文人心驰神往的理想之地。王维《桃源行》最后四句，写出了时过境迁、仙源难寻的怅惘之情：

当时只记入山深，青溪几度到云林。
春来遍是桃花水，不辨仙源何处寻。

留园小桃坞就是效仿陶渊明的桃花源意境，其中植桃林一片，旁有小溪流过，尽头壁题“缘溪行”三字。苏州才子唐寅一生酷爱桃花，在苏州城北桃花坞建了一所幽静清雅的桃花庵，自称“桃花仙”，于园中度其清狂生活。其《桃花庵歌》有几句曰：

桃花坞里桃花庵，桃花庵下桃花仙。
桃花仙人种桃树，又折花枝换酒钱。

桃花含苞欲放的样子最是可人，所以桃

5 袁珂校译：《山海经校译》，上海古籍出版社 1985 年版，第 204 页。

花常常代美人之面，拟妖娆之态，系情爱之念。《国风·周南·桃夭》中，“桃之夭夭，灼灼其华。桃之夭夭，有蕡其实。桃之夭夭，其叶蓁蓁”几句，写出了桃花的嫩红，桃实的硕大，桃叶的浓绿。《国风·召南·何彼秾矣》“何彼秾矣？华如桃李”，借芬芳桃李，写出了女子惊艳的妆容。

唐代诗人崔护的桃花诗最为有名。崔护考进士未中，寒食节独游长安城郊南庄，走到一户桃花盛开的农家门前，一位容貌美丽的女子出来热情接待了他，彼此留下了难忘的印象。第二年寒食节再来时，院门紧闭，女子已不知在何处，只有桃花依旧迎着春风盛开，那情态使人徒增惆怅。于是，崔护留下了著名的诗作：

去年今日此门中，人面桃花相映红。
人面不知何处去，桃花依旧笑春风。

《题都城南庄》

杭州的西湖边，有一片桃林。在明清之际一个暮春的早晨，才女柳如是穿过这片桃林。暮春时节的西子湖，即将凋零的桃花，在一个神采奕奕的女子面前，竟然回光返照，重放异彩。她随即吟成了一首小诗：

垂杨小院绣帘东，莺阁残枝蝶趁风。
大抵西泠寒食路，桃花得气美人中。

《西湖八绝句》其一

“寒食”就是暗指崔护与桃花树下的女子相遇的故事。寒食节，崔护敲开了南庄的门，看到“人面桃花相映红”；柳如是的寒食节，也有美人和桃花，但是“桃花得气美人中”，借着美人的气韵，桃花才会如此动人。

柳如是的情人陈子龙曾作《寒食》七首，其中有几句云：“应有江南寒食路，美人芳草一行归”，“垂杨小院倚花开，铃阁沉沉人未来”。读陈子龙的诗，方能体会柳如是在诗中所有的追思忆念、伤感郁结。那垂杨小院，那寒食路，那美人，都是很具体、很真实的所在，都包含着一段铭心刻骨的情事。

园林之中，植一片桃树，早春时节，桃树已蓓蕾满枝，至阳春三月，先花后叶，重葩叠萼，姿色艳丽，远远望去，似红云飘动。“人间四月芳菲尽，山寺桃花始盛开”（白居易《大林寺桃花》），“桃花一簇开无主，可爱深红爱浅红”（杜甫《江畔独步寻花》），“三分春色一分休，始见桃花着树头”（梅尧臣《和公仪龙图小桃花》），“杜宇青山三月暮，桃花流水一溪云”（周权《晚春》），“依依杨柳映苍苔，满树桃花映日开”（潘氏《西圃》）……历代诗人把最美的诗句献给了桃花。

晚明时，荼蘼开遍了江南园林，这春尽夏初时节开花的小灌木，不消几天的工夫，就能把一笼新扎的花架布置大半。荼蘼花开，香艳如烟，醉人心神，加之容易栽种料理，晚明时的江南人多半会在园林中置上一架，既可敷衍做了锦屏似的摆设，又可做初夏纳凉小憩的廊道，何乐而不为？

花动拂墙红萼坠，分明疑是情人至。

赵令畤《蝶恋花·庭院黄昏春雨霁》

《西厢记》“待月西厢下，迎风户半开。拂墙花影动，疑是玉人来”的故事，因为有了荼蘼花架，更添香艳。藤隙间的人影、花影都是可以揣摩得到的，荼蘼花架的穿透掩映、疏影横斜，为种种情思想象平添了趣味。

因是春尽夏初开花，荼蘼过后，无花开放，一春的花事已告终结。开到荼蘼，即意味着春天的芳菲已然消歇。所以宋人王淇诗曰：

一从梅粉褪残妆，涂抹新红上海棠。
开到荼蘼花事了，丝丝天棘出莓墙。

《春暮游小园》

“开到荼蘼花事了”，了却的不只是花事，还有那幽隐处的情事。荼蘼花开，意味着花季即将过去，也暗喻女子的青春蹉跎之感。爱到荼蘼开过，生命中最灿烂繁华、最刻骨铭心的情事也就行将逝去。

汤显祖在后花园的姹紫嫣红中书写青春少女的寂寞，在明媚春光里诉说美好人生的枯萎。《牡丹亭》“惊梦”一出，杜丽娘游园时唱道：“遍青山啼红了杜鹃，荼蘼外烟丝醉软。”那盛开的荼蘼，在暖暖的春光里开得那么烂漫，空气里一片懒散迷醉的香艳气息，春色何不恼人！

元人宋梅洞小说《娇红记》云：“一夕，娇晚绣红窗下，倚床视荼蘼花，

久不移目。生轻步踵其后，娇不知也，因浩然长叹。”书生申纯与表妹王娇娘一见钟情，却无法向表妹倾诉衷肠；而望着盛开的荼蘼花，王娇娘也是满腹闲愁，默默不语。

《红楼梦》也曾引用“开到荼蘼花事了”来暗喻大观园女儿们风流云散。在第六十三回“寿怡红群芳开夜宴”中，麝月掣了一根花签，大家看时，这面上一枝荼蘼花，题着“韶华胜极”四字，背面写着一句旧诗，道是：“开到荼蘼花事了，尘烟过，知多少？”据脂砚斋的批点说，当袭人出府时曾言：“好歹留下麝月。”可知最后陪着宝玉的就是麝月，符合她的荼糜花的身份——诸芳流散后就只她来送春了。

所以，荼蘼是一种伤感的花。“惜春长怕花开早，何况落红无数”（辛弃疾《摸鱼儿》），花开到荼蘼，春花即将谢尽，但也不必太过感伤，这之后不是还有绚烂夏花、静美秋菊、傲雪寒梅吗？人生还是值得期待的，因为人生的每一阶段都有着不一样的精彩。

春来，小园无处不花香。园林中赏花，贵在花影婆娑朦胧，一览无余便少了韵味。比如月下花影：

一径竹阴云满地，半帘花影月笼纱。

这是颐和园南湖岛月波楼的一副对联，小路两边幽竹茂盛，竹丛的影子投下来，路上像是铺满了或浓或淡的云。入夜后，帘纱半卷，月光如泻，四周好像罩上一层薄纱，各种花影印在窗帘上，重重叠叠，煞是好看。

比如水中花影：

池水倒窥疏影动，屋檐斜入一枝低。

林逋《梅花》

梅与园林水景最是相配。于清溪、小桥、湖池、滨岸等处，孤植一株或丛植几棵幽雅飘逸的垂枝梅，照水灵动，更有“池水倒窥疏影动”的韵味和疏朗雅致的意境。

又比如粉墙花影：

粉墙花影自重重，帘卷残荷水殿风。

高濂《玉簪记·琴挑》

花影与粉墙相互交织，婆娑摇曳，相映形成虚实之美，自古为文人所乐道的那种花影之姿便是依托墙而生出。

中国园林的墙有虎皮墙、磨砖墙、漏砖墙、白粉墙等数种，还有内墙和外墙之分。外墙突出保护功能，一般建得高大厚实；内墙则突出了装饰功能，构得精巧别致。有了墙，园林景观才可分、可借，使人感到“闲庭信步花还在，一园春色两园分”。

墙头探出的梅花、桃花，随风落花雨，墙内墙外都映出了热闹的春景。若墙中开窗，借助花窗连接了两个空间，便生出“隔窗云雾生衣上，卷幔山泉入境中”（王维《敕借岐王九成宫避暑应教》）的独特韵味。若将墙矮化，则会造出“又有墙头千叶桃，风动落花红簌簌”（元稹《连昌宫词》）的美妙意境。而粉墙、花窗与月亮门的结合，又构成了“墙头丹杏雨余花，门外绿杨风后絮”（晏几道《木兰花》）的醉人景致。

计成《园冶》说：“藉以粉壁为纸，以石为绘也。理者相石皴纹，仿古人笔意，植黄山松柏、古梅、美竹，收之圆窗，宛然镜游也。”吴中才子唐寅也将此法用于绘画中，他的题画诗写道：

记得昔年曾识面，桃花深处短墙头。

《题张梦晋半身美人图》

园林之中，花影与粉墙的美妙结合，产生虚实之景。在墙下离墙尺许，植以竹木花卉，配以玲珑湖石或参差石笋，被日光或月光映在粉墙之上，就是一幅绝妙的水墨画构图。

江南园林厅堂书斋后都辟有窄院，植有花木，衬以粉墙，尽可坐享“烂漫花阴覆短墙，花开时候日偏长”（张大受《与西平土舍安维城》）、“岁岁春风花覆墙，摘来红实亦甘香”（刘克庄《留山间种艺十绝》其五）的醉人美景。网师园与住宅的界墙上，一棵木香爬在粉墙上，成为一幅立体画；艺圃浴鸥小院一壁粉墙，前有迎春花、山茶花，阳光斜照，花影斑驳。此外，拙政园海棠春坞及留园古木交柯、华步小筑等，都是巧妙利用粉墙营造花景的佳例。

紧贴墙壁的峭壁山，配以花木，是一幅幅别有风致的浮雕画。网师园琴室南墙上的峭壁山，配植紫竹、书带草和枣树，构成一幅山石植物小景。每当微风吹过，竹影摇曳，书带披离，红枣飘香，煞是动人。陈从周先生在《说园》中说：“江南园林叠山，每以粉墙衬托，益觉山石紧凑峥嵘，此粉墙画本也。若墙不存，则如一丘乱石，故今日以大园叠山，未见佳构者正在此。”[6]

被粉墙分开的空间一经花影点缀，便产生一种流动的意韵。陈从周先生对“粉墙花影”有这样的描述：“小城春色，深巷斜影，那半截粉墙，点缀着几叶爬山虎，或是从墙内挂下来的几朵小花，披着一些碎影，独行其间，那恬静的境界，是百尺大道上梦想不到的。”[7]

6 陈从周：《说园》（三），见顾骧编：《未尽园林情——陈从周散文随笔选》，商务印书馆 2010 年版，第 21 页。

7 陈从周：《陈从周园林随笔》，人民文学出版社 2008 年版，第 42 页。

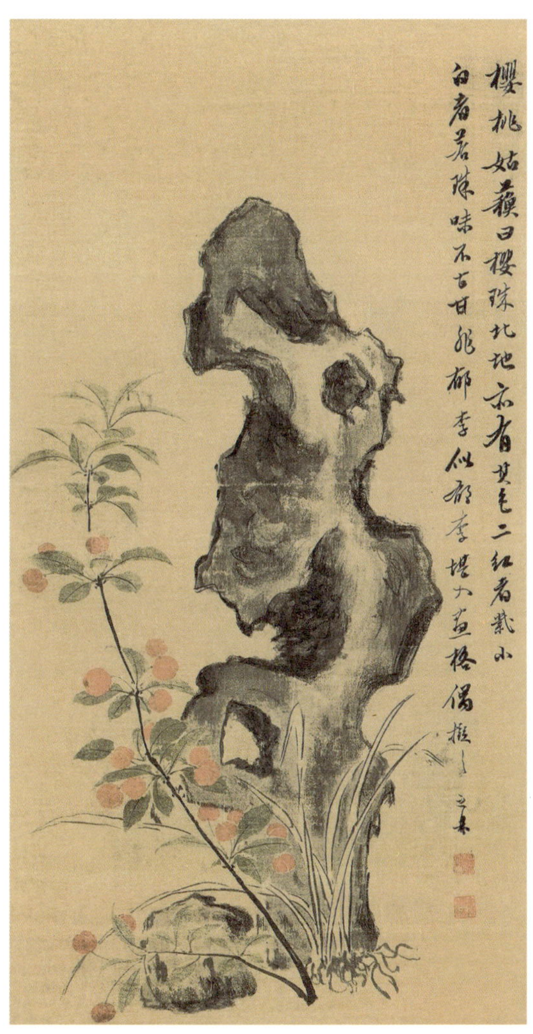

〔清〕禹之鼎《樱桃寿石》

竹送秋声入小窗

幽篁之韵

竹与中国文人，有着不可分割的精神联系。竹潇洒挺拔，清丽俊逸，有翩翩君子风度；竹子空心，象征虚心自持的品格；竹弯而不折，折而不断，象征柔而有刚的为人原则；竹节毕露，竹梢拔高，象征人的高风亮节。淡泊、寡欲、清高，正是中国文人的人格追求。

松丑而文，竹瘦而寿，梅寒而秀。竹与松、梅作为中国文化中的“岁寒三友”，契合了文人雅士的审美趣味。宋代文人林景熙《五云梅舍记》说：“即其居累土为山，种梅百本，与乔松、修篁为岁寒友。”苏州狮子林立雪堂对联

“苍松翠竹真佳客，明月清风是故人”也是这个意思。

古人谓竹为君，取其高风亮节者，始于晋人王子猷。据《世说新语·任诞》记，王徽之非常爱竹，即使是暂居一处，也会在庭园中种上竹子。人家问他，你临时借住几日，种竹岂不自找麻烦？王徽之闻之，啸咏良久，直指竹说：“何可一日无此君？”从此以后，文人雅士越来越爱竹，在竹韵里寄托对生命的感悟。

魏晋时期，天下大乱，不少文人有避世思想，除了著名的“竹林七贤”借竹子的清逸助其风流，还有一位名士张廌。朝廷曾经请他出来做官，他却断然拒绝，隐居在乐成县的丹霞山下，种下竹子数十顷，其居所就建在竹林之中。王羲之听说有这么一位高士就前去拜访，张廌却深避竹林不见，被称为“竹中高士”。

唐人白居易曾写过一篇《养竹记》，赞美“竹本固，固以树德；君子见其本，则思善建不拔者。竹性直，直以立身；君子见其性，则思中立不倚者。竹心空，空以体道；君子见其心，则思应用虚受者。竹节贞，贞以立志；君子见其节，则思砥砺名行，夷险一致者”[8]。他将竹比作贤人君子，总结出竹的四大高尚节操：本固、性直、心空、节贞。

北宋熙宁六年（1073），苏轼出任杭州通判时，去於潜县“视政”，住在镇东南的金鹅山巅绿筠轩中。在轩中临窗远眺，只见满目皆是茂林修竹，苍翠欲滴，景色宜人，苏轼不由沉吟道：“可使食无肉，不可使居无竹。无肉令人瘦，无竹令人俗。”[9]文人雅士视竹为高雅之物，由此不难想见。

8 白居易：《养竹记》，见《白居易集》，顾学颉校点，中华书局1979年版，第936—937页。

9 苏轼：《於潜僧绿筠轩》，见吴鹭山、夏承焘、萧湄合编：《苏轼诗选注》，百花文艺出版社1982年版，第40页。

北宋文人王禹偁禀性刚正，多次得罪权要，一生屡遭贬谪。北宋淳化二年（991），他被贬为商州团练副使时，曾作竹诗喻理明志：

不随夭艳争春色，独守孤贞待岁寒。

《官舍竹》

咸平二年（999），王禹偁被贬至黄州，有一次于竹楼赏月之际，回忆往昔宦海沉浮，不禁有感而发，写下《黄州新建小竹楼记》一文。文中说他在竹楼中“披鹤氅衣，戴华阳巾，手执《周易》一卷，焚香默坐，消遣世虑。江山之外，第见风帆、沙鸟、烟云、竹树而已”[10]，极力渲染谪居之乐，把小竹楼描绘得幽趣盎然。

清代文人郑燮爱竹成癖，无竹不入居，画竹五十年，引竹自况，竹子成了他人品的化身。在《竹》一文中，他说：“江馆清秋，晨起看竹，烟光日影露气，皆浮动于疏枝密叶之间。胸中勃勃遂有画意。其实胸中之竹，并不是眼中之竹也。因而磨墨展纸，落笔倏作变相，手中之竹又不是胸中之竹也。”[11]正由于他从生活中得到灵感，他的题画诗既通竹之灵秀，又有竹之雄健，真趣无限：

疏疏密密复亭亭，小院幽篁一片青。

《题画竹》

10 王禹偁：《小畜集》，见《景印文渊阁四库全书》集部别集类，第1086册，上海古籍出版社1989年版，第166页。

11 郑燮：《竹》，见曹惠民、李红权编注：《郑板桥诗文书画全集》，中国言实出版社2006年版，第375页。

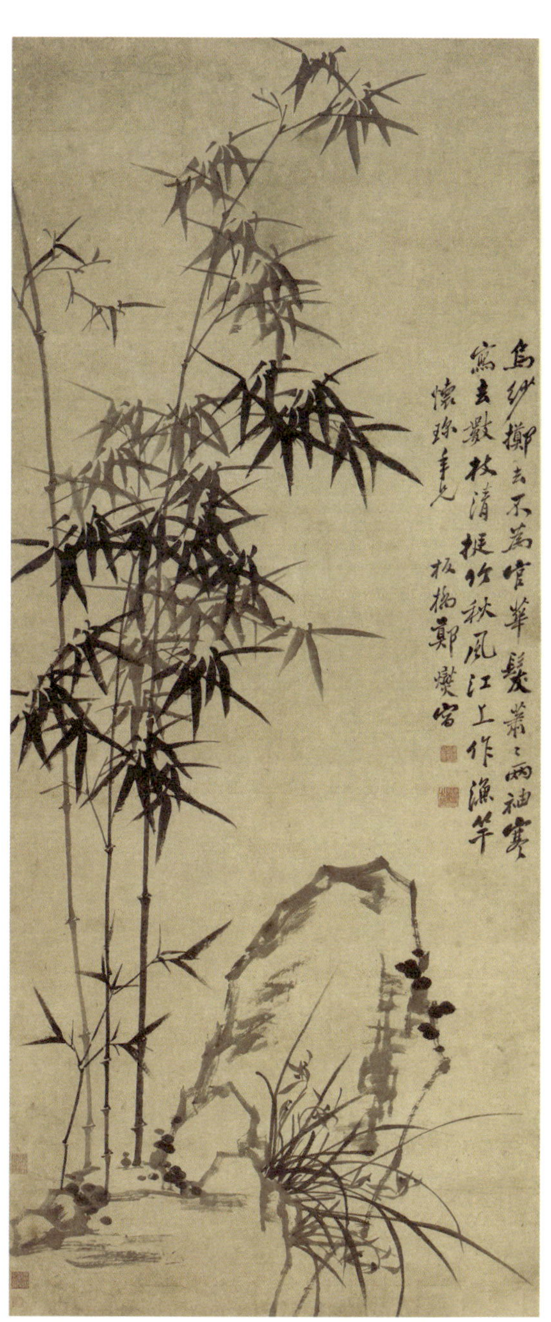

〔清〕郑燮《兰竹图》

竹，婀娜多姿、妩媚秀丽，总是给人以美的享受。茂林修竹是园林中不可缺少的组成部分，纵观古今园林，几乎无园不竹。居而有竹，则觉窗明几净，庭园潇洒。

秦始皇统一六国后大兴土木，为建皇家苑囿上林苑，从山西云冈引种竹子到咸阳，这是竹子用于造园的最早记载。此后，汉代甘泉宫内设有竹宫，曹操的元武苑也建有竹园。文人园林中，唐代王维的辋川别业特设竹里馆、斤竹岭，凤翔节度使李茂贞的私园里修竹万竿，宋代归仁园中有竹万亩，都是文人雅士饮酒赋诗作画的清幽之所。

明清文人园林继承了唐宋传统，竹子与水体、山石、园墙等建筑结合形成的竹林景观，是江南园林的最大特色之一。拙政园、沧浪亭、武定侯园、个园等在竹子造园上运用相当成功，许多造园手法仍为今人造园所采用。

拙政园有多处以竹为主景：竹涧，夹涧美竹挺拔；湘筠坞，“种竹连平岗，岗回竹成坞”（文徵明《拙政园图咏·湘筠坞》）；深静亭修竹环匝；还有倚玉轩“倚槛碧玉万竿长”（文徵明《拙政园图咏·倚玉轩》）。这些都营造出幽迥的境界。规模最大的园林竹景当属明代武定侯园，有竹林东西三十丈，南北五十丈，林荫漫漫，阳光不透，清风拂叶，群鸟在竹林上空滑过，音如戛玉敲金。

扬州个园园门两侧的平台上翠竹飒飒，凤尾摇曳。清人刘凤诰《个园记》说：“主人性爱竹。盖以竹本固，君子见其本，则思树德之先沃其根；竹心虚，君子观其心，则思应用之务宏其量。”[12]“个”字是“竹”字的一半，以“个”名园，不仅因为它包蕴着

12 刘凤诰：《个园记》，见鲁晨海编注：《中国历代园林图文精选》第5辑，同济大学出版社2006年版，第177页。

冬青夏彩、玉润碧鲜之美，更流露了园主爱竹的情感。

园林竹景，既可以是大片竹林，以渲染气氛，又可以是数株散植，配合石峰及其他花木构景。以竹造园，竹因园而茂，园因竹而彰；以竹造景，竹因景而活，园因景而显。不管是以竹造景、借景、障景，或是用竹点景、框景、移景，都能组成如诗如画的美景，且手法多种多样。

关于以竹造景，计成《园冶》提到："结茅竹里，浚一派之长源"；"竹坞寻幽，醉心即是"；"移竹当窗，分梨为院，溶溶月色，瑟瑟风声"；"藉以粉壁为纸，以石为绘也。理者相石皴纹，仿古人笔意，植黄山松柏、古梅、美竹，收之圆窗，宛然镜游也"；等等。从众多文人的诗词歌赋及绘画中，也可以了解到一些竹子的造景手法。

园林中的竹林小径力求曲径通幽，含蓄深邃，忌直求曲，忌宽求窄。在道路两侧配以高大乔木状的竹类，如毛竹、麻竹等，修竹夹道，创造出绿竹成荫、万竿参天、云雾缭绕的生动景色。竹林深处以一茅舍为赏景佳处，形成返璞归真的野趣。王维作诗描述其辋川别业竹里馆，"独坐幽篁里，弹琴复长啸。深林人不知，明月来相照"（《竹里馆》），就是这样一幅画面。

利用光影的效果营造竹林幽韵，也是一种常见手法。在幽静的园林中，那斜映在粉墙上的花影、竹影和树影相互交织，婆娑摇曳，这是一幅多么美妙生动的园林图景。宋人苏舜钦有感于此，写下了千古绝唱：

秋色入林红黯淡，日光穿竹翠玲珑。

《沧浪亭怀贯之》

苏州沧浪亭的翠玲珑馆，四周遍植翠竹，就是取“日光穿竹翠玲珑”的诗情画意而为名。竹是沧浪亭的特色之一，现植各类竹二十余种。翠玲珑馆连贯几间大小不一的旁室，使小馆曲折，绿意四周，前后芭蕉掩映，竹柏交翠，风乍起，万竿摇空，滴翠匀碧，沁人心脾。

水是园林的灵魂。水边依伴清秀之竹，形态清新可人，衬托出水体的幽深与明净，竹叶的声响和水流涓涓更添趣味。白居易在洛阳履道坊宅园里绕水栽竹，写下“水能性淡为吾友，竹解心虚即我师”（《池上竹下作》）的诗句；“竹径绕荷池，萦回百余步”（《闲居自题》），也记录了围绕水池植竹的做法。

古代文人爱竹赏石，石与竹相配，石的刚毅与竹的坚韧相得益彰，丰富了竹景的观赏效果和文化内涵。在古代园林中，竹与石常常被结合在一起，或布置于廊隅墙角，或独立成景，营造出独具特色的竹石小景。

白居易不仅居必种竹，而且对山石情有独钟。他在宅园的竹林中散点奇石，“上有青青竹，竹间多白石”（《北亭》），“一片瑟瑟石，数竿青青竹”（《北窗竹石》）。白居易爱竹赏石的园林思想，对后代园林竹石小品的兴起具有一定的启承意义。

宋人爱石成癖更甚于唐代，苏轼因爱竹癖石而创立了竹石画，竹石画的流行，大大推动了文人园林中竹石配置的应用。清人郑燮把爱竹癖石之情发挥到了极致，他对竹石小品的意境做了精彩描绘：“十笏茅斋，一方天井，修竹数竿，石笋数尺，其地无多，其费亦无多也。而风中雨中有声，日中月中有影，诗中酒中有情，闲中闷中有伴，非唯我爱竹石，即竹石亦爱我也。”[13] 诗人与竹石情感交融、物我两忘，人情与天籁得以共鸣。

在苏州拙政园的海棠春坞，高低错落的湖石围合成自然的树池，树池中一块湖石挺然而立，旁边配以一丛翠竹与之相依，而竹石小景与另一侧的海棠树相映成趣，后面白色墙壁上有用水泥雕刻成卷轴状的匾额，其上题有“海棠春坞”四字。整体构图和谐，意味深长，宛若一幅立体图画。

扬州个园的竹石小品最有特色，园内的四季假山都配置了不同的竹种。春景在桂花厅南的近入口处，以刚竹与石笋相配，似春竹出土，又竹林呼应，增加了春天的气息；夏景位于园之西北，东与抱山楼相接，以纤细柔美的水竹与太湖石组合，颇具苍翠之感；秋景以大明竹配以黄石，黄石呈棕黄色，突出了秋景特色；冬景由宣石配植斑竹和蜡梅，冬天的气息格外浓郁。如此一来，春夏秋冬就尽在满园竹石中了。

园林小路两侧种竹，是最常见的竹径，形成竹林寻幽的游赏效果。也可单侧为屏，只在路的一侧种竹作为背景或隔离，犹如一道绿色屏障。在路的另一侧丛植矮竹或散植乔木，将视线开敞。如在留园冠云楼西侧的庭院中，园墙边密植竹林，路的另一侧以含笑、桃、蜡梅、枇杷点缀。在个园后花园中，中心为水景，水景边种植矮竹，路的另一边形成竹林，竹梢弯向路边，将视线引导向中心的水景。

竹景常置于房前屋后，穿插于廊间亭畔，填补各处空白，充分显示竹景的优势。明人陈继儒《小窗幽记》写道：“亭后有竹，竹欲疏；竹尽有室，室欲幽。”[14] 说的是竹与园林小筑

13 郑燮：《竹石》，见曹惠民、李红权编注：《郑板桥诗文书画全集》，中国言实出版社 2006 年版，第 383 页。

14 陈眉公辑：《小窗幽记》，清风注译，中州古籍出版社 2008 年版，第 223 页。

的关系，当竹作为亭、室的背景时，竹在园林小筑衬托下欲显疏朗；当园林小筑布置在竹林的尽头时，通过蜿蜒曲折的小径走在竹林中，隐约看到远处的小筑，使得小筑愈显幽静。

几株青竹巧妙地栽于窗前，平添一组景致，引人联想，而夜晚月光照到屋内，则“静扰一榻琴书”。白居易有诗云：

开窗不糊纸，种竹不依行。
意取北檐下，窗与竹相当。

《竹窗》

此诗描写在屋檐下当窗种竹，以竹为画框的景象。移竹当窗的手法以框景为基础，把一个空间的景物引入另一个空间，增加了园林空间的层次感，产生了幽远深邃的意境。

《园冶》对移竹当窗的深远意境有精辟论述：“移竹当窗，分梨为院，溶溶月色，瑟瑟风声；静扰一榻琴书，动涵半轮秋水，清气觉来几席，凡尘顿远襟怀。”移竹当窗以窗外竹景为画心，几竿修竹顿生万顷竹林之画意，起到小中见大、壶中天地的效果，正如李渔《闲情偶寄》中所说：“见其物小而蕴大，有须弥芥子之义，尽日坐观，不忍合牖。”同时由于隔着一重层次去看，空间相互渗透产生了幽远的意境。

廊常被布置在园林的边缘，容易使墙及建筑拐角形成“死角”，竹景常点缀在这里，可尽显“竹廊扶翠”的意境。如留园内一沿墙曲廊的拐角处，用湖石筑台，几竿翠竹种植其中，竹间放置石笋和湖石，墙面青苔斑驳，形成一幅韵味十足的“竹石图”，顿时使生硬、阴暗的角落活跃起来。

由于江南园林的墙垣多为粉墙，竹常栽于粉墙前，形成粉墙竹影，它的观赏效果，恰似以白壁粉墙为纸、婆娑竹影为绘的水墨画。粉墙竹影是传统绘画写意手法在竹子造景中的体现，陈从周先生《说园》道：“白非本色，而色自生。”粉墙竹影，墙本无色，却成翠竹之画布。在粉墙前植几竿修竹，竹子在白色背景的衬托下显得越发青翠；再借自然光将竹子投射在粉墙之上，俨然一幅天然的墨竹图；倘若适当点缀几方山石，则画面更加古朴雅致，给人以幽雅宁静之感。

对于观赏效果差的园墙，可以采用片植的竹林形成障景，或于墙角植一丛青竹，顿使空间充满生气。探出墙头的竹梢，又令人浮想联翩，自有“风送清香过短墙，烟笼晚色近修篁”（黄公度《浣溪沙·时在西园偶成》）的意境。墙外的竹景在花窗的透漏下映入眼帘，连续的花窗还可营造出多方位的视角变化，使人从不同的视点欣赏到园中竹景。

苏轼《净因院画记》说：“山石竹木，水波烟云，虽无常形，而有常理。”[15]可以理解为造园虽无固定的模式可循，却有合理的法式可依。园林竹景的营造也同样如此，无论是郁郁葱葱的竹林幽景、淡雅写意的粉墙竹影，还是精致巧妙的竹石小景、幽深静谧的竹林小径，都能通过合理的布局与艺术的造景方式，营造出如诗如画的美景。

15 苏轼：《净因院画记》，见《苏轼文集》第2册，孔凡礼点校，中华书局1986年版，第367页。

〔南宋〕刘松年《四景山水图·冬》

留得枯荷听雨声

天籁之境

天籁原指自然界的各种声音。明人陈继儒《小窗幽记》说："论声之韵者，曰溪声、涧声、竹声、松声、山禽声、幽壑声、芭蕉雨声、落花声、落叶声，皆天地之清籁，诗坛之鼓吹也。"[16] 风、雨产生的天籁，无形中给园林增添了无穷的意境。承德避暑山庄的万壑松风、拙政园的听松风处等就是利用风声造景；拙政园的留听阁和听雨轩则是利用雨声取境。

16 陈眉公辑：《小窗幽记》，清风注译，中州古籍出版社2008年版，第317页。

水，或回环，或汪洋，或深静，或奔流，或潺湲，或倾泻，或喷薄，形态丰富多样，声音变幻莫测，颇有趣味。园林中以水声取境最为常见，小溪潺潺，泉水叮咚，湖水荡漾，瀑布轰鸣，园林水体的不同声响，会产生不同的意境。如寄畅园的八音涧、承德避暑山庄的月色江声，分别运用了迂回和汪洋的水体造景，产生不同的声境。

利用雨声造境，能反衬出园林的幽静。雨，本来没有声音，但下落时会碰触出美妙的声响，故古人在造园时，有意识地在亭阁楼台旁种些荷花、芭蕉、梧桐，借淅淅沥沥的雨声来造景。此中意境，在古代诗歌中比比皆是：

从今有雨君须记，来听萧萧打叶声。

韩愈《盆池》

蕉叶半黄荷叶碧，两家秋雨一家声。

杨万里《秋雨叹》

秋阴不散霜飞晚，留得枯荷听雨声。

李商隐《宿骆氏亭寄怀崔雍崔衮》

寂寞绿窗深夜雨，伤心不独有梧桐。

段克己《芭蕉雨》

拙政园的听雨轩和留听阁都是以声景取胜。听雨轩坐南朝北，前庭院中有清水一池，池中植荷几叶，池边栽芭蕉翠竹，轩后有一本芭蕉。雨天于轩中静观，目可赏朦胧雨景，耳可听潇潇雨声，别有情趣。留听阁位于拙政园西部，阁名取自李商隐"留得枯荷听雨声"的诗意。它后面以青山为屏，东侧有山间小溪汇入园池，池中植荷，时值中秋，听雨打残荷的嘀嗒声，饶有韵味。

即便是露珠落下，也是划破宁静之声。如孟浩然《夏日南亭怀辛大》诗中"竹露滴清响"一句所描写的，园林那么静谧，连竹叶上的露珠滴入水中的声音都能听见。园静，诗人的心更静，这是诗人心灵感应到的天籁。仅用一滴水声，即带出幽静和禅意，把人引入诗一般的境界。

利用风声造境，以听松、听竹最为常见。刘基《松风阁记》说："宜于风者莫如松。"这是因为"松之为物，干挺而枝樛，叶细而条长，离奇而庞炭，潇洒而扶疏，鬖髿而玲珑。故风之过之，不壅不激，疏通畅达，有自然之音"。[17] 南宋文人杨万里也曾写诗描述：

松本无声风亦无，适然相值两相呼。
非金非石非丝竹，万顷云涛殷五湖。

《山店松声二首》其二

松韵来自风入松林，松因风鸣。古琴曲有《风入松》，相传由晋人嵇康所作，后也用作

17 刘基：《松风阁记》，见钱仲联主编：《刘基文选》，裴世俊、张清、邢光选注，苏州大学出版社 2001 年版，第 178 页。

词调之名。置身于松林，心与自然同游，可以清除胸中的烦闷与污浊，使人心旷神怡，恬静淡泊。因此，听松风是一种至高无上的精神享受，古代的文人雅士均爱听松风。唐人皮日休有诗云：

暂听松风生意足，偶看溪月世情疏。

《寒日书斋即事三首》其三

松声总是与明月、晓雾、流泉、溪石、鸟鸣等景观联系在一起，如古人所写“明月松间照，清泉石上流”（王维《山居秋暝》），“泉声咽危石，日色冷青松”（王维《过香积寺》）。松声融入了淡淡月色，融入了淙淙流泉，融入了啾啾蝉鸣，融入了浓浓雾霭，创造出何等幽寂雅静的林泉风光。

拙政园听松风处多姿态苍老的长松，是赏景听松风的佳处。它位于小沧浪、小飞虹和周围其他亭廊所构成的独立幽静水院，有一四方小亭，上有查士标撰写匾额“一亭秋月啸松风”。南朝梁陶弘景是历史上有名的“山中宰相”，史载他“特爱松风，庭院皆植松。每闻其响，欣然为乐”[18]。当年拙政园园主追慕陶风，在方亭侧植松数株，水院多回风，松风吹皱一池静水，极有韵味。

承德避暑山庄万壑松风位于山庄正宫东北的松鹤斋之后。这里地势较高，下临湖泊，四周“长松数百，掩映周回”，西、北两面群山叠翠，风起虚谷，松涛骤起，仿佛笙箫叠奏，颇有“云卷千峰色，泉和万籁吟”（乾隆题承德万壑松风殿楹联）之意境。

18 杨忠主编：《南史·陶弘景》，见许嘉璐主编：《二十四史全译》，汉语大辞典出版社 2004 年版，第 1607 页。

旧有“风篁成韵”一语，是指风吹新竹的声韵，在园林中听风过竹林的声韵，也是文人雅士极其喜爱的。对此，唐人吴融有诗描写：

引风穿玉牖，摇露滴金盘。
有韵和宫漏，无香杂畹兰。

《玉堂种竹六韵》

苏州沧浪亭中翠玲珑馆，小馆曲折，长窗落地，竹柏交翠，清风乍来，万竿摇曳。室内有清人何绍基题写对联一副：“风篁类长笛，流水当鸣琴”，点出了风吹幽篁的声境所衬托的清雅静谧。此外，明人周叙《游嵩阳记》描述竹韵“有竹数百竿，微风度之，铿然有声，如击金石”[19]，也都描述了风过竹林所发出的天籁。

苏州怡园，由园门进入东部小院，循走廊曲折南行，建有玉延亭，周边以竹林相围，亭的命名与听竹有关。玉延亭内悬有匾额，并题有跋，它的命名，即取自跋中“万竿戛玉，一笠延秋，洒然清风”[20]的诗意。这里以“戛玉”借来“清风”，以实现“清风时一过，交戛响鸣玉”（苏辙《次韵子瞻系御史狱赋狱中榆槐竹柏·竹》）的声境。

除松竹外，许多花木都可以在风的作用下，借听天籁。如南京熙园，在南北叠山之间，四周环植青桐，以获风吹梧桐作响的效果，故山

19 周叙：《游嵩阳记》，见《景印摛藻堂四库全书荟要》集部，第481册，程敏政编《明文衡》，台湾世界书局1985年版，第465页。

20 曹林娣：《苏州园林匾额楹联鉴赏》，华夏出版社1999年版，第276页。

上的亭命名为“桐音馆”；苏州有一听枫园，园内有古枫婆娑，因此命名，主厅名“听枫仙馆”，皆以“听枫”为主题。

古代园林还时常借助动物的声音，来营造独特的气氛和含蓄的意境。在动物鸣叫声中，既有“蝉噪林逾静，鸟鸣山更幽”（王籍《入若耶溪》）的静趣，亦有“明月别枝惊鹊，清风半夜鸣蝉”（辛弃疾《西江月·夜行黄沙道中》）的闹趣，尽显一派淡远天然的自然之趣，足以为园林美景锦上添花。

黄莺是大自然的歌唱家，鸣声圆润甜美，富有韵律，十分悦耳动听。古人把它的鸣啭称为“莺歌”，是唐代诗人时常歌咏的对象，如鲍君徽的“莺歌蝶舞韶光长”（《惜花吟》）、王维的“阴阴夏木啭黄鹂”（《积雨辋川庄作》）、刘驾的“树树树梢啼晓莺”（《晓登迎春阁》）等等。苏舜钦也颇爱莺声，他有一首诗云：

娇騃人家小女儿，半啼半语隔花枝。

《雨中闻莺》

苏舜钦把花枝后面的黄莺比作妙龄少女，自此人们常把少女的曼妙声音称为“燕语莺声”。韦应物对莺歌的描绘更是如画如歌：

欲啭不啭意自娇，羌儿弄笛曲未调。

《听莺曲》

在中国园林中，凡是有黄莺欢唱的地方，必定柳树浓荫成林。杭州西湖的柳浪闻莺，其前身是南宋御花园聚景园，南起杭州旧城清波门外，北至涌金门下，东倚城垣，西临西湖，还包括接近湖岸的柳洲、小瀛洲等。湖边浓密的垂柳如同一道绿色的帐幔，每到春日，万树柳丝迎风摇曳，光景若翠浪翻空，浓荫深处时而传来啾啾莺啼，清脆悦耳。“柳浪闻莺”即由此得名。

承德避暑山庄有莺啭乔木，位于濠濮间想之东，北依万树园，是“康熙三十六景”的第二十二景，乾隆亦有诗“山深悦鸟性，乔木早迁莺”（《莺啭乔木》）抒发自己倾听莺啭的感受。夏季，万树园浓荫数里，林间栖息着无数小鸟。在晨曦朝露未干时，众鸟在枝头欢歌高唱，与园内阵阵清风相应和，恰似一部山中笙笛。

人活动产生的各种声响，如钟声、梵音、琴音等，也是古代园林声景中不可或缺的部分。寺庙园林常常借钟声、梵音来烘托气氛，袅袅梵音和浑厚钟声在园林中营造出佛教的神秘气氛和超凡境界。

杭州净慈寺位于南屏山北麓，这一带山石玲珑，林木苍翠。其山体由石灰岩构成，多天然孔穴，岩壁立若屏障，每当佛寺晚钟敲响，钟声传到山上，岩石、洞穴便随之产生共鸣。对此，明人万达甫有诗写道：

玉屏青障暮烟飞，给殿钟声落翠微。

《南屏晚钟》

同时，钟声又飞向西湖，直达西湖彼岸的葛岭，造成回音迭起。尤其在天气晴好时，交响混合，传声悠远，经久不息。康熙南巡时，即因天将破晓，“夜气方清，万籁俱寂，钟声乍起，响入云霄，致足发人深省也”，将净慈寺改称“南屏晚钟”。

无锡寄畅园位于惠山东麓，以惠山寺为邻，为借寺庙梵音，特地在园南与惠山寺毗邻处建临梵阁，与惠山寺古华轩相嵌搭，登其上，寺中景物，一览无余。此中情景，诚如《园冶》所说“萧寺可以卜邻，梵音到耳；远峰偏宜借景，秀色堪餐”。当年，寄畅园园主秦耀曾吟：

高阁邻招提，天花落如雨。
时闻钟梵声，维摩此中住。

《寄畅园二十咏·邻梵阁》

还有以丝竹之声取境。琴是古老的乐器，是正宗雅乐，园林中若琴声悠扬，则令人如入仙境。因此，以丝竹管乐取境，在园林中运用也较为广泛，唐代有王维的竹里馆，宋代有朱长文的琴台。及至明清时期，琴更成为私家园林的必备之物，弹琴、听琴常见于文人雅士的园林生活之中，如退思园琴房、网师园琴室、怡园坡仙琴馆等。

苏州怡园东部为硬山卷棚顶建筑，隔为东、西两间，东为坡仙琴馆，悬吴云手书额并加跋，旧藏苏轼“玉涧流泉琴”。西即石听琴室，清人顾文彬得翁方纲手书“石听琴室”旧额，加跋悬于宅内。琴室窗前有湖石二峰，宛如人像，一石直立似中年，一石佝偻如老叟。室内主人弄琴，室外顽石聆听，高山流水，如遇知音，美妙的音乐感受，凝结在园林之中。

网师园琴室并没有采取坡仙琴馆的封闭式结构以聚音响，而是采用三面开敞的半亭形式，使音量因扩散而有所减弱。琴室的庭院环境偏静清幽，院中正对琴室的是一苍古奇拙的盆景，庭院西南隅和东南隅还有主宾相呼应的半浮雕式峭壁山。这盆景和峭壁山都是挡琴者的知音，他当年面向庭院，宁对风月，守操养性，自得其乐。

与琴音一样，戏曲在园林中上演，也为园林增添了别样的声趣。既然园主们要在园内尽情休闲娱乐，就必然要欣赏戏曲，以求两全其美。陈从周先生在介绍古典园林时，特别强调了园林顾曲这一妙境，他说："我爱好园林，却是在园中听曲，勾起了我的深情的。"

时至今日，每每徜徉于人迹罕至的园子中，便仿佛听到清歌悠扬，教人驻足。而笛声与歌声通过水面、粉墙、假山、树丛传来，更觉得婉转清晰，百折千回地绵延着，其高亢处声随云霄，其低回处散入涟漪，真如行云流水，仙子凌波，仿佛进入令人陶醉的妙境。

明清时期，中国园林与戏曲均发展到了成熟的阶段，尤其自明中叶后，昆曲盛行于江南，园与曲到了水乳交融、不可分割的地步。不但曲名与园林有关，曲境与园林更互相依存，有时几乎曲境就是园境，而园境又如同曲境。

那时，文人士大夫造园，必先建造花厅，而花厅又以临水为多，或者再添水阁。花厅、水阁都是兼做顾曲之所，如苏州怡园藕香榭、网师园濯缨水阁、拙政园三十六鸳鸯馆等。于绿云摇曳的荷花厅前，听一曲清歌，水殿风来，余音绕梁，真有天上人间之感。

昆曲又称“水磨调”，表演起来，音调是那么清丽，身段是那么妖娆，咬字是那么准确，文辞是那么婉转，最适宜在园林的小型曲筵上演出。因此，园林中的厅榭、水阁是最好的表演场所，地上铺一方红氍毹，就算是演剧的场所了。演唱时，笛箫是主要的乐器，不必如草台戏那样用高腔，重在婉约含蓄。这正如园林一样，清幽雅致，耐人品味。

园林幽静典雅，而昆曲也有一种书卷气。园林有高低起伏，有藏有露，有动有静，是一首首诗，一幅幅画。人游其间获得的是一种悠闲自得，而不是匆匆而来，匆匆而去，走马看花，到此一游。而昆曲也正是如此，一唱三叹，曲终而味未尽。

明清时期，江南文人对园林、昆曲的喜好，几乎可以用“上下靡从”“性命以之”来形容，文士园林雅集朝歌夜弦，殆无虚日，昆曲已经成为园林雅集中不可缺少的内容。在私家园林中邀友人雅集，一边品茗饮酒，一边聆听昆曲，这几乎成了明清江南文人普遍追求的闲雅生活情调。对此，清人赵翼有诗云：

园林成后教歌舞，子弟两班工按谱。

《青山庄歌》

园林与昆曲确有某种文脉上的相通之处。喜欢昆曲的人不去江南园林转

〔清〕王文衡《牡丹亭》插画

一转，是会有许多遗憾的，起码会少了点触景生情的感性体验。喜欢江南园林的人如不去听一听昆曲，其结果也大抵如此。

“原来姹紫嫣红开遍，似这般都付与断井颓垣”，《牡丹亭》中这句经典唱词于冥冥之中书写了文人园林与昆曲的近世命运。明清间“姹紫嫣红”的园林声伎，在近世日益衰落、萧条。20 世纪初，中国正处于一种前所未有的激荡与变革之中，胡适曾声言“昆曲不能自保于道、咸之时，决不能中兴于既亡之后”[21]——激越动荡的社会现实促使一代优秀知识分子都跑去倡导新文化运动了，作为旧文化标志之一的昆曲遂迅速被边缘化。

21 胡适：《文学进化观念与戏剧改良》，载《新青年》1918 年第 4 期。

尽管近代的江南还保留了为数不少的私家园林，园林中也仍不时回荡着流丽的笛箫和绵邈的昆曲，轻歌曼舞间涤荡着尘世的喧嚣。但伴随着中西文化的激烈碰撞以及新文化运动的汹涌鼓荡，明清文人浸淫于园林声伎的时代终究是一去不复返了。

自二十世纪八九十年代，整个社会发展日新月异，人们竞相追逐时尚潮流，相当长的一段时期，都是昆曲与园林备受冷遇的时代。昆曲面临巨大的困境，观众越来越少，演出场景日益冷清；幽雅静谧的园林古迹则更加沉寂，乏人问津。

21 世纪初，园林与昆曲呈现复兴的势头。2010 年，在上海世界博览会园林区，园林版昆曲《牡丹亭》首度上演，昆曲这门古老的艺术，又一次出现在园林之中。当杜丽娘唱着昆曲水磨调从园林深处迤逦走来，现场的雨丝风片与悠扬曲韵相和，这一出穿越时空的生死至情，便弘贯了昆曲的前世今生，展现在我们眼前。

园林与昆曲的振兴，不正是中国传统文化的复兴吗？

至情篇

中国园林中，蕴含最深广的，最为打动人心的，是古代文人雅士魂牵梦萦的至情。在山水自然中抒发性情，感悟人生，乃是文人的普遍想象，园林则强化了这种想象。园林中的一山一水、一草一木，往往与人的情感和谐共融，洋溢着鲜活盎然的生命气息，足以勾起喧嚣生命中的灵魂悸动。文人们寄情于园林，因而有了玉山草堂中的闲情、拙政园中的友情、水绘园中的爱情、快园中的故园情……春风无处不关情，园林正是激发文人最浓烈至情的场所。

春风无处不关情

玉山草堂中的闲情

金、元之交，北方蒙古游牧民族以金戈铁马的气势，用马蹄踏出江山，从而入主中原。有元一代，重武轻文，科举废止达七八十年。元代后期虽然恢复科考，但整个元代也只开科九次，中间还停科两次。这个时代不属于文人，它逼迫文人去品尝那种被抛到社会边缘、一无是处的痛苦。这是有元一代文人的真实境遇，这种灵魂被放逐、精神无处着落的痛苦，元人马致远有着深刻的体验。他的散曲小令《天净沙·秋思》写道：

枯藤老树昏鸦，小桥流水人家。古道西风瘦马。夕阳西下，断肠人在天涯。

“枯藤”“老树”“昏鸦”等秋色意象，在元代失意文人的眼中，本就极易触发人的愁思，加之时值黄昏，天涯孤客行在旅途，马致远不能不由眼前这凄清萧瑟之景，想到他一生仕途的失意和漂泊的愁苦，而在心头漫上万缕愁思。所以，这首小令表达的不仅仅是乡愁，更是一代文人寻找精神家园却无所归依的穷途末路之恨，以及由此而来的苦闷、彷徨与孤独之感。

当然，元代也有一些文人最终找到了自己的精神家园。那时，江南昆山地区活跃着一个诗人群体，“玉山草堂”就是他们远离政治、沉酣艺术的精神家园。明人王世贞说：“吾昆山顾瑛，无锡倪元镇，俱以畸卓之资，更挟才藻，风流豪赏，为东南之冠，而杨廉夫实主斯盟。”[1] 这里是说玉山草堂诗人群体的三个领袖人物，即顾瑛、倪瓒和杨维桢。元代末期吴中诗人的崛起和东南诗坛的繁荣，大抵都应归功于顾瑛的玉山草堂。

顾瑛，字仲瑛，又名阿瑛，别号金粟道人，生于官宦之家，祖父任职元廷时，定居昆山界溪。因为统治者对商业和贸易的重视，元朝的士风发生了一些变化，最突出的是不再视商贾为恶俗。

顾瑛得风气之先，十六岁时就在商海中搏击，不到十年，他再回昆山时，已一跃成为苏州地区屈指可数的巨富之一。顾瑛晚年作了一首诗来自我画像，后两句道出他半世豪奢：

1 王世贞著，罗仲鼎校注：《艺苑卮言校注》，齐鲁书社 1992 年版，第 291 页。

儒衣僧帽道人鞋，天下青山骨可埋。

若说向时豪侠处，五陵鞍马洛阳街。

《自赞》

成为巨富后的顾瑛开始了人生中的重要抉择：一是脱离商界，将产业交给儿子打理，自己则潜修文艺；二是在昆山构筑私家园林玉山草堂。

顾瑛的玉山草堂规模很大，从至正八年到至正十年（1348—1350），先后建成桃源轩、钓月轩、可诗斋、读书舍、书画舫、春晖楼、秋华亭、芝云堂、小蓬莱、碧梧翠竹堂、来龟轩、小游仙坊、百花潭、鸣玉堂、湖光山色楼、浣花馆、拜石坛、渔庄、柳塘春、春草池、金粟影亭、澹香亭、君子亭、绿波亭、放鹤斋、听雪斋、雪巢、白云海楼、嘉树轩、种玉亭、荷池、绛雪亭等三十二个景点。

春晖楼、秋华亭、荷池和听雪斋分别用来欣赏四季美景，赏月观花则有钓月轩、浣花馆，吟诗品画即聚可诗斋、书画舫。其余像碧梧翠竹堂、湖光山色楼、芝云堂、绿波亭、金粟影亭、雪巢等都是接待四时宾客、宴饮唱和的胜境。这处私家园林，在元代的江南地区只有倪瓒的清閟阁可与之媲美。元人陈基曾为玉山草堂题诗，前四句描绘了草堂的迷人景致：

隐居家住玉山阿，新制茅堂接薜萝。

翡翠飞来春雨歇，麝香眠处落花多。

《题玉山草堂》

玉山草堂内不仅有园池亭榭花木之胜，更有主人耗费大量财力搜集来的古书名画、鼎彝珍玩，使这个草堂成为文人最理想的游赏休憩之所。此后数年间，顾瑛依仗其雄厚财力，广邀天下名士，日夜在玉山草堂与宾客置酒高会，啸傲山林，以文采风流著称于东南，玉山草堂因此成为元末文人挥洒闲情的一处桃源。

玉山雅集前后有一百四十余位文人参加，其中以杨维桢、倪瓒、顾瑛为代表，这三人是当时最负盛名的诗文家、画家和曲家。另外，还有助兴的乐师和歌伎、舞伎，真可谓高朋满座，胜友如云。在玉山草堂之中，他们或饮酒赋诗，或挥毫泼墨，或观赏歌舞，或寄情山水，无不恣情纵乐，兴尽而罢，可谓极人生之闲情。

杨维桢是元泰定四年（1327）进士，字廉夫，号铁崖，他与玉山草堂的主人顾瑛本不相识，至正五年（1345），他携伎踏青，游湖至吴中地区，此时，昆山就在身前，自然有了与昆山诗人的频繁交游，可能在这段时间他认识了顾瑛。

杨维桢是当时诗坛盟主，他的诗号称“铁崖体”。玉山草堂吸引杨维桢前来雅集酬唱，主持诗坛盛事。于杨维桢而言，他喜欢热闹，喜欢诗酒唱和；于顾瑛而言，也是在园林雅集中广交诗坛名流，提高玉山草堂的声望。

在不断的分题、分韵赋诗的雅集唱和中，顾瑛的诗歌水平有了极大的提升，受到了杨维桢的赞扬。其《西湖竹枝词二首》曰：

其一

素云缺月挂秋河，听得临风白苎歌。

湖水西来流不断，海潮东去是风波。

其二

陌上采桑桑叶稀，家中看蚕怕蚕饥。

大姑要织回文锦，小姑要织嫁时衣。

这两首的确写得通俗而音韵流畅，颇得竹枝词的风神。顾瑛还次韵铁崖宫词十二首，作《天宝宫词十二首寓感》，对此杨维桢评：“十诗绵联缛丽，消得锦半臂也。”[2]

顾瑛对杨维桢颇为崇拜。至正八年（1348），顾瑛为杨维桢买了几个妾，这种妾实际上就是声伎舞女，是为了满足杨维桢搭建家庭乐班的需要。杨维桢在《铁心子买妾歌》中提到“左芙蓉，右杨柳，绿华今年当十九，一笑千金呼不售”[3]，像芙蓉、杨柳、绿华这种能歌善舞、精于弹奏的声伎，也只有顾瑛这种巨富才买得起。杨维桢后来把这几个声伎带到了松江，为他日后的风月生活打下了基础。

对于顾瑛的好意，杨维桢自然也是心领神会，他所能回报顾瑛的，就是主持一次次的园林雅集，为玉山草堂作大量题记，如《玉山佳处记》《书画舫记》《碧梧翠竹堂记》等，

2 顾嗣立编：《元诗选》初集下，中华书局 1987 年版，第 2329 页。

3 杨维桢：《铁心子买妾歌》，见《景印文渊阁四库全书》集部总集类，第 1369 册，顾瑛《玉山名胜集·外集》，上海古籍出版社 1989 年版，第 149 页。

这些美文使玉山草堂大放异彩。同时，在这些园记中，杨维桢又委婉地赞誉了顾瑛的性情和人品，自然使顾瑛的美名传扬昆山一带。

杨维桢本人颇有晋人遗风，平日喜好音乐，善吹铁笛，他的别号“铁笛道人”就是因此而来。晚年居松江时，他收留了四个美妾，名字分别叫竹枝、柳枝、桃花、杏花，皆能歌善舞。他专门打造了一艘画舫，载着四个美妾做客访友，或坐船上吹笛，或呼侍儿唱歌，酒酣以后，婆娑起舞，以为神仙中人。当时有人写歌谣讥讽他：

竹枝、柳枝、桃杏花，吹弹歌舞拨琵琶；可怜一个杨夫子，变作江南散乐家。

佚名《嘲杨廉夫》

杨维桢闻之，也全不放在心上，只道：“此等人亦何足与语，只当驴鸣犬吠而已。”也有人不以为然，认为这种种放浪行为与其本性无关，无非是借狂狷之举表达愤世嫉俗罢了。明代开国文臣宋濂就认为杨维桢的行为是“特托此以依隐玩世耳，岂其本性哉！”[4]

杨维桢另一狂狷之举是创制了一种酒杯，时人称之为“铁崖杯”。这杯子说来也简单，就是筵席间见歌儿舞女有缠足纤小者，就令其脱下鞋子，置酒杯于其中，然后捧鞋而饮，所以“铁崖杯”也叫“莲杯”。好友倪瓒有很深的洁癖，遇到这种场合，每每不堪其秽，连呼龌龊而去。

4 宋濂：《元故奉训大夫江西等处儒学提举杨君墓志铭》，见《宋学士文集》卷十六，四部丛刊本，商务印书馆 1922 年版。

纪昀《阅微草堂笔记》中对杨维桢有过评论："杨铁崖词章奇丽，虽被文妖之目，不损其名。惟鞋杯一事，猥亵淫秽，可谓不韵之极。"[5] 对于以伎鞋行酒这种"名士风流"，纪昀虽不以为然，但对杨铁崖并没有彻底否定，依然认为他"词章奇丽"，"不损其名"。

那时，江南一带的很多文人都因仰慕杨维桢之名来到玉山草堂。倪瓒，字元镇，号云林子，以诗、画著称于元末，也是草堂中的常客，与杨维桢的关系非常好。他出身于一个富有的家庭，虽然父亲倪炳很早过世，但不影响他衣食无忧的生活。他的大哥倪昭奎是当时道教的上层人物，属于特权阶层，收入不菲。

倪瓒从小得到大哥的抚养、庇护，日子过得舒心优越。他也会花钱，除了闭户读书作画，还建起了以清閟阁为主景的宅园。清閟阁是一座方塔式的三层楼阁，里面布置精雅绝伦，古今图书、鼎彝名琴陈列其中，松桂兰竹香菊敷行缭绕，阁子外则乔木修篁，蔚然深秀，环境幽迥绝尘。

倪瓒在清閟阁一住就是二十年。他与当时的现实有点话不投机，作为一名画家，倪瓒是靠绘画来构筑自己的精神乐园的。他与黄公望、吴镇、王蒙并称"元代四大家"，其画自成一派，他说自己的画不过是逸笔草草，不求形似，聊以自娱。他画近山，寥寥几笔，他画远水，淡淡一抹，除了荒疏萧索的寒林浅水，空空落落的，什么也没有了。

那远山近水间透出的高远淡泊气质，谁都模仿不来，所以后世虽伪作、赝品很多，

5 纪昀：《阅微草堂笔记》，上海古籍出版社1980年版，第238页。

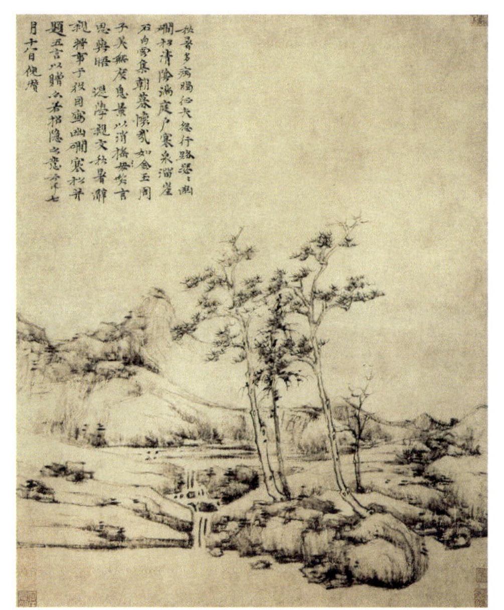

〔元〕倪瓒《幽涧寒松图》

但极容易分辨真假。倪瓒的画在文人心目中享誉极高，明代书画家董其昌十分推崇他的画，对他的评价是："古淡天然，米痴后一人而已。"[6]

苏州的诸多园林中，狮子林是最为奇幻的。清清瘦瘦的太湖石，垒成无限的生动与绵延，怎么看都像是一幅画。乾隆最为迷恋狮子林，曾花二十万两翻建两座御花园，只为把看不够的狮子林搬到眼前。而最初设计狮子林，把石头点化成了艺术，赋予这些冰冷的石头以灵气和生命的，正是倪瓒。倪瓒还绘有《狮子林图》，乾隆皇帝写诗评价过此画：

一树一峰入画意，几弯几曲远尘心。

《狮子林得句》

乾隆太喜欢这幅画了，繁忙之余总要拿

6 董其昌：《画禅室随笔》，印晓峰点校，华东师范大学出版社 2012 年版，第 79 页。

〔元〕倪瓒《狮子林图》

出来品玩一下，所以盖在《狮子林图》上的御印也有好几方。想起苏州的狮子林了，他就出来走走，算下来竟先后五次到过狮子林。

尽管倪瓒的日子过得舒心，他却并不耽于安乐。至正十二年（1352）三月的一天，正是清明时节雨纷纷，倪瓒在宜兴友人的船上，一宵谈诗。第二天，天空放晴，他们又移舟岸边，看远处云飞南山，两岸桃红柳绿。友人请他画下眼前的风物，他挥起画笔，作出动人的《春溪放舟图》。收笔的时候，船上两位还在下棋，另有一位则吹着洞箫。

年轻的画友赵元还为倪瓒画了一幅像，画中的他神情洒脱，倚着书籍斜坐榻上，花几上青铜花觚中插着鲜花，精致的香炉、酒壶摆放在旁，一个童子挥扇，一个婢女捧盘，一派富贵闲居的神情。

然而到了这一年的冬天，倪瓒就弃家远游了，这时，他已经五十三岁。他晚年的主要活动地点是在太湖周围，行踪漂泊无定，有时寄居朋友或亲戚家，有时旅宿古庙道观，“照夜风灯人独宿，打窗江雨鹤相依”（倪瓒《寄卢士行》），就是他当时生活的写照。

除了饮酒、赋诗、作画，玉山草堂中还有丝竹、歌舞之盛，这是玉山雅集的又一特色。顾瑛有一个家乐班子，里边有几个不错的声伎，如小璚英会抟琴，琼花会调筝，南枝秀会唱曲，其他像翠屏、素真、素云等，都是绝色美人，能歌善舞。她们也初通文墨，偶尔也会对上一两句诗，一般侍坐立趋，佐酒侑觞。宾客酒酣，她们以歌舞助兴。

草堂文人中会乐器、懂音乐的不少，杨维桢喜吹笛，顾瑛善弹阮，倪瓒擅抟琴，音乐品格总体趋向古雅。在他们眼中，诗酒歌乐就是文人的一种雅兴、一种修养，如果认为他们是耽溺歌乐，显然忽视了其中的文化内涵。

他们对世俗艺术也有所濡染，那时，昆山土腔已进入他们的视野，并为他们所喜爱。有一个叫沈子厚的文人，了解到杨维桢喜好吴娃歌曲，时常请苏州女乐度曲，为他祝寿。在玉山雅集中，他们以文人的审美趣味，将昆山土腔与古曲雅乐融合变通，创制出“新声”，这种“新声”就是后来昆曲的雏形。

此中虽不乏诗、酒、歌、伎的放浪情态，但昆山雅音又奏出了文人的清雅情调。元末文人的闲雅生活就是在这种浅斟轻唱中得以呈现，无论是诗酒歌舞，还是才子佳人，都成为元末江南文人园林中的典型意象。

当杨维桢、顾瑛等文人在玉山草堂中打造出声韵悠扬的昆腔时，他们可能未曾想到，这种声腔日后会在园林遍地的江南唱响，令文人士大夫上下靡

〔明〕陈洪绶《雅集图》

从，性命以之。明代戏曲家徐渭在《南词叙录》中称玉山文人创制的昆曲如“宋之嘌唱”[7]——昆曲是对宋词的吟唱，这的确抓住了昆曲的神韵。

昆曲前辈顾笃璜说，越剧的雅，只是些脂粉气罢了，沪剧是洋场气，锡剧是泥土气，昆曲才有一种扑面而来的文人气。昆曲从一开始出现，就有一种与文人园林、文人趣味联系在一起的特征，原因正在于，它是在玉山雅集中诞生的。

除了杨维桢与倪瓒，元末江南一带很多著名诗人也都是玉山雅集的常客，有柯九思、郑元祐、张雨、黄公望、熊梦祥、袁华、王蒙、王冕、郭翼等，参与者不下百人，几乎罗致了当时江南所有的文苑名流。有了这些风流文人雅集其中，玉山草堂可谓闲情一片了。

然而，在玉山草堂的闲情背后，却隐隐蕴含着末世的悲哀。当时，中国大地并不宁静，群雄并起战火纷纷，而玉山文人所在的江南

7 徐渭：《南词叙录》，见中国戏曲研究院编：《中国古典戏曲论著集成》（三），中国戏剧出版社 1959 年版，第 242 页。

一带，不过是因为吴王张士诚割据一方，实行保境安民政策，暂得一时苟安罢了。虽然玉山草堂貌似世外桃源，但敏感的文人怎会对战乱全无知觉？在宾主留下的诗歌中，叹人生苦短，须及时行乐的诗句处处皆是：

取醉不辞良夜饮，追欢犹似少年游。

顾瑛《秋华亭以天上秋期近分韵得秋字》

人生有酒不为乐，何异飞蚊聚昏昼。

顾瑛《钓月轩分题》

由于政治上的原因，玉山雅集在元明易代之际戛然而止。元至正二十七年（1367），玉山草堂毁于战乱之中。明朝建立后，朱元璋对苏州实行强令迁徙政策，大批苏州富户被迫背井离乡，顾瑛一家亦难以幸免，被勒令迁徙。明洪武二年（1369），顾瑛客死临濠（今安徽凤阳），玉山雅集从此风流云散。

尽管玉山雅集就此中断，但它留给后人的影响却清晰可见。后代文人对玉山草堂中的雅集唱和无不向往，明代中叶以后，承袭玉山雅集的流风遗韵，江南文人群体再次掀起了诗酒风流的时代风潮。无论是城市、园林、山水，还是其中的诗酒流连、纵情逸乐，江南文化又重新呈现出既有的血脉精髓和斑斓色彩。

到了清代，就连代表官方正统色彩的四库馆臣也称赏玉山雅集“文采风流，照映一世，数百年后，犹想而见之”[8]。个中原因，可能就在于，那种不受物质和精神双重困扰的自由生活，对古代文人来说实在是太难得了吧。

8 顾瑛：《玉山名胜集·提要》，见《景印文渊阁四库全书》集部总集类，第1369册，上海古籍出版社1989年版，第1页。

迎送磬折会知音

拙政园中的友情

说到苏州园林，最为后人称道的，莫过于在明朝做过巡察御史的王献臣的拙政园了。关于拙政园，普遍的说法是，它是由王献臣的苏州好友、吴门画派的领袖文徵明设计并建造的。文徵明还因此留下了《王氏拙政园图》以及《王氏拙政园记》《王氏拙政园咏》等，把当时拙政园的规模、情景一一记录了下来。王献臣与文徵明的一段友情，深深地镌刻在了拙政园的一山一水、一草一木上。

王献臣，字敬止，号槐雨，为人疏朗峻洁。生于苏州东郊吴县宦门之家，幼时聪颖敏悟，咏诗作对出口成章，才华出众，闻名十里八乡。明弘治六年（1493），王献臣被举荐入京应试，登癸丑科毛登榜进士第。初授行人司行人之职，掌管捧节奉使之事，操办颁诏、册封、抚谕、征聘等工作。由于精明能干，得圣上赏识，由行人擢升为巡察御史。

巡察御史，专门监察百官政绩言行，本就是个极易得罪人的差事。那一年，王献臣奉命巡察东厂，因秉公执法，得罪了掌管东厂的太监。太监捏造了点事情，再在弘治皇帝面前嘀咕了几句，王献臣就连遭廷杖、系狱刑罚之苦，最后被贬谪到岭南当驿丞，掌管驿站的仪仗、车马、迎送之事。虽然后来朝廷对此事予以重核，王献臣又被起用为浙江永嘉知县，但在宦途上遭受多年挫折冷落，他已心灰意冷，无心在朝为官，只想早日回苏州老家，退隐林泉，安度晚年。

于是，王献臣带着家人回老家选址造屋，却都不甚满意。待到致仕后，他亲自在苏州城内外寻找，终于在城东附近找到一处地势平坦、水量充沛的废墟。此地曾是南朝高士戴颙和唐代诗人陆龟蒙的居处，最后他买下了这块地，打算在这里建一个园子。

其实这时候的园子还没有一个固定的名字，王献臣回想着自己的经历，心底竟涌出西晋文人潘岳《闲居赋》中的句子来："览止足之分，庶浮云之志，筑室种树，逍遥自得。池沼足以渔钓，舂税足以代耕。灌园鬻蔬，以供朝夕之膳，牧羊酤酪，以俟伏腊之费。孝乎惟孝，友于兄弟，此亦拙者之为政也。"[9]

"拙政"，即拙于政事，不擅长在官场

9 潘岳：《闲居赋》，见萧统编，李善注：《文选》，上海古籍出版社 1986 年版，第 699—700 页。

中周旋，颇和陶渊明“守拙归园田”之意。王献臣说，我从出来做官到现在已经四十年了，和我同时做官的人，家里吃饭要开两桌以上，官职也到了三公的位置，而我仅以一永嘉知县而老退林下，只能像潘岳那样筑室种树，灌园鬻蔬，就在这园子里“从政”，拙于政事的人不就是这样的吗？所以这园子就叫“拙政园”吧。

拙政园选址虽居闹市之中，但也是自我的一方天地，尽可远离尘嚣的烦扰，沉浸在流水潺潺、春草丛生、断桥垂钓、倚篱小憩的世外桃源中，还可不时邀请朋友来园子里饮酒赋诗。这样的拙政，不也是一种人生？想到这里，王献臣的心情像苏州的天空一样风轻云淡。这样的人生选择，似乎是无奈的了结，却也是精彩的开始。

王献臣回苏州叶落归根，隐居终老，需要有人帮他修造拙政园。所幸，他的好友文徵明在苏州。

文徵明原名文璧，字徵明，以后就用徵明为名，改字徵仲，号衡山。《明史》本传中说他是文天祥的后代，王世贞所作的《文先生传》，说他家世武弁，先代文俊卿在元朝曾做过佩金虎符镇守武昌的都元帅。到了曾祖父那里，被招赘入吴，才成为吴人。自祖父起始以文显，父亲文林曾做过温州永嘉知县、温州知府，大约是位清廉的官员，所以父亲去世以后，家境是比较清贫的。

文徵明生活的年代正值明代中叶，朝廷政治风雨飘摇，权柄落入宦官之手，贿赂公行，积弊愈演愈烈，朝廷大臣动辄得咎，沉浮于险恶的政治旋涡之中。朝政的倾颓，导致文人对政治的离心力加剧，却意外地造就了一个艺术的时代。随着城市经济的发展，诗文书画开始进入商业流通领域，以苏州为中心的江南一带，艺术氛围更是浓厚。文徵明自幼习读诗文，喜爱书画，文师吴宽，书学李应祯，画宗沈周，诗文书画无一不精，人称“四绝”全才。

文徵明是和官场中人最处不来的一个人，他也不是不爱功名，只是天性有些清高孤傲。三十岁那年，其父文林做温州知府，于任上染了重病。文徵明请医生赶赴温州，到寓所时其父已于三天前去世。当地官员凑千金赠作奠仪，文徵明全部谢绝，令那些官员颇为尴尬。

另有一次，右都御史俞谏看到文徵明很有才华却家境清贫，想送一些银子资助他，就问他生活上有什么困难，文徵明说：“我早晚都有粥吃。”俞又指着他的衣服问怎么皱成这样，文徵明还是很抗拒地说：“这是淋了雨的缘故。”宁王朱宸濠也很赏识他，派人送来银子，请他去做清客，他却以生病为由推辞，银子全部退还。

这样和仕途话不投机、与官场格格不入的文徵明，却是巡察御史王献臣的知己。在王献臣举进士前，文徵明即与王献臣相识，这之后二人时常以诗唱和，时日一久，彼此便成了很要好的朋友。当年，王献臣官场春风得意时，文徵明赠诗给他，诗曰：

曾携书策到东瓯，此际因忆君旧游。
落日乱山斜带郭，碧天新水净涵洲。
从知地胜人偏乐，近说官清岁有秋。
西北浮云应在念，乘闲一上谢公楼。

《寄王永嘉》

后来，王献臣因受东厂特务的诬陷连遭贬谪，愤而弃官回归故乡苏州，文徵明又写了题图诗，赞赏王献臣的才情品性，对其仕途遭遇也表示惋惜。诗曰：

荦荦才情与世疏，等闲零落傍江湖。
不应泛驾终难用，闲着王孙骏马图。

《题王侍御敬止所藏仲穆马图》

再后来，文徵明听说王献臣要叶落归根回苏州，他又写诗给王献臣，自比唐代皮日休相伴陆龟蒙，诗中表达了二人惺惺相惜的知己之情。诗曰：

家居临顿挹高风，更是扁舟引钓筒。
自笑我非皮袭美，也来相伴陆龟蒙。

《王槐雨邀泛新舟遂登虎丘纪游十二绝》其二

王献臣回苏州建造拙政园，他把这件事交给了文徵明。对于吴中四才子，他早有评判，唐寅清高，祝允明圆滑，徐祯卿不羁，都不是能将才情真正落到实处的，只有文徵明是个可以做事的人。那时，文徵明三十九岁，正是一生中最落魄的时候，王献臣想借造园来消解仕途的失意，自然与同样不得志的文徵明相怜相惜。

晚明的苏州，繁华旖旎却又闲雅洒脱。明代人王锜在《寓圃杂记》中记录当时的苏州："闾檐辐辏，万瓦甃鳞，城隅濠股，亭馆布列，略无隙地。舆马从盖，壶觞罍盒，交驰于通衢。水巷中，光彩耀目，游山之舫，载妓之舟，鱼贯于绿波朱阁之间，丝竹讴舞与市声相杂。”[10] 生活在这样的繁华都市中，文徵明一直有将自己的艺术才情化为青山绿水的想法，却也只能叹息自己不得一亩之地来寄托栖逸之志。所以当王献臣找到他的时候，文徵明二话没说就答应下来，并以十分的热情投入拙政园的设计和建造中。

眼前，到处是水洼，近看远看都像是湖泊，许多的曲径、小堤、坡滩，高高低低地连着分布在湖泊里。要把这数百亩荒凉洼地经营成一个园子，并非易事。王献臣对文徵明说，我没那么多银子，我就是要在这个地方筑室种树，灌园鬻蔬，这种快乐谁能比得上？文徵明听后心领神会。

作画，留白是重要的，密实的东西让人透不过气来，看了实在不能算是享受，反而是受累。园林无非就是为了让俗累的生活松弛一点，惬意一点，作为当时已经名扬天下的吴门画派的领军人物，文徵明自然对此颇有心得，知道园林里的空白应该就是水体了，所以拙政园最大的特点就是以水造景。

这一片地，地势有点低洼，文徵明就因地制宜地稍加浚治，环以林木，然后再错落有致地修茅屋三两间，编竹为扉，环室种树，曲径栽花，植藤架廊，水面种荷，岸筑钓台。这样，山水、花草、亭台、楼阁就都有了。这园子简直就是一幅立体的画，去了拙政园的人都说，就像文徵明纸上的画，移到这一片地上来了。

拙政园建造好了，文徵明一眼望去，觉得少了些什么，就植下了一株紫藤，还说这就是“蒙茸一架自成林，窈窕繁葩灼暮阴”（王

10 王锜：《寓圃杂记》，张德信点校，中华书局 1984 年版，第 42 页。

世贞《紫藤花》）的意境。他在植着紫藤的拙政园里，这里看看，作一幅画，那里看看，写一首诗，这些诗和画流传开来，拙政园的名声就越来越大了。文徵明最早作《拙政园画轴》是在正德八年（1513），当时他四十四岁。

拙政园初成后，王献臣曾邀请好友来园中游玩，其中就包括工部尚书李充嗣。王献臣极力向李充嗣推荐文徵明，并将文徵明亲绘的拙政园图送给他雅正。李充嗣颇为不解，王献臣私下告诉他，原来文徵明早年因为字写得不好而不允许参加乡试，功名仕途一直不太顺利，从此发愤图强，终于成为诗文书画方面的全才。

李充嗣一听，心领神会，对王献臣说，让他明年春上来京吧。因李充嗣的推荐，经过吏部考核，文徵明被授翰林院待诏一职，具体参与《武宗实录》的编写。虽然只是九品小吏“文待诏”，但总算过了一把官瘾，逢年过节，还会得到朝廷的赏赐，待遇不能说不优厚。这一年文徵明五十四岁。

只是，这次费尽心血弄来的官职，文徵明干得并不开心，没干多久就有了思归之心。烦琐的朝廷礼节，已经让他悒悒不乐，更有来自翰林院同僚的嫉妒与排挤。对于一个颇有艺术才情的人来说，他又实在缺乏足够的耐心，日日写那些枯燥乏味的文章。

那时，他的画已颇负盛名，只凭作画就足够谋生，所以他三年中三次上书请求辞职归乡。五十七岁那年冬天，朝廷的批复下来了，文徵明收拾行装，急急地踏上了归乡的路途。那时正好是三九严寒，出了京城，走在冰天雪地里，文徵明有一种如释重负的感觉。

河水结成坚冰，船自是不能行走，文徵明被困在了潞河边。这时京城的官员又一次上书朝廷，希望能挽留住他。赶到潞河边的官员说，这冰天雪地的，也不知什么时候才能通行，还是回京城等待吧。文徵明说，我去意已决，就在这里等。

到次年春河冰初解，文徵明急忙放舟南下。回到苏州后，他不再谋求仕进，专心致力于诗文书画。晚年声誉更著，号称“文笔遍天下”，求其书画者踏破门槛，明代山人王穉登《吴郡丹青志》中说他“晚岁德尊行成，海宇钦慕，缣素山积，喧溢里门，寸图才出，千临百摹，家藏市售，真赝纵横”[11]。

自正德九年（1514）起，文徵明开始有诗记拙政园。园成之初，文徵明的咏园诗，只是以“王敬止园池”称之。其《饮王敬止园池》诗曰：

篱落青红径路斜，叩门欣得野人家。
东来渐觉无车马，春去依然有物华。
坐爱名园依绿水，还怜乳燕蹴飞花。
淹留未怪归来晚，缺月纤纤映白沙。

到正德十二年（1517），文徵明诗中开始道出“拙政园”园名，其《寄王敬止》诗曰：

流尘六月正荒荒，拙政园中日自长。
小草闲临青李帖，孤花静对绿阴堂。

11 王穉登：《吴郡丹青志》，笔记小说大观本，台北新兴书局 1981 年版，第 3204 页。

遥知积雨池塘满，谁共清风阁道凉？
一事不经心似水，直输元亮号羲皇。

嘉靖七年(1528)，文徵明作《槐雨园亭图》一轴，题拙政园若墅堂诗一首，对拙政园进行描绘。诗中既有园林意境，又见隐逸精神。诗曰：

会心何必在郊垌，近圃分明见远情。
流水断桥春草色，槿篱茅屋午鸡声。
绝怜人境无车马，信有山林在市城。
不负昔贤高隐地，手携书卷课童耕。

《拙政园图咏·若墅堂》

嘉靖十二年(1533)，应王献臣之邀，文徵明作《拙政园三十一景图》。此时，王献臣已享闲居之乐二十年了。此图册共描绘三十一景，各系小记并赋诗一首，用小楷、行书、隶书、篆书等书体写在各景的对页上。后来，有小楷书《王氏拙政园记》，将各景串起来，图、诗、记都出自文徵明一人之手，这在园林史上是从未有过的盛事。清代文人何绍基题《拙政园三十一景图》，说"其画意精趣别，各就其景，自出奇理，以腾跃之故，能幅幅入胜"[12]。

嘉靖三十年(1551)，文徵明从《拙政园三十一景图》中，选择了十二景重绘一册页，并将对应的十二首诗用行书抄录在对页上。

12 郑晓霞、张智编：《中国园林名胜志丛刊》，广陵书社2006年版，第131页。

这十二景都脱胎自三十一景，经过润色加工后显得更为精雅。该册页十二景现存有八景，藏于纽约大都会博物馆中。

从文徵明一生写的五十多首咏拙政园诗来看，他不仅对拙政园有着深厚的感情，与园主王献臣亦情同手足，否则，也不会留下这么多关于拙政园的记述。除文徵明外，王献臣还经常邀请苏州名士来拙政园雅集宴饮，吟诗作画。他的好友沈周、仇英、唐寅、王宠、方太古等人也作为常客，不时来此游玩、作画、酬唱，对拙政园是再熟悉不过了。

沈周在正德二年（1507）曾为王献臣所藏赵孟頫书《烟江叠嶂歌》补图一幅，当时沈周已八十一岁。正德四年（1509），他又为王献臣作《吴山越水图》。嘉靖十一年（1532），仇英为拙政园作《园居图》。唐寅亦曾绘《西畴图》，并系七律一首，称颂王献臣隐逸生活的惬意，诗曰：

铁冠仙史隐城隅，西近平畴宅一区。
准例公田多种秫，不教诗兴败催租。
秋成烂煮长腰米，春作先驱丫髻奴。
鼓腹年年歌帝力，不须祈谷幸操壶。

《西畴图为王侍御作》

王宠描写王御史园林“天青云自媚，沙白鸟相鲜。徙倚随忘返，风光各可怜。洞中淹日月，人世玩推迁”（《王侍御敬止园林四首》其三），可以晏然自怡。方太古则写拙政园的田园野趣：

〔明〕仇英《桃源仙境图》（局部）

客子未归天一涯，沧江亭上听新蛙。

春风莫漫随人老，吹落来禽千树花。

《十五夜饮王敬止园亭》

洒一片闲情，会几多知己，谈笑有鸿儒，往来无白丁，无丝竹之乱耳，无案牍之劳形，拙政园中的文人雅集当是卓尔不群的吧。他们在拙政园中赋诗作画，醉饮千觞，此情此景，着实让人羡慕不已。拙政园，就是这样吸引着那些志趣相投的文人，实现着他们那个群体的文化认同与艺术追求。

然而，自认为为官甚拙，实则大智若愚的王献臣，做梦也没有想到，这座花了他十六年心血造就的拙政园，作为王家的园林不过二三十年，连他的孙子都没有传到。就在王献臣死后不久，他的儿子豪赌，一夜之间将家产输个精光，还把这座拙政园输给阊门外下塘徐佳，子孙沦落到“吊丧为业”的地步。此为后话。

洗钵池边明月夜

水绘园中的爱情

水绘园，为明末江南名士冒辟疆所有，一如隐士，静静地“隐”于江北如皋城东北一隅。清代诗僧晓青颇为称道水绘园，作下这首小诗：

何须别置小山幽，
身世俱成不系舟。
花似美人怜月色，
引人清梦到罗浮。

《过水绘园留赠冒辟疆四首》其四

青公笔下的水绘园，如月色下颜貌如花的美人，引人入清梦。如今的水绘园，已没了往日旖旎妖娆模样，楼台黯淡，亭榭冷落，一池冷水绕过，带着些许颓废和萧瑟，一景一物，无不沾染着岁月的风尘。

关于水绘园的命名，清初名士陈维崧在《水绘园记》中写道："绘者，会也，南北东西皆水会其中，林峦葩卉块圠掩映，若绘画然。"[13] 其中，洗钵池是这个园子的核心，碧澄而深窈。池水分流，把园子分为数块，弯弯曲曲的水道上，疏疏落落地建有枕烟亭、寒碧堂、小三吾亭、水明楼、壹默斋、烟波玉亭、湘中阁、悬溜山房、镜阁、碧落庐等建筑，剩下的就都是水景了。

有了水，园子便有了灵气，透着些许婉约江南的味道。冒辟疆好友杜濬有诗云：

留仙昔日那无裙，空访城西李少君。
洗钵池边明月夜，香魂当面化为云。

《和梅村夫子吊宛君十绝》其三

月明之夜的洗钵池，映照着一个大大的"情"字。这情，就是明末名士冒辟疆与秦淮名妓董小宛的爱情。这一对才子佳人，一个生于名门，一个贱落秦淮，却在水绘园中谱写了别样的人生。纵然四方离乱，红颜薄命，这对神仙眷侣已然成为水绘园永不褪色的风景。

承平岁月中，文士阶层每每以风雅相尚，举凡作诗、饮酒、品茗、莳花、爇香、抟琴、弈棋、

13 陈维崧：《水绘庵记》，见四库全书存目丛书编纂委员会编：《四库全书存目丛书》集部，第385册，冒襄《同人集》，齐鲁书社1997年版，第83—84页。

〔清〕禹之鼎《女青莲小影》

品壶、论陶等事，无所不精。晚明秦淮河畔的名妓也大都颇具艺文修养，借着已经烂熟的诗文书画的濡染，以及商业经济带来的都市文化的滋养，其多般才情均迎合着名士公子的雅趣。

秦淮名妓董小宛倾心追随名士冒公子，几经周折才被纳入冒家，其时董小宛年二十，冒辟疆年三十有四。从此，过厌了迎来送往生活的小宛告别管弦，洗却铅华，转身为优雅贤淑的妾妇，与冒辟疆栖隐于水绘园，将水绘生活打理得如浪漫诗画，琐碎的人生因为她而变得饶有情致。

张爱玲说，到男人心里去的路通过胃。一如对所有闺阁之事的求索一般，董小宛对烹饪技艺格外关注，各种食谱、各地风味都如数家珍，并巧施慧手，求精求变。她做的火肉有松柏之味，风鱼有麃鹿之味，醉蛤如桃花，虾松如龙须，油鲳如鲟鱼，烘兔酥雉如饼饵，腐汤如牛乳，一匕一脔，妙不可言。

小宛对花草植物有着精深的研究，这使她烹饪的饮食洋溢着旧日秦淮特有的芳香，即便是冬春水盐之类的野菜，经她一番料理后也是芳旨盈席。清晨起个大早，小宛小心地将那初发花蕊间的一点点露水收拾起，渍于各色小瓮之中，酿之为花饴蜜露。月色黄昏之时，冒辟疆宴饮微醺之后，看着小宛手捧小案几，用白瓷杯盛出几十种花露，不要说品尝，单是那五色浮动，奇香四溢，就足以让人消渴解醒。

清康熙中冒辟疆写真画像

水绘园中的寒碧堂，前临碧波荡漾的洗钵池，四周绿树环绕，有水明楼相映成趣。当年，冒辟疆常与朋友在这里宴饮唱和，品尝小宛亲手制作的美味佳肴。多少年后，友人哀悼小宛，还会提及水绘园那精致的美食：

御冬真蓄三年旨，饷客时挑百品馨。
谁道幔亭无玉沆，至今空挈一双瓶。

徐泰时《春日题跋辟疆年盟兄哀董少君·跋纪饮食》

董小宛虽如陈圆圆一样善饮，但她发现冒辟疆酒量不胜蕉叶，也就不怎么喝，乃以茶代酒。明人文震亨认为茶种“品之最优者，以沉香、岕茶为首”，二人最喜欢的茶叶正是岕片。当时，产于长兴，由一位罗姓隐士所种植的“罗岕”最为有名，被视为仙品。

在精心挑选出片甲蝉翼般的上等岕片后，董小宛必亲自洗涤、煎制。先以上品泉水涤器，再以温度适宜的热水洗茶，水太滚恐一涤味损，以竹箸夹茶于涤器中，反复涤荡，去尘土、黄叶、老梗尽，以手搦干，然后置涤器内盖定，少刻开视，色青香洌，急以沸水泼之。琐细之处，都是以生活家的姿态全力投入。

一般招待客人时，须一客一壶地斟饮，方能领略到饮茶的乐趣。但二人独处时，则是另一番光景。每当花前月下，煮一盏淡雅香茗，默默对饮，细细品尝它的色香性情，唯独钟情那如木兰沾露、瑶草临波的罗岕茶。

晚明名士讲究茶香双妙，这当中有极多精微的门道。与品茗一样，二人热衷于爇香，时常静坐香阁，细品名香。宫香性浮，沉水香俗，西洋香透骨，名香如名姝，也都各有性情。沉香最为安静，点燃时，要以不见烟为佳。感官与长物交会，为他们的闺房之乐平添了优雅的情境。

寒夜小室，玉帏四垂，点燃两三枝红烛，在几只宣炉内点燃沉香，静参鼻观，热香中间杂着梅花和梨花的芬芳，就好像进入了蕊珠众香深处。撩人的幽香和着诗意扩散，美好的时光一寸一寸销蚀，共恋此味、此境，这是二人水绘生活中萦绕不去的记忆。

春天到来，小宛每每采摘初放的花蕊，将花汁融于香露中。这样制作出来的花露五色浮动，芳香自然。其中最特别的是秋海棠露。海棠本无香味，而小宛做的秋海棠露独独是奇香四溢。其次就是梅英、野蔷薇、玫瑰、丹桂、甘菊之类。

仲夏之夜，他们纳凉于水绘园，竹榻、小几搬过来又移过去，只是为了领略月色的美。午夜归阁，小宛仍要推开窗户，让月光徘徊于枕簟之间。月亮西去，她又卷起帘栊，倚窗而望，反复咏叹着李长吉的诗句“月漉漉，波烟玉”（《月漉漉篇》）。人如月，月复似人，冒辟疆看着，为之神驰。

秋日里，小宛别出心裁，她最爱晚菊，瓶插案供之外，又于溶溶夜色中选择花影最为参差妙丽处，设小座自个儿坐进去。人在菊中，菊与人俱在影中，而后回眸莞尔：“菊之意态尽矣，其如人瘦何？”一颦一笑，令冒辟疆至今思之，淡秀如画。好友诗云：

房栊月好类山家，净扫云根待试茶。

坐久不知身是月，却疑无影伴黄花。

刘肇国《悼宛君·玩月》

作为一代名妓，董小宛艺文修养精深高雅，诗才高逸，心智奇巧，举凡诗词歌赋、琴棋书画样样精通，来归后，自然少不了与冒辟疆诗词唱和。

冒辟疆有几年热衷搜集唐诗，每获一新籍，即与小宛于闺中共同校勘、整理、笺题。有时摩玩舒卷，指摘疵病。小宛阅诗无所不解，且往往能自出慧解，尤其喜好《楚辞》、少陵、义山，以及王建、花蕊夫人、王珪的三家宫词。

小宛每读至闺阁之事，则另录一本，名曰《奁艳》，凡女子自簪发至鞋履，以及服食器具、亭台歌舞、草木虫鱼，稍有性情者，细大不捐，皆收入。清人陈文述题词，曾称及《奁艳》：

读遍宫词又楚词，手裁玉版写乌丝。
一编奁艳尤新异，千古红闺绝妙辞。

《董小宛像》

小宛书法秀媚，原先酷爱钟繇笔意，遍览诸帖临摹，后阅其《戎辂表》，始觉钟体稍稍偏瘦，又见其中称关帝君为贼将，遂废学钟，转而学《曹娥碑》。日写数千字，从不错漏，细心专力，即使好学之人也不可企及。她画的小丛寒树，笔墨楚楚动人，十五岁时即有《彩蝶图》。到如皋后，她一直保持着对绘画的特殊爱好，时时展玩新得长卷小轴或家中旧藏。

月令人清，茶令人爽，香令人幽，菊令人淡，诗令人古，美人令人怜，水绘园中的浪漫闲适，大抵就是文震亨《长物志》中所呈现的文人闲雅生活吧。

董小宛多情善感，柔质弱骨，注定将在爱情中扮演薄命红颜的角色。名士冒辟疆的垂青与怜爱，对她那被风尘幽闭的情感世界来说，是一个负载过度的生命体验，她唯有以透支青春来回报知己了。她曾赋诗一首表白心迹：

红颜自古嗟薄命，青史谁人鉴曲衷。
拚得一命酬知己，追伍波臣作鬼雄。

《与冒辟疆》

嫁与冒辟疆后，董小宛相夫课子，幼姑长姊，侍上慈下，深得冒母喜爱。清兵南下，冒家仓皇逃难。日子刚刚安稳，冒辟疆就接连两次重病不起。一次是胃病下血，水米不进，小宛在酷暑中熬药煎汤，紧伴枕边照料了六十个昼夜。第二次是背上生疽，疼痛难忍，不能仰卧，小宛服侍左右，坐着睡了整整一百天，虽身心交瘁而无怨言。但这一次，小宛终于心力耗竭，积劳成疾。

与大多风尘女子一样，小宛亦是“虽然日逐笙歌乐，长羡荆钗与布裙”（徐月英《叙怀》）。她之所以甘愿在冒家过着茹荼若饴的妾妇生活，大概是早已厌倦了“枝迎南北鸟，叶送往来风”的风尘岁月吧。清人陈文述对此深有领会，有诗云：

玉台明镜临秋水，自惜芳华厌罗绮。

世间但得有情郎，美人只愿为情死。

《董小宛像》

爱情就是一种付出。小宛义无反顾，拼却一生追随自己所爱的男子，即使世事难料，生离死别，柔情蜜意转头成空也在所不惜。因为她相信，能够与挚爱的男子生死相随，她的生命就获得了寄托与救赎。

在冒辟疆痛彻心扉的哀恸声中，小宛仙逝，年仅二十八岁。临终之时，她手中紧握着冒辟疆镌有“比翼”“连理”四字的一对金钏。风华绝代的一代名妓，将挚爱的男子视为一生的寄托与救赎，过早地透支了一缕香魂，怎不令人唏嘘不已？

小宛魂归影梅庵，香已散，茶已冷，唐诗卷与《奁艳》犹在，旧时月色，几番照来，水绘园物是人非。冒辟疆撰成一部《影梅庵忆语》，那时，又该是怎样的一种心情？诚如冒辟疆诗中所说：

影梅黄土三生恨，追忆当年合断魂。

《梅花和澹心原韵》

太仓旧识陈瑚因讲学路过如皋，为款待宾客，冒辟疆在得全堂搬演阮大铖名剧《燕子笺》。晚明的秦淮桃叶渡，见证了冒辟疆与董小宛的伉俪情深，《影梅庵忆语》记录了在桃叶水阁，二人与一批复社文人观看《燕子笺》的情景。

当《燕子笺》再度唱响于水绘园，冒辟疆唯有怀揣一腔愁绪，在斜阳余晖中肠断天涯。

轻风垂柳下，有鸭子在洗钵池中戏水。那碧波中自由嬉戏的水禽，谁不会把它们错认成双飞双栖的鸳鸯？前人有诗云：

桃叶渡前多燕子，梅花亭畔醉罗浮。
只今湖上鸳鸯影，犹自双飞烟雨楼。

佚名《春日题跋辟疆年盟兄哀董少君》

清代道光以后，有人妄言小宛当年并未死亡，而是被洪承畴计取，送入皇宫，以博帝欢，后得顺治宠爱，尊为皇贵妃，此即董鄂妃。鄂妃殁，顺治不仅辍朝五日，且追封董氏为皇后，后又看破红尘，出家清凉山。而冒辟疆因失去爱妾而悲痛欲绝，乃赋长歌寄意："梦幻尘缘，伤心情动。莺莺远去，盼盼楼空。倩女离魂，萍踪莫问……"

此后，又有王梦阮、沈瓶庵对《红楼梦》中林黛玉即是董小宛的索隐，成为"清初三大疑案"之一。而孟森先生作《董小宛考》，力证顺治帝与董小宛的传说纯属谬谈。董小宛死时二十八岁，顺治才十四岁，如何入宫邀宠？

陈寅恪先生也不相信董鄂妃即董小宛的传说，但他独辟蹊径，认为小宛有可能遭北兵劫掠入宫。他没有陷入"猜笨谜"般的索隐窠臼，而是用实证主义方法，特别提到《影梅庵忆语》的结尾，冒辟疆叙述顺治七年（1650）三月的一天，他与友人在外作诗，不知何故，诗中全都有悲凉哀怨的商音。

晚上做梦还家，一家人都在，独不见小宛。急问夫人，只见她背身落泪。他梦中惊呼："岂死耶？"一恸而醒。辟疆很快返家，将此梦告知小宛，小宛说，真是奇怪，我前一夜也做了一梦，梦见被数人强行掳走，幸而后来逃脱。难道这梦是真的，诗签的商音是来相告？

陈寅恪先生认为，冒辟疆在这里暗示小宛并非真死，而是被劫入宫中。更令人疑惑的是，二人所居之所，名水绘园，为纪念小宛，也为表明自己拒不事清之志，冒辟疆将其更名为水绘庵，不知何时起又改称了影梅庵？

岁月流转，正是冒辟疆与董小宛二人神仙眷侣般的爱情，成就了水绘园的永恒。数百年来，人们总是将水绘园与爱情联系在一起，并称之为"中国第一爱情园"。

近人王学仲《题水绘园》曰：

艳说金陵董小宛，红袖添香增黛痕。
不知多少兴亡恨，都付风流水绘园。

历史已成过去，只有水绘园依旧。尽管它修了毁，毁了修，但风雅尚存，让人感受到诗文的韵、岕茗的爽、月影的趣、晚菊的淡，温馨依然，让人感受到水绘仙侣的一蕊香魄，芳踪杳然而又历历在目……

梦到故园多少路

快园中的故园情

张岱，字宗子、石公，号陶庵、蝶庵、会稽外史等，山阴（今浙江绍兴）人，是公认成就最高的明代小品文作家，《西湖七月半》《湖心亭看雪》是他的代表作，著有《琅嬛文集》《陶庵梦忆》《西湖梦寻》等绝世名著。另有史学名著《石匮书》传世。

《湖心亭看雪》："崇祯五年十二月，余住西湖。大雪三日，湖中人鸟声俱绝。是日更定矣，余拏一小舟，拥毳衣炉火，独往湖心亭看雪。雾凇沆砀，天与云、与山、与水，上下一白，湖上影子，惟长堤一痕、湖心亭一点，与余舟一芥、

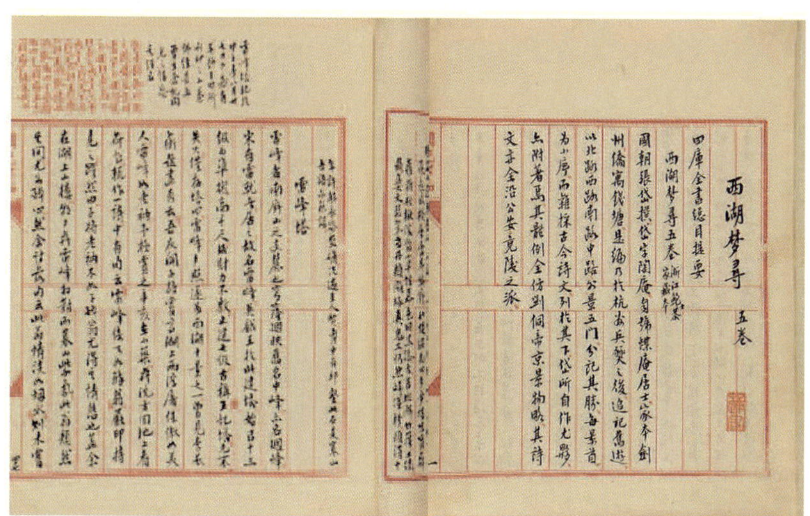
西湖夢尋 五卷

四庫全書總目提要

西湖夢尋五卷 浙江汪啓淑家藏本

國朝張岱撰岱字陶庵自號蝶庵居士本劍州僑寓錢塘是編乃於杭州兵燹之後追記舊遊以北路西路南路中路外景五門分記其勝每景首為小序而雜採古今詩文列於其下岱所自作尤夥亦附著焉其體例全仿劉侗帝京景物略其詩文亦全沿公安竟陵之派

舟中人两三粒而已。”[14]

《西湖七月半》：“此时月如镜新磨，山复整妆，湖复颒面，向之浅斟低唱者出，匿影树下者亦出，吾辈往通声气，拉与同坐。韵友来，名妓至，杯箸安，竹肉发。月色苍凉，东方将白，客方散去。吾辈纵舟酣睡于十里荷花之中，香气拍人，清梦甚惬。”[15]

张岱的这两篇小品文，想必许多人都读过，写得极清新高雅，读着读着，一种快意便油然涌上心头。说到“快意”二字，不由让人想起张岱晚年的寓居之地——快园。不过，小园虽名曰“快园”，他却是用一颗破损的心抚过一个王朝的残山剩水，用细腻多情的笔触掠过昔日的繁华靡丽。

张岱本是一介风流文士，早年锦衣玉食、饫甘餍肥的生活，反而养就了一颗敏感的心，过眼繁华旖旎，反而濡染了他精纯的艺术趣

14 张岱：《陶庵梦忆》，马兴荣点校，上海古籍出版社 1982 年版，第 28—29 页。

15 张岱：《陶庵梦忆》，马兴荣点校，上海古籍出版社 1982 年版，第 63 页。

味。在《自为墓志铭》中，他坦陈自己于精舍、美婢、娈童、鲜衣、美食、骏马、华灯、烟火、梨园、鼓吹、古董、花鸟、茶橘、诗书等无所不好，毫不避讳对繁华生活的喜爱，对个人情趣的追求。假如他没有留下像《湖心亭看雪》《西湖七月半》那样的性灵文字，仅凭这段墓志铭，一定会给人留下浮华公子的印象。

张岱出身于一个显赫的书香世家。从他这一代往上数，连续五代都是读书人。高祖张天复进士及第，授祠部主事；曾祖张元汴三十岁中状元，因头发斑白被同侪戏称为“老状元”；祖父张汝霖为明万历二十三年（1595）进士，历官清江令、广西参议等职；父亲张耀芳一度仕途偃蹇，后以副傍贡谒选，授鲁藩长史司右长史。

张岱的父亲和几个叔叔因不遇于时，久困场屋，就开始沉湎于各种癖好，比如兴土木、造船楼、教习小傒、鼓吹剧戏、适意园亭、陶情丝竹，爱好也是五花八门。张岱的堂弟们也是奇人，精通中医和植物学。张氏家族注重生活情趣，热衷以文化显名，正是精彩纷呈的晚明文人生活的生动写照。

在家族风气的濡染下，张岱一生极爱繁华，任情尚趣，年轻时就挣脱了科举桎梏，不愿受任何尘嚣凡俗的束缚，一生保持着投闲置散的姿态。他读书不是为了做官发财，而是一种心灵的充盈、生命的欢畅。这是他生命情调的抉择，也是他与生俱来的性情所致。我们这个时代所缺少的，不正是张岱那种深埋于心的读书种子，以及对事物敏感的审美吗？

张岱于经史方面也颇有著述，撰有经学著作《四书遇》。与他人不同，张岱是以性情来治学，他做学问时只读白文，不问训诂，而后精思静悟，取而出之，这正反映了他不愿受科举时艺束缚的个性。此外，张岱还撰有史学著作《石匮书》，立志纂修明史，是张岱作为前明遗民的责任担当。除经史以外，他的《夜航船》是一部百科全书类的著作，内容非常丰富，从天文地理到经史百家，从三教九流到神仙鬼怪，从政治人事到典章沿革，广采博收，无不涉猎。

张岱有句名言："人无癖不可与交，以其无深情也。"[16] 这与袁宏道所言"世人但有殊癖，终身不易，便是名士"[17] 如出一辙。在张岱看来，一个人是否可交，不在于天资有多高，功名有多显赫，而在于是否有癖好。人之有癖，如花之有蝶，山之有泉，石之有苔，水之有藻，乔木之有藤萝，是互相彰显其价值和美感的。人若无癖，则无法显示其情趣；而在癖中，可见其深情。

比如，张岱好灯，就办了龙山灯盏；好茶，常与三叔烹煮兰雪茶；好口味，就养一头牛，研制奶酪；好抚琴，即缔结丝社；好斗鸡，与同好创斗鸡社；好蹴鞠，养一班人同玩；好吃蟹，就创立蟹会；好戏文，深更半夜与戏班唱韩蕲王金山及长江大战诸剧。张岱一生中最浓墨重彩的一笔，就是这些癖好的显扬，这就是他的"深情"。

在各种癖好中，张岱似乎对园林有着某种特殊的情感。他曾经在天镜园小住过一段时间，那里茂密的竹林、高大的槐树给他留下了深刻印象："天镜园浴凫堂，高槐深竹，

16 张岱：《五异人传》，见张岱：《琅嬛文集》，云告点校，岳麓书社 1985 年版，第 175 页。

17 袁宏道：《与潘景升》，见《袁中郎尺牍全稿》，南强书局 1934 年版，第 160 页。

樾暗千层，坐对兰荡，一泓漾之，水木明瑟，鱼鸟藻荇类若乘空。余读书其中，扑面临头，受用一绿，幽窗开卷，字俱碧鲜。”[18] 他还曾回忆幼时数次随祖父张汝霖在龙山附近几处园林赏玩，而龙山北麓的快园给他留下了深刻的印象。快园景致，祖父称之“别有天地非人间也”；而对张岱来说，那时的快园仿佛“琅嬛福地”，深深地印在了美好回忆中。

张岱对园林的喜好，《不系园》一文中记载最为翔实，俨然描画出一幅跃然纸上的雅集乐园。其实，“不系园”不是一处园林的名字，而是明末西湖畔的一艘画舫，但不系园又真的像一座园林，至少在张岱看来，它就是一座流动的园林。明人王微《汪夫人以不系园诗见示赋此寄之》诗曰：

湖上选名园，何如胡上船。
新花摇灼灼，初月载娟娟。
牖启光能直，帘钩影乍圆。
春随千嶂晓，梦借一溪烟。
虚阁延清入，低栏隐幕连。
何时同啸咏，暂系净居前。

画舫临波之间，林峦绿映，涧远桥幽，波光涵淡，这何尝不是一处园林呢？

“不系园”这个名字，是明人陈继儒取的，这画舫的主人叫汪汝谦，是张岱的至交好友。据《国朝杭郡诗辑》卷二载，汪汝谦“制画舫

18 张岱：《天镜园》，见张岱：《陶庵梦忆》，马兴荣点校，上海古籍出版社 1982 年版，第 26 页。

于西湖。曰不系园，曰随喜庵。其小者，曰团瓢，曰观叶，曰雨丝风片”[19]，汪氏在西湖畔造了好几艘画舫，有叫不系园的，有叫随喜庵的，更小一点的叫团瓢、观叶、雨丝风片，都是一些梦幻般美丽的名字。

明月下，一叶小舟，荡出万顷波光，飞入藕花深处。杭州以湖为魂，这西湖画舫，自然是“西湖之灵”了，这是张岱对西湖最难忘的记忆。

张岱的私家园林则叫“不二斋”，不仅是其读书休憩之所，也是当时绍兴枫社的雅集之地，他时常与友人在园中雅集，展开各种风雅艺事。其友祁彪佳《祁忠敏公日记》之《山居拙录》（丁丑）五月二十四日记：“企之来晤，与之访张介子。顷之，张宗之来促，遂赴其酌。枫社诸友已集于不二斋，宗子新构云林秘阁，诸友多晤谈于此。倪鸿宝最后至。饭后，听宗子弹琴，优人以鼓吹佐之。及暮观演《红丝记》，席散宿舟中。”[20]

张岱也时常穿梭往来于江南各个名园，广结天下名士，“好结纳海内胜流，园林诗酒之社，必颉颃其间”[21]。邹迪光、范允临、祁彪佳等拥有园林，张岱与他们颇有交游。据《陶庵梦忆》记载，崇祯四年（1631），张岱来到无锡邹迪光愚公谷；崇祯十年（1637），张岱造访范允临天平山庄。祁彪佳乡居寓山园时，张岱与之时相往来。张岱还本着“人无癖不可与交”的原则，与阮大铖有过一段交往。崇祯十一年（1638），阮大铖避居南京祖山堂，张岱前去拜访，并在阮氏石巢园中观剧。

19 吴颢原辑，吴振棫重编：《国朝杭郡诗辑》卷二“汪汝谦小传”，同治十三年（1874）钱塘丁氏重校刊本。

20 祁彪佳：《祁彪佳文稿》，书目文献出版社 1991 年版，第 1087 页。

21 张岱：《张岱诗文集》，夏咸淳校点，上海古籍出版社 1991 年版，第 417 页。

〔清〕禹之鼎 《华封三筑》

张岱的前半生越是奢华，后半世就越显得凄凉。他生逢晚明，虽出生于显宦之家，但家族衰退的景况，至他这一辈已臻极致。崇祯十七年（1644），明朝灭亡，经历了半世浮华的张岱失去了自己的园林，神仙般的纨绔生涯也随之逝去，前明的繁华靡丽转眼之间化为烟云，不啻一场幻梦。

于鼎革之际，故友凋零，风流散尽，张岱走到了人生的十字路口，由繁华突然堕入困顿。这时，张岱的诗作更多是抒发故国之思、亡国之痛，如被王雨谦评为“清音傲骨”的《和述酒》，其中有几句：

胸抱万古悲，凄凉失所群。
易水声变徵，断琴奏南薰。

诗中也提到中兴明朝的宏愿，但这些愿望也仅停留于笔墨之间。甲申之变后，他没有参与反清复明活动，而是披发入山，屈就编蓬之下，潜心著述，以过来人的身份追忆前尘往事，以此度过忧戚多梦的残生。

他在回忆中苦苦思索，扪心自问：难道自己今日的困厄，是早年颇事繁华的果报吗？贵介公子的纨绔生活就像一场梦，留在心头的是如烟似雾的丝丝回忆。这种回忆，让往昔的浮华变得沉重，让今日的处境变得可悲。

然而，这一切是那么深情，那么缠绵，其中流露的那份对往昔繁华岁月刻骨铭心的眷恋与伤感，着实令人印象深刻。美国学者宇文所安评张岱《陶庵梦忆》说：“无论是在自序里还是在回忆录的本文中，我们发现的只有渴望、眷恋和欲望，找不到一丝一毫的悔恨和忏悔。”[22]

是的，张岱是一个钟情于梦的人，他需要用文字把梦的丝缕编织成生命的花环，在清贫和绝望的生活中享受最后的乐趣。所以，他不是在悔恨和忏悔过去，而是捡拾飘落的繁华片羽，从废墟的灰烬里吹燃生命的星火。

作为一个真性情的“都市诗人”，张岱的文字多执着于对城市的描摹。他从早年的都市繁华中走来，静静落脚于城市颓圮的一隅，以历尽繁华旖旎的心态，惯看春花秋月的双眼，深情述说曾经的种种绚烂。但这一切又以平淡心出之，所以才叫人唏嘘不已。

清顺治六年（1649），时局稍稍缓和，张岱从避难的深山回到市井，借居在龙山脚下的韩氏快园，开始了他晚年的著书生涯。

龙山，其实只是一座山丘，有一侧陡峭，高不到百尺，只消一盏茶的时间便可抵达山顶，游历顶峰也不过一炷香的工夫。这里承载了张岱太多的童年记忆，有他归魂的园林——快园。他在此僦居二十四年，直至生命的尽头。

移居快园时，张岱已是家徒四壁，在此后的岁月中，生活一直穷愁潦倒。作于顺治七年（1650）的《见日铸佳茶，不能买，嗅之而已》一诗，读之令人不胜辛酸，其中有几句：

> 今经丧乱余，断饮已四祀。
> 庚寅三月间，不图复见此。
> 瀹水辨枪旗，色香一何似。
> 盈斤索千钱，囊涩止空纸。

22 ［美］宇文所安：《追忆：中国古典文学中的往事再现》，郑学勤译，生活·读书·新知三联书店 2004 年版，第 158—159 页。

转展更筹蹰，攘臂走阶址。

意殊不能割，嗅之而已矣。

张岱写《陶庵梦忆》时，明朝已亡，但在《湖心亭看雪》中，纪年却仍用“崇祯”，这说明在张岱的心中，明朝始终是没有灭亡的。顺治十一年（1654），张岱的两个儿子将五十八岁的父亲带回杭州，那里有张岱魂牵梦萦的西湖。

西湖，对文人总是有很大的向心力。余秋雨曾说，西湖即便是初游，也有旧梦重温的味道。而张岱是将生命融入西湖，西湖的园林景观，是他缅怀风月、追忆前朝、表达故国之思的一个载体、一个象征。

古今吟咏西湖，多取芳华热闹、富丽华艳之景，而张岱《西湖梦寻》中的《西湖十景》诗却不同凡响，所摄之景多是月光、雪色、夜气、秋水、深柳、林皋等，将西湖笼于明空皓月、清风凉夜之中，表现西湖清逸幽静之美。其中几首曰：

湖气冷如冰，月光淡于雪。

《三潭印月》

高柳荫长堤，疏疏漏残月。

《断桥残雪》

夜气滃南屏，轻岚薄如纸。

《南屏晚钟》

烟柳幕桃花，红玉沉秋水。

《苏堤春晓》

深柳叫黄鹂，清音入空翠。

《柳浪闻莺》

秋空见皓月，冷气入林皋。

《平湖秋月》

自明亡的前一年，张岱就不曾亲睹西湖了。这次，他独往湖心亭看雪，作为前朝遗民，在“大雪三日，湖中人鸟声俱绝”后的更定时分，独自一人去赏雪，那种落寞与孤寂不难想见。而他笔下的西湖雪景竟美妙异常：“湖上影子，惟长堤一痕、湖心亭一点，与余舟一芥、舟中人两三粒而已。”但是这幅画并不是他眼中看到的景致，而是他心中的画面，或许在他去西湖之前，心中就早有了这幅画面。

其实，这是一次令人忧伤的游历。在《西湖梦寻》序文中，张岱回忆起这次游历西湖时的愕然：“一带湖庄，仅存瓦砾，则是余梦中所有者，反为西湖所无。及至断桥一望，凡昔日之弱柳夭桃、歌楼舞榭，如洪水湮没，百不存一矣。”[23] 虽久别西湖，但对于张岱而言，西湖无日不入梦，梦中的西湖也无日远离过他，面对这样残破的西湖，不由生出无限的故园难寻之感。

清兵入关，大批军队驻防杭州，昔日荷香灯船之区，变为膻腥戎马之地。张岱《西湖七月半》记“杭人游湖，巳出酉归，避月如仇”，杭州人游西湖，上午十点左右出门，下午六点左右回来，如怨仇似的躲避月亮，全然没了昔日的雅致。他的西湖寻梦，表面上慨叹风雅不再，骨子里却是文化衰落的感触。

即使如此，张岱还是于顺治十四年（1657）回到杭州。这一次，他是应甫任浙江提督的谷应泰邀请，共事修史。就在前一年，谷应泰带着共计八十卷，几乎完稿的《明史纪事本末》前往杭州，并在西湖边设立著书之处。他知道张岱专精明史，力邀其共同纂修。

张岱自然乐意接受这份差事，这样他可以潜心治史，可以日日看到西湖，也可以解决捉襟见肘的窘境。一年之后，谷应泰完成著书计划，张岱回到快园，尔后继续编撰明史《石匮书》，相伴清风明月。

张岱在《陶庵梦忆》中对往昔的繁华是颇有偏好的，比如他多次追忆金山夜欢、鲁藩烟火、南镇祈梦、绍兴灯景等极尽声色娱听的盛大场面。而对于西湖，他执着回忆的始终是一片宁静祥和之地，是一个可以慰藉心灵的庇护之所。西湖，成为张岱后半生至纯至静的“灵谷”，成为他供奉于心灵深处的“佛庵”。

23 张岱:《张岱自序》，见张岱:《西湖梦寻》，马兴荣点校，上海古籍出版社 1982 年版，序第 7 页。

隐喻篇

『牡丹亭』『后花园』『乌有园』以及『大观园』等，均是活跃于文学经典中的园林影像。这些著名的纸上园林，构成一个富有指涉意味的象征体系，实乃文人心灵之旅的隐喻式表达。每个人心中的那所后花园，虽然画廊楼阁、池馆水榭各异，却均是『墨庄幻景』的美好幻象。从『牡丹亭』到『大观园』，纸上的园林大致走过了一个从建构到毁弃的过程，从中可以读解出园林作用于古代文人精神世界的变迁。

世间只有情难诉『牡丹亭』

推开厚重的朱门，转过曲折的回廊，拂去满身尘埃，让思绪飞回几百年前的江南园林。那时，昆曲水磨调从园林深处飘过，演绎了《牡丹亭》的一往情深。但凡喜欢昆曲的，有谁没听过“原来姹紫嫣红开遍，似这般都付与断井颓垣”的曲韵？汤显祖一生编织了四个梦，但无论是黄粱梦还是南柯梦，都不及《牡丹亭》的花园梦更令人感慨至深。四百多年过去了，这旖旎瑰丽的梦依旧萦绕于人们心头。

《牡丹亭》是一个怎样的花园梦？

南安太守杜宝之女杜丽娘，从老塾

师陈最良读书。她读《诗经·关雎》而伤春、寻春，在梦中与从未谋面的才子柳梦梅幽会于后花园的牡丹亭畔。丽娘醒后，寻梦不得，因相思而一病不起。在弥留之际，她要求母亲把她葬在花园的梅树下，嘱咐丫鬟春香将其自画像藏在太湖石底。其父杜宝升任淮、扬安抚史，平定贼王李全的叛乱，出发前委托陈最良葬女并修建“梅花庵观”。

贫寒书生柳梦梅也早就做过爱情梦了。三年后，柳梦梅赴京应试，借宿梅花庵观中，在太湖石下拾得丽娘画像，发现正与他的梦中佳人一般。这时，丽娘魂游后花园，再度与柳梦梅幽会。柳梦梅掘墓开棺，丽娘起死回生，二人一齐到临安应试。柳梦梅高中状元，却被已升为宰相的杜宝当作盗墓贼，投进大牢。丽娘在外遇见母亲和春香，解除了父亲对柳梦梅的误会。最后，皇帝赐婚，全剧以大团圆结局。

乍一看，《牡丹亭》传奇的情节实在奇异到了怪诞的地步。女主人公杜丽娘既没有青梅竹马的情人，也没有一见钟情的际遇，她只是游了一次后花园，做了一场梦，就因梦伤情，因情而死。谁料到梦里的意中人柳梦梅在现实中确有其人，而且丽娘的鬼魂居然能够与意中人幽会。更为奇特的是，已经死去的杜丽娘竟然还能复生，和柳梦梅终成眷属。

如此怪诞的艺术构思，怎么能够在剧场上容身？又怎么能够让人们信以为真呢？可是，《牡丹亭》传奇不仅受到人们的充分信任，还以巨大的艺术力量震撼了无数江南人的心灵。明人沈德符《顾曲杂言》说：“《牡丹亭》梦一出，家传户诵，几令《西厢》减价。”[1]

1 沈德符：《顾曲杂言》，见中国戏曲研究院编：《中国古典戏曲论著集成》（四），中国戏剧出版社 1959 年版，第 206 页。

〔清〕王文衡《牡丹亭》插画

这个奇异的爱情故事发生在杜丽娘的父亲、南安太守杜宝府衙内一座花园之中。汤显祖借春香之口，勾勒出后花园的天然韵致：“原来有座大花园，花明柳绿，好耍子哩！……景致么，有亭台六七座，秋千一两架，绕的流觞曲水，面着太湖山石，名花异草，委实华丽。”（《牡丹亭·闺塾》）

现实中的江南园林虽为人工而造，艺术上却讲求“妙极自然，宛自天开”。显然，《牡丹亭》中的花园具备了江南园林的典型特征，实是遵循现实中的江南园林创设的。而戏里的园林，又升华了现实中的园林：

> **画廊金粉半零星，池馆苍苔一片青。**
>
> 《牡丹亭·惊梦》

这是丽娘和春香在花园门口看到的情形。因为很少有人光顾这里，雕廊画柱上的金粉已古旧斑驳，被水池环绕的馆堂上也已生出青青绿苔。然而，丽娘还是一脚踏入了花园的幽深。

不到园林，怎知春色如许？

> **【皂罗袍】原来姹紫嫣红开遍，似这般都付与断井颓垣。良辰美景奈何天，赏心乐事谁家院！朝飞暮卷，云霞翠轩；雨丝风片，烟波画船——锦屏人忒看的这韶光贱！**

> **【好姐姐】遍青山啼红了杜鹃，荼蘼外烟丝醉软。春香啊，牡丹虽好，**

〔清〕王文衡《牡丹亭》插画

他春归怎占的先！成对儿莺燕呵。闲凝眄，生生燕语明如翦，呖呖莺歌溜的圆。

《牡丹亭·惊梦》

来到百花盛开、莺歌燕舞的后花园，杜丽娘立刻被眼前的良辰美景深深震撼了：姹紫嫣红，如火如荼；朝飞暮卷，云霞翠轩；雨丝风片，烟波画船；燕语呢喃，明快如剪；黄莺歌唱，圆润甜美……春天的花园充满了勃勃生机，散发着鲜活的生命气息，人与自然就在这春意盎然的花园中相互感应，完美地交融合一。

杜丽娘天性之中充满了对美好事物的向往，这使得初入花园的她心潮起伏。春天的勃勃生机勾起了她顾影自怜的哀愁，黯然感伤的情怀在园林春光的感召下喷薄而出。如此美好的春光却被人冷落遗弃，而由于常年闭锁幽闺，纵有如花的美貌，也正如这姹紫嫣红的花园一样无人欣赏，无人怜惜。

汤显祖描绘花园，就是要告诉人们一个被忽略了的然而无比明媚的春天，杜丽娘青春意识的觉醒，就发生在这个梦回莺啭的明媚春天里。花园中的牡丹、杜鹃、荼蘼无不对应着特定的春之光景，与人的青春韶华互为映衬，由此构成对青春、生命和爱欲的种种隐喻。

在晚明，江南一带旖旎的山水、富庶的经济和诗性的文化，孕育了一批有余资、有闲暇、有情趣的士人群体，构筑园林、选优征歌、优游人生，是他们致仕后的主要休闲方式。《牡丹亭》这部写花园的戏，怎样打动了那些在园林中看戏的江南士人？明清文人的诗句中，保留了许多观赏《牡丹亭》的记录，真切地传达出他们的心境：

远山时阁三更雨，冷骨难销一线灵。
却为情深每入破，等闲难与俗人听。

黄宗羲《听唱牡丹亭》

永夜画眉妆半面，殢人困酒到三更。
十年惆怅今犹在，小院归来起梦情。

尤侗《春夜过卿谋观演牡丹亭》

少日魂销汤义仍，而今老去意如冰。
听歌忽忆当年事，月照中门第几层。

陈维崧《同诸子夜坐巢民先生宅观剧，各得绝句四首》

残灯别馆悄冥冥，玉茗风流梦未醒。
一种小楼秋夜雨，隔帘催唱《牡丹亭》。

蒋士铨《秋夜》

明清江南士人中本就不乏至情之人，《牡丹亭》每每触发他们的时光感受与幽深情怀。园林观剧之余，发而为诗文，乃士人情趣的自然表露。那些为《牡丹亭》抒写的诗，其含蓄典雅的韵味，无不呼应着《牡丹亭》的“意趣神色”。

黄宗羲晚年仍对《牡丹亭》魂牵梦萦，他的诗既蕴含了对《牡丹亭》的珍赏，也带有作为知音的清高。尤侗和陈维崧也是痴狂的戏迷，垂暮之年赏《牡丹亭》，不知勾起多少流光岁月沉淀下来的幽深情愫。蒋士铨作这首诗时尚值青春年少，但也结下一段情缘，若干年后他撰写出传奇剧《临川梦》。

万历二十二年（1594），汤显祖的座师、台阁首辅王锡爵对朝政颇感失望而告假归里，一眨眼的工夫由大忙人变成了大闲人。闲下来不久，王阁老率先在自家的园林——苏州太仓城东的东园里，让家乐戏班搬演了汤显祖的《牡丹亭》。据说这就是《牡丹亭》的首次上演，比《牡丹亭》全本出版的万历二十六年（1598）还略早，这让当时还辗转于贬官途中的汤显祖惊诧不已。

原来，王阁老闲下来以后，很奇怪当年的门生汤显祖为什么迟迟不来谒见，于是派人打听学生的消息。得知汤显祖并非忙于政务，竟每日忙着写剧本，王阁老颇为心动，于是让人每日抄录《牡丹亭》的稿本，并让家班加紧排演，接下来就出现了书未成戏先演的怪事。

明清花园戏的主角总是年轻的书生和小姐，而现实中园林的主人往往是上了年纪的士大夫文人，他们蓄养着精心调教过的家乐昆班，平日里大都清歌低回，琴韵悠扬，园林生活颇为闲雅散淡。王锡爵致仕后，常常在自家花园置酒款待宾客，听过《牡丹亭》后，他感慨地说道：“吾老年人，近颇为此曲惆怅！”[2]

文人一生奔波于仕途，忙着实现功名理想而无暇他顾，“情”何尝是他们可以轻易

2 汤显祖：《哭娄江女子二首》序，见《汤显祖全集》（一），徐朔方笺校，北京古籍出版社 1999 年版，第 710 页。

涉足的领地？对于王锡爵这样的士大夫而言，大概只有在善尽人生职责后，身处那个透射着功名荣禄折光的园林中时，才会生出那么多关于青春、爱情、生命的感慨吧。

晚明以来，江南园林已被预设为生命隐逸、精神休憩的文化代码。江南士人的现实境遇与园林生活，当是《牡丹亭》的花园隐喻先在的话语给定。无论如何，以花园隐喻来传达“意趣神色”的《牡丹亭》，在园林遍地的江南造成的影响甚是耐人寻味。

以女性的哀怨来寄托男性文人的情思，本是中国诗歌惯用的手法，对于擅长传达“意趣神色”的汤显祖来说，杜丽娘的花园至情，何尝不是出自男性文人的视角？杜丽娘的梦既然是柳梦梅的梦，又何尝不是汤显祖的梦？

《惊梦》一出，杜丽娘开场唱道：“袅晴丝吹来闲庭院，摇漾春如线。”从诗歌美学的角度来说表现了一种典雅工丽的文人趣味。此外，杜丽娘对于春天转瞬即逝的痛惜，不只表现了一个闺阁女子的伤春，也传达了男性文人对于流光的集体感触。

同样，“朝飞暮卷，云霞翠轩；雨丝风片，烟波画船”的花园，不仅出于杜丽娘的视角，也契合那个时代士人对江南园林的共同印象。至于那梦境魂界的巫山云雨，则更是来自男性士人对于远古性爱女神的原始记忆。

《牡丹亭》中的“花园”，便是文人于功名之外的一片闲情。这一片闲情，穿越历史的长河，时断时续，至今还让人觉得意犹未尽。

与文人的这一片闲情相对应的，是明王朝风雨飘摇的政治险情。明万历年间，朝政的积弊愈演愈烈。万历十五年（1587）——这个历史学家黄仁宇特别看重的年份——对政治深感疲惫的神宗皇帝决定永不上朝。果然，神宗在位四十八年，不郊、不庙、不朝约三十年。

“明之亡，不亡于崇祯而亡于万历”[3]，清代诗人赵翼这一论断乃历史学家的共识。在万历这个时代，无论是帝王、文臣、武将、哲学家，虽然都尝试着以各自的方式来阻止朝政的倾颓，然而他们最终都被纠缠于险恶的政治旋涡之中，行至山穷水尽。即使如张居正等卓有政绩者，亦不免饱受攻讦而无法功德圆满。

汤氏本人也曾执着于园林以外的儒家功名，然而现实却击碎了他的理想。由于他对朝廷政治始终采取严厉批判的态度，一直得不到皇帝、权臣的赏识。万历十五年（1587），汤显祖三十七岁，因抨击朝政、弹劾大吏重臣触怒皇帝被贬。万历二十六年（1598），四十八岁的汤显祖索性弃官归隐，后来通过《牡丹亭》表达了自己的情怀：

> **白日消磨肠断句，世间只有情难诉。**
>
> 《牡丹亭·标目》

人生在世，除了功名，还有什么值得特别珍视？汤显祖从官场困顿处回过头来，在仕途功名之外，为文人营造了一个瑰丽无比的花园之梦。在这一点上，他着实抓住了文人情感深处的内心隐秘——功名

3 赵翼：《廿二史札记》卷三十五《明史》，中国书店 1987 年版，第 502 页。

以外的那一点闲情逸致与风流怀想。汤显祖创作此剧，实乃士人情怀的艺术写照。

“这般花花草草由人恋，生生死死随人愿，便酸酸楚楚无人怨。”（《牡丹亭·寻梦》）《牡丹亭》由花园春色所诱发的生死至情，发生在帘幕阻隔的庭院深处，成长于缥缈虚幻的梦境魂界，突显了此类情缘之于现实的奇异怪诞，也更说明人性追求的不可抗拒。

但是相思莫相负，牡丹亭上三生路。

《牡丹亭·标目》

这个花园之梦太瑰丽了，它曾激起女性世界强烈的情感共鸣。《牡丹亭》风靡江南的那些日子里，吸引了众多的女性读者，生可以死、死可以生的故事，并非仅仅属于《牡丹亭》，它的女性阅读者俞二娘、金凤钿、商小玲、冯小青等，也超越了生死。

相传当时娄江（今江苏太仓）有一位青年女子，名叫俞二娘，在家中常年卧病不起，病榻之中，她日日捧读《牡丹亭》，感慨良多，以朱砂笔圈点评注，奇语连篇，可惜年仅十七岁便断肠而死。汤显祖闻讯作《哭娄江女子二首》，其一云：

画烛摇金阁，真珠泣绣窗。

如何伤此曲，偏只在娄江。

扬州女史金凤钿自幼聪慧，尤喜词曲。《牡丹亭》刚问世时，凤钿读而成癖，以至于日夕把卷，吟玩不辍。当时她还待字闺中，得知汤显祖已有妻室，因不得见汤显祖一面，伤心成疾。临死，遗命于婢女，要求在她死后以《牡丹亭》书殉葬。

杭州有一位女演员商小玲，她最擅长扮演杜丽娘，因为在现实中曾爱上一个书生但不能遂愿，每当演到《牡丹亭》中《寻梦》《闹殇》等场次时，便如身临其境，百感交集。有一次正在舞台上演《寻梦》一场，当唱到“待打并香魂一片，阴雨梅天，守得个梅根相见”，她竟然泣不成声，倒地身亡。

另有一位扬州女子的故事更富传奇色彩。少女冯小青命运多舛，支如增的《小青传》记其十六岁时嫁与冯生做妾，冯妻出于嫉妒，把小青幽闭在西湖的孤山别舍，小青曲意下之，悒郁而终。她生前曾反复阅读《牡丹亭》，用以寄托身世，与命运对答，并写下一首绝命诗，诗云：

冷雨幽窗不可听，挑灯闲看《牡丹亭》。
人间亦有痴于我，岂独伤心是小青？

《读〈牡丹亭〉绝句》

这种灵魂的真切表白，可谓受到杜丽娘精神的启唤。

就像 19 世纪英国作家奥斯卡・王尔德（Oscar Wilde）所说的，生命模仿艺术的程度常常超过艺术模仿生命的程度，伟大的艺术家创造出类型之后，生命每每就会依样画葫芦，文学的接受就这样促进现实世界对创作世界的模仿。美籍学者孙康宜敏锐地发现："晚明情迷的兴盛，在很大程度上是出自读者对当代小说和戏剧中人物类型的模仿。"[4]

这种集体沉迷对应着现实的匮乏。"人间亦有痴于我，岂独伤心是小青"，现实中的女性，何尝不是如剧中人一般多情？然而，对于当时众多闺阁女子而言，"情"几曾是她们可以轻易实现的？与杜丽娘一样，她们的爱情不存在于现实中，只有在想象的世界中，她们才得以释放那从来就有的隐秘情感。闺阁女子对《牡丹亭》的痴迷，并不亚于园林中的士大夫文人。

花园、青春、爱情，正是戏里戏外的共鸣点。词曲总是含蓄而富有情味的，《红楼梦》第二十三回"西厢记妙词通戏语，牡丹亭艳曲警芳心"中对林黛玉的心理刻画更为细腻：

"这里林黛玉见宝玉去了，又听见众姊妹也不在房，自己闷闷的。正欲回房，刚走到梨香院墙角上，只听墙内笛韵悠扬，歌声婉转。林黛玉便知是那十二个女孩子演习戏文呢。只是林黛玉素习不大喜看戏文，便不留心，只管往前走。

"偶然两句吹到耳内，明明白白，一字不落，唱道是：'原来姹紫嫣红开遍，似这般都付与断井颓垣。'林黛玉听了，倒也十分感慨缠绵，便止住步侧耳细听，又听唱道是：'良辰美景奈何天，赏心乐事谁家院。'听了这两句，不觉点头自叹，心下自思道：'原来戏上也有好文章。

4 转引自［美］高彦颐：《闺塾师：明末清初江南的才女文化》，李志生译，江苏人民出版社 2005 年版，第 76 页。

可惜世人只知看戏，未必能领略这其中的趣味。’想毕，又后悔不该胡想，耽误了听曲子。再侧耳时，只听唱道：‘则为你如花美眷，似水流年……’林黛玉听了这两句，不觉心动神摇。”

于此，我们看到江南园林，看到花间月下，梦醒歌残，多情肠断。

历史已进入 21 世纪，世态人情已发生了太多的变化，在工具理性盛行的当今时代，物欲正冲击着人们的心灵，人的情感中羼入了太多的算计、考量，人们是否还相信感情？也许正因为如此，《牡丹亭》的生死至情，透过四百余年的岁月时空，依旧呈现出动人心魄的力量来。

玉茗风流梦未醒

『后花园』

生死孤寒、梦梅柳青的美好幻象，实属文人由想象生发出的梦呓。汤显祖把这梦写进后花园，后花园也就成了文人心中的梦境，那真是“玉茗风流梦未醒”（蒋士铨《秋夜》）。每个人心中的那座后花园，虽然画廊楼阁、池馆水榭各异，却有着同声同梦的重合。

《牡丹亭》中柳梦梅的花园之梦，梦中所遇已非此前小说、笔记所录仙鬼之界的花神精魅，而是凡尘世间的名媛闺秀。《牡丹亭》之后，才子佳人的花园爱情故事逐渐落到现实，由惝恍迷离的梦魂奇遇，一变而为清晰可见的人间缠系。

其中，吴炳《西园记》、阮大铖《燕子笺》、李渔《风筝误》堪称典型。借着这些爱情故事的风行，后花园的隐喻进一步深入人心。然而，这批作品与《牡丹亭》的差异却是显而易见的——《牡丹亭》对至情人性的呼唤与追求，已演变为具体爱情故事的结撰。

吴炳的《西园记》依旧是落魄书生的爱情想象，其间的感情纠葛，仍然是花园中的浪漫梦呓。梦境、仙界乃心造的幻象，自有它创作上的自由。而人间的花园情缘，却要对遇合与实现的可能做苦心经营。才子佳人如何能够花园邂逅？他们的情缘如何得以发展？最终能否达成爱情的实现？这些都缺少现实的依凭，还须作家们“凭虚凿空”，在想象的架构上去编织锦簇情节。

《西园记》，恰如剧名所示，那一场风花雪月的情事，就是从花园邂逅开始的。

二十岁的书生张继华，才华洋溢却功名未遂，失意之际，孤身一人来到杭州西湖闲游。文人自有他的“游道”，懂得士庶有别，远离喧嚣之地，可避免与市井中人杂处。所以他到西湖，并未乘船游湖，却径直往西山而去。此时已是早春时节，他此番西山之行，并非为着踏雪寻梅而去。

原来，西山上有一座“西园”。这是张继华第一次来到此园，他反复央求赵府园丁，才获准进西园匆匆一游。西园毗邻西湖，背靠西山，但花园主人的旨趣却在湖山之外。这主人年方五十就不愿做官，致仕归来后，足迹不入城市，在西山偏僻一隅造下这处花园，从此隐居下来。这里常年无人往来，十分冷清。

实际上，《西园记》的作者吴炳还不到四十岁就不愿做官了，在家乡宜兴建造了自家的花园——粲花别墅。花园中亭榭阁轩、泉水荷塘种种，景观布置齐备，风光宜人。正是在自家花园中，吴炳完成了传奇剧本《粲花别墅五种》，《西园记》就是其中之一。

西园主人叫赵礼，家有贤妻料理，育有一子叫赵惟权，一女叫赵玉英，还收养了一位友人的遗女王玉真。赵礼出场唱道："青山绿水长静好，何妨径长蓬蒿，驹隙人生容易老。笑从前蜗角虚劳，长安梦杳。"（《西园记·庭宴》）《西园记》中的花园景况，大抵就是赵大官人晚年岁月静好、绿水长流的人生旨趣。

对于少女而言，相较于礼法充斥的深闺，花园则是一处"武陵源"，在此幽微灵秀之地，她们得以觌面本真、返归自然。然而，她们既无青梅竹马的情人，亦少一见钟情的际遇，在诗书、女红的沉闷生活中，偶于花园闲步，看繁花纷谢，自然联想到春之短暂，红颜将逝。唯有当心中的才子踏进这花园，才能真正展开她们的青春人生。

花园虽是封闭、静谧的，却容易激起文人的风月想象。一所花园的最深处，往往就是香闺绣楼的所在。书生想象中的幽闺所在地，正是西园深处的那座红楼。这西园太大了，张继华行至红楼时已是困倦不已，无暇观赏楼外的一剪寒梅，便在梅下小憩入梦。

园中桃李开遍，红楼里的小姐却偏爱早春的残梅，折梅的玉手偏偏选择了窗前的一枝，而这一枝又偏偏落在了梅下睡梦中的书生头上。张继华梦中醒来，鼻尖还带着梅的幽香，抬眼一望，与绣楼上的小姐打了个并不真切的照面。书生以为小姐有意赠花，不由喜出望外。

窗边折梅的女子，是赵礼的养女王玉真，她平日住在西园外宅，此番到红楼来是看望义姊赵玉英的。玉英当时在堂上侍奉父母，这会儿偏偏也来到了窗前。书生误当她就是方才赠花的小姐，在楼下呼叫起来："小姐，梅花在此，小生在此！"惹得玉英莫名惊诧，旋即掩帘而去。

一场梅下小憩，书生没有梦遇花神精魅，却引出两位凡间闺秀。西园匆匆一游的书生，临走时颇为不舍，不得已出园，心却留在了西园。临别之际，书生唱出了无限眷恋与欢欣："准诘朝，重相访。分明有个园开似辟疆。便做道是仙源呵，老丈，须认着我到过天台的旧阮郎"，"去去将何往，梦魂今已滞高唐"。借着天台桃源和高唐神女的古老传说，书生传达了心底向往已久的寻艳渴求。

张继华手执一枝落梅，从西园出来后与友人提起这场艳遇，得知赵礼之女赵玉英诸般情状，越发相似，一夜不得入眠。第二天，他又匆匆赶赴西园，希望能再会佳人。一曲【一江风】，唱出了书生的急切与迷恋："步匆匆，望园林树影重，望园林树影重。"连续两句"树影重"，加重了这种急切与无奈。前日的西园一游，也是树影重重，但那是一种幽趣，如今则是阻隔，阻隔越深，相思越切。

同样是【一江风】的曲子，在西园主人赵礼那里，情状就完全不同了。赵礼唱道："小园中策杖寻幽咏，只见劈面飞花送，昼从容。径竹阶兰，手自删支冗。"一派悠闲自在的雅士做派，不疾不徐。

这一次西园之行，张继华有心寻花不遇花，偏偏偶遇早起的赵礼。书生将西园与名园紫芝园相媲美，一番颇为融洽的对话，说得赵礼满心欢悦。紫芝园是当时苏州一所远近闻名的花园，园主徐封，曾请文徵明为其设计、绘图和题写匾额，其弟徐佳，即是后来的拙政园主人。书生将西园主人赵礼与苏州徐氏相提并论，自然博得赵礼的好感，赵礼又曾听儿子赵惟权提到过张继华的才华，决定聘请书生寓居西园执教，辅导儿子研读经典，考取功名。

张继华在西园住了下来，似乎应该顺理成章地成就如意姻缘了。然而，赵家与当地富户王家的一桩早已订结的亲事，成为穷书生姻缘梦想的天然阻隔。那西园未来的女婿王伯宁原本就是一浪荡公子，赵家也只得以玉英患病体弱为由，将婚事一再拖了下来。

楼前的梅花已结出了果实，可书生与小姐的姻缘仍遥不可及。闲步到当年落梅处，张继华惆怅不已。忽又偶遇婢女翠云，她是来为小姐摘梅子的。书生上前递送梅子一束，并向翠云问及小姐玉英的病情来。他并不知晓翠云是玉真的婢女，自然得到的是一口否定。张继华不便多问，所以仍将错认误会下去。

当时翠云回答书生：“俺小姐没有病。”但后面又唱道：“他年年蹙额看春去，便郎当未必因新句。不劳你浪向妆台问起居。”因春愁而伤感的闺阁女子，多少有些“帘卷西风，人比黄花瘦”的怏怏病态，所以书生并没有对婢女的话细细思量，反而为这幽闺心绪平添怜惜。

可接下来书生撞见正欲出园寻医问药的园公，得知小姐病重的消息，陡然又疑虑重重。不久，小姐病亡。小姐的死，大半是因为那桩不称意的姻亲罢。

张继华原本就不在小姐的幽闺春梦中，所以花园的情事仍然要继续下去。

一日，张继华辗转重廊曲栏，在园中撞见了玉真，正欲表白心怀，玉真却含泪叹息匆匆而去。疑惑间，园公告知书生玉英病亡的消息，张继华又误会刚才所遇玉真为玉英的鬼魂。西园再不是柳梦梅般的艳遇梦境，也不是人鬼错杂的魂界欢会，书生悲伤惊恐之余选择了仓皇逃离花园。

园林内外错认误会的戏梦，又何止这一出？一边是逃园而去，一边又是赴园而来。因为对亡女的思恋无以复加，赵家将王玉真正式认作继女，由西园外宅搬入红楼。从此，红楼上又是佳人摘梅，可当年梅下小憩的书生已离园而去了。

凭借着种种巧合，经由不断的误会和错认，花园内外的世界正在贴近。然而，浪漫奇遇之外却横亘着一个并不浪漫的现实，那些少年才俊往往是误入花园者——他们并非花园的主人。只有获取功名，才能堂堂正正走进花园，成就与佳人的姻缘。

后来，张继华与西园公子赵惟权双双金榜题名，重又被邀到西园庆贺。故地重游，书生感慨万端。他拒绝了西园主人的盛邀，执意不再入园居住，只答应暂居西园外空置的外宅中。接下来的故事，自然就是园外的书生思忆着曾有的艳遇，园中的小姐仍旧怀恋外宅的折梅书生。即将启程的仕途孤旅，年华易逝的幽闺自怜，看来又要在一场戏梦中各自错过了。

人事消磨，人力总显单薄。一所花园内外，无尽的悲欢离合，只在一枝落梅间，暗香浮动。人力难以企及的境地，需要鬼斧开辟，神工助成。玉英的鬼魂最终出现，魂旦对书生解释了一场误会之后，终于成就了才子佳人的美满姻缘。

明清爱情故事总是在后花园内外播弄下生出无数关目，后花园因情之附丽，成为重要的爱情发生地。《西园记》以真假错认、人鬼误会等手法敷演花园爱情，其他诸如阮大铖的《燕子笺》、李渔的《风筝误》等剧，花园情缘的发生皆出于巧合。

《燕子笺》传奇，花园内外虽不通消息，霍都梁偶得燕子衔出花园中郦飞云的诗笺，从此爱上郦飞云；《风筝误》传奇，韩世勋题诗风筝上，风筝线断，巧落詹家花园中，被淑娟拾得，遂在风筝上题诗传情……

诸如此类花园情缘的发生皆出于巧合，多少有些荒诞不经，而在那个时代，这已是天赐的良机。刘斧《青琐高议》收有张子京《流红记》，记唐僖宗时宫女韩氏以红叶题诗，从御沟流出宫外，被书生于佑拾得。于佑也以红叶题诗，投入御沟流寄给韩氏，后二人结成美满姻缘。

明清才子佳人故事中，燕子传诗，风筝递笺，并不比红叶题诗容易几分，礼法从未赋予他们更多的机会，他们只能抓住仅有的机缘点燃青春生命，爱情即是在如此严酷的环境下争得了生存。

这些爱情故事太过理想化，明清文人也多有诟病，如姜绍书《韵石斋笔谈》所评："凭虚凿空，半是无根之谎，殊鲜博大雄豪之致。"[5]然而，那些美得无以复加的曲词，情辞婉转，音调旖旎，不知浸淫着多少江南烟雨般的闲情雅趣。请看《燕子笺》中的几支曲词：

5 姜绍书：《韵石斋笔谈》，见《景印文渊阁四库全书》子部杂家类，第 872 册，上海古籍出版社 1989 年版，第 115 页。

〔清〕王文衡《燕子笺》插画

【番卜算】桃李曲江湾，浪暖鱼将变。愆期未便奏《甘泉》，小步心情遣。

【步步娇】柳丝绾不尽东风怨，兰露如啼眼，青青燕尾帘。壶内真珠，解鹴裘可换。悄步曲江烟，看落红一阵阵把春光饯。

【醉扶归】我破工夫描写出当垆艳，不做美的把花容信手传。敢则是丰神出脱的忒天然，因此上他化为云雨去阳台畔，差迭了春风桃杏美人颜，倒换得普陀水月观音现。

【皂罗袍】韦曲花如人面，你看胭脂雨润，翠荇风牵。几时马蹄碎踏杏花烟，蛾眉重画芙蓉面。

《燕子笺·拾笺》

借着昆曲与园林，这些爱情故事每每影响着园林中的文人雅士。明末复社诸子虽政治上与阮大铖截然对立，却无不从阮氏《燕子笺》的清音雅韵中找到情感的共鸣。对才子佳人戏有过尖锐批评的陈贞慧，亦曾与冒襄、侯方域诸社友多次观赏《燕子笺》。

当时冒襄置酒桃叶水阁搬演《燕子笺》，其《影梅庵忆语》载："时在座为眉楼顾夫人、寒秀斋李夫人，皆与姬为至戚，美其属余，咸来相庆。是日新演《燕子笺》，曲尽情艳。至霍、华离合处，姬泣下，顾、李亦泣下。一时才子佳人，楼台烟水，新声明月，俱足千古，至今思之，不啻游仙枕上梦幻也。"[6]

6 冒襄：《影梅庵忆语》，见《续修四库全书》子部小说家类，第1272册，上海古籍出版社2002年版，第237页。

戏里戏外的才子佳人在花园情境中产生了相生相应的情感互通，此中情形，细想来该是多么绝妙的晚明风情。于园林中聆听这些曲词，怎能不沉醉于那缭绕如烟的绝美意境？

至于《风筝误》，亦颇受文人追捧。李渔曾自称“浪播人间几二十载，其刻本无地无之”[7]，此言诚非虚夸，李调元《雨村曲话》中即言：“李渔音律独擅，近时盛行其《笠翁十种曲》。……世多演《风筝误》。”[8]李渔曾把园林山水比作才情：“才情者，人心之山水；山水者，天地之才情。”[9]有如此审美感悟，李渔多于花园情境中敷演爱情传奇，并每每于士人园林中上演，也就不足为奇了。

爱情世界的想象，恰折射出现实的阙如。文人从不缺乏花园情缘的创作热情，江南园林也从不缺乏情辞婉转的浅吟轻唱。《牡丹亭》后，“十部传奇九相思”，这些花园故事中“凭虚凿空”的旖旎风情，抒写的正是江南士人心向往之的风流情调。结合历史文化，花园爱情故事的风行，于此或可得出解释。

7 李渔：《答陈蕊仙》，见《李渔全集》第1卷，浙江古籍出版社1991年版，第176页。

8 李调元：《雨村曲话》，见中国戏曲研究院编：《中国古典戏曲论著集成》（八），中国戏剧出版社1959年版，第26页。

9 李渔：《梁冶湄明府西湖垂钓图赞》，见《李渔全集》第1卷，浙江古籍出版社1991年版，第105页。

墨庄幻景聊寄情

『乌有园』

历史的盛衰常常是从城市园苑的残垣断壁间显示出来的。秦时阿房宫，覆压三百余里，楚人一炬，宫阙万间化为焦土；西晋石崇的金谷园、唐代李德裕的平泉庄，曾经是那样的显赫辉煌，如今想访寻这些废墟遗址也不可得。即便是古代文人，也只能靠想象从纸上凭吊了：

翠华想象空山里，
玉殿虚无野寺中。

杜甫《咏怀古迹五首》其四

繁华事散逐香尘，流水无情草自春。

杜牧《金谷园》

生前几到此亭台，寻叹投荒去不回。

罗邺《叹平泉》

自魏晋以来，文人园林已被预设为烙着个人主体印痕的诗性处所，然而在明清繁华的商业城市氛围中，竞筑园林之风越来越背离崇俭黜奢的儒家传统，所以文人中一直存在着另一种反省的声音。从明代开始，文人就常指斥竞筑园林却不知守家的奢侈行径乃庸人所尚，园林终究会因家道中落而烟消灰灭，化为蔓草。

拙政园就是一个典型的例子。明正德四年（1509），御史王献臣因遭政治构陷而归隐苏州，邀名士画家文徵明构设，历时十六年始建成一代名园拙政园。待王献臣去世后，子孙贫困，该园几经易主，至清顺治十年（1653），贱卖与海宁相国陈之遴，仅得两千两，只值原价的五分之一。

明清文人有感于园林兴造日益豪奢，流于器物层面的讲究，背离了静虚清逸的精神，特意指出“意”才是园林精神之所在。明万历年间，王思任见证了江南一带造园风气之盛，对于世人追逐奢靡时尚，他认为无论财力多寡，文人的人生态度、生命气象流转于园林之中，才是使园林获得不朽的首要因素，也是文人林泉高致的真正体现。

从这一思维出发，王思任在《名园咏序》中提出“意园”的理念：“余力不能园，而园之意已备，上自云烟，下及圜溷，皆有成竹于胸中矣。”[10]王思任说他虽没有财力去造园，但因一生好游名山大川，上自云烟，下及圜溷，园意早已成竹于胸，实在无心营构一所真实的园林。

若失去了这种“园之意”，则如董仲舒之蔬圃、王维之辋川、杜甫之草堂，都不过是斜阳荒草、狐嗥蛇啸之地，不能称作真正的文人园林。以张继著名的《枫桥夜泊》一诗为例：

月落乌啼霜满天，江枫渔火对愁眠。
姑苏城外寒山寺，夜半钟声到客船。

在这首诗引起的历史与心理联想中，枫桥作为实体并不重要，它作为“意”存在于人的心灵。若要构建理想世界，与其去叠山理水，不如诉诸文字，更能达到不朽。于是，明清一些文人向壁虚构，通过墨庄幻景的想象，在文字世界中建构自己的理想乐园。

明代文人刘士龙的乌有园，就是这种理念的一次具体实践。乌有园，意即子虚乌有的纸上园林。园林终将倾圮，唯有文字长存，刘士龙写了一篇《乌有园记》，也自有理：“吾尝观于古今之际，而明乎有无之数矣。金谷繁华，平泉佳丽，以及洛阳诸名园，皆胜甲一时，迄于今，求颓垣断瓦之仿佛而不可得，归于乌有矣。所据以传者，纸上园耳。即令余有园如彼，千百世而后，亦归于乌有矣。夫沧桑变迁，则有终归无；而文字以久其传，

10 王思任：《名园咏序》，见施蛰存编：《晚明二十家小品》，光明书局 1935 年版，第 308—309 页。

则无可为有，何必纸上者非吾园也。”[11]

于是，他将自己的林泉高致付诸笔端，在文字世界中构筑虚拟的园林幻景，来彰显静虚清逸的园林精神。其《乌有园记》曰：“竹径通幽，转入愈好；花间迷路，壁折复还。则吾园之‘曲’也。广袖当风，开襟纳爽；平台得月，濯魄欲仙。则吾园之‘畅’也。出水新荷，嫩绿刺眼；被亩清蔬，远翠浮空。则吾园之‘鲜’也。积雨阶墀，苔藓斑驳；深秋霜露，蒹葭离披。则吾园之‘苍’也。怪石如人，隽堪下拜；闲鸥浴浪，淡可为朋。则吾园之‘韵’也。孤屿渔矶，夕阳晒网；烟村酒舍，竹梢出帘。则吾园之‘野’也。瀑惊奔雷，尘不到耳；藤疑悬绠，枝可安巢；亭置危峦，升从鸟道；桥接断岸，度自悬空。则又吾园之‘奇’而‘险’也。”

这样的乌有园，完全摆脱了金钱财力的考量，省去了因地制宜的选择，其间也无须付出过多设计营造的艰辛，但园林之曲、畅、鲜、苍、韵、野、奇而险，都跃然纸上了。这样一种集大成的诗意想象，乍看起来与建造现实园林的“芥子纳须弥”美学取向并无二致，但又以包罗万象的言说方式宣告了虚拟的无限权力——依凭着精神的假托与想象，文人同样可以在墨庄幻景、画里溪山中体玄识远，寄托高致。

借助文字世界的想象，乌有园满足了文人表达林泉高致的愿望。入清以后，这样的虚拟之作还有不少，如黄周星的将就园、张岱的琅嬛福地、曹雪芹的大观园等均是墨庄幻景的文字想象。这样的乌有之园，因为没有现实条件的束缚，在意象与情感表达上更富想象力，隐喻意涵更加丰富

11 刘士龙：《乌有园记》，见朱剑心选注：《晚明小品选注》，商务印书馆1936年版，第185—186页。

深刻。

黄周星，字景虞，号九烟，崇祯十三年（1640）进士，曾任明朝户部主事。入清后隐居不仕，生活困苦，但仍向往园林，于康熙十三年（1674）作《将就园记》，将完全脱离现实限制的想象力发挥得淋漓尽致。这一纸上园林呈现出空前的绚丽瑰奇特色，完全被想象成了现实人世无可寻找的神境仙居。

黄周星笔下的将就园，构思时间约为康熙九年（1670）到康熙十三年（1674），前后耗时近四年。而实际上，酝酿时间更长，"有生以来求之，数十年而后得之"[12]。《将就园记》借宾主对话的方式，不惜笔墨娓娓道来园之概观，如今按图索骥，依然清晰可知它的基本情形。

将就园择址于昆仑仙境，隔绝人世，虚幻难寻。黄周星少时即有神仙之志，当对一切感到幻灭后，他无法从不堪的现实人生得到慰藉，只能期待神仙乐土，以求生命的超脱。神仙世界是对现实的超越，正是这种超越，使黄周星的花园蒙上一层缥缈难寻的迷雾，透着对人世的弃绝。

将就园的四周为崇山峻岭，匼匝环抱，整体看来，山势外峭而内渐，几乎与世隔绝，就像陶渊明笔下的桃花源，山的西南隙缝中有一洞穴，可容一人之身，沿洞穴自上而下蜿蜒攀登，行数百步，方可到达洞口。洞口之外有小溪，与外界相通。但由于洞口高峻险要，如一深井，山巅有泉水飞流直下，正好遮盖住了洞口，若不是从洞内而来的话，一般人绝难发现，由此形成了花园内外世界的天然

12 黄周星：《将就园记》，见《续修四库全书》集部别集类，第1399册，《九烟先生遗集》，上海古籍出版社2002年版，第400页。

界限。

将就园就构筑于山水环绕之中。整个园子由东、西二园组成，东园毗邻将山叫“将园”，西园背靠就山叫“就园”。两园之间有一条逶迤流亘南北的溪水，形如太极，为两园中界。如此一来，山水就成为整个园林的主体。

将园多水，就园多山，但又都山中有水，水中有山；将园风流富贵，就园清幽古穆，却又两美合一，相得益彰；将园之中有日将、月就二斋，就园之中有日就、月将两峰，皆是黄周星对墨庄幻景的构想。

山水之外，将就园尤以花草树木取胜，园中四时花开不断，林木葱郁。将园百花村中除了遍植海棠、牡丹、荔枝、扶桑，尚有药园、蔬圃、果树，四隅“畜鱼有沼，驯禽有苑，任牧有场”，使园子更添生气；就园则有成片成林的枫林、榕林、柏林，以及岁月不可考的天然藤桥，气势不凡。

园中有亭、台、阁、斋、观等多种园林小筑，分属不同的活动空间，如四季观景之亭、高僧羽士之观、宾客雅集之阁、藏书课子之斋等，都融糅于园景之中。其中，最著者为将园东、西二斋，即日将和月就，其他众多亭屋也都构制精巧。

园中往来之人皆文人雅士、才子佳人、高僧羽士，园内还祭有道教祖师吕嵒及历代义勇之士、节义诸公和高士逸民；而园景寓意，又多涉老庄、范蠡、司马相如、卓文君、陶渊明等人，均为雅人高士。对此，黄周星曾在自传体剧本《人天乐》中津津乐道，并赋诗一首云：

高山流水诗千轴，明月清风酒一船。

借问阿谁堪作伴，美人才子与神仙。

《人天乐·天园》

黄周星为何要煞费苦心地营造这样一座墨庄幻景的将就园？他的传奇剧《人天乐》透露了其中的深意。

此剧正是以将就园为背景。剧中主人公轩辕子本少负才名，早登科第，却遭时不偶，清苦一生，于是将墨庄幻景的诗意想象付诸笔端，创作了《将就园记》，这园子里的景致与黄周星的将就园如出一辙。后来，文昌帝为《将就园记》所感动，感叹轩辕子奇才，“欲索原本细览批阅，以作不朽之奇观”。于是命天神按图构造，建此两园于昆仑之巅，一作自己世上别业，一作诸仙游玩胜境，轩辕子则被封为真正的将就园主人。从此他朝夕游玩，还时时与仙侣往来，并有仙姬陪侍，那瑶草琪花、珍禽奇兽，实在不可名状。

不过，剧中情节更有发展，将就园主人得以与家人团聚，并与道教圣贤吕嵒同游将就园。而昆仑之巅的将就园，更为奇佳，“这是乾坤第一野人家。世外多潇洒，说甚华林调马，春坞藏花，讌集西园，雨雅漫道，鸡犬农桑，桃源不亚，便瀛壶蓬岛也无加，二楼枕水，双峰冠阁，宜冬宜夏”。至此，黄周星以一个圆满的结局，了结了“幻中之幻”的美好愿望。

如此奇幻的故事，实际上折射出黄周星复杂的心绪。入清之后，弥漫于黄周星内心的隐忧与幻灭之感变得越来越强烈。身陷现实窘境，他唯有在绝望中寻找希望，苦心孤诣地构设理想乐园来寻求解脱。但现实终归是无情的，他也清醒地认识到这不过是一场幻梦，于是连连发问：“将就园本虚无，天上谁容将就乎？”

其实，黄周星自入清遁入山林之后，便一直心存生死之念，这种思想尤以晚年为甚。既然无力改变半世才名、一世清苦的伤悲，便只能沉溺于墨庄幻景的想象。也许，想象是文人的第二人生，现实人生往往不尽如人意，酣畅淋漓的想象便成了文人于困境中超越现实，获得精神解脱的一种途径。《将就园记》就是黄周星本人最后十多年“幻境人生”的具体反映。现实中郁郁不得志的他，只有借助于墨庄幻景的想象聊以寄情。

当时，类似的乌有园还有张岱的琅嬛福地。张岱一生不仕，兴趣广泛，颇具艺术才情，结交天下名士无数。而他尤其雅好园林，其私家园林不二斋中的云林秘阁是当时绍兴枫社的雅集之地，张岱与友人在园中展开各种风雅艺事，可谓精彩纷呈。

甲申之变后，张岱的私家园林转眼间变为废墟。赵园在《明清之际士大夫研究》中提到：“明清易代，结束了一个纷扰喧嚣的时代，使一批习于热闹的士人，由绚烂而平淡以至堕入枯寂。”[13] 张岱晚年寓居绍兴快园，这处名园于兵燹后已鞠为茂草，破败不堪，真的是空寂一片了。

然而，张岱对园林的热情并未泯灭，借园林以安身立命，一直是张岱萦绕于怀的念头。于艰难困窘中，他为自己构筑了最后的心灵乐园——琅嬛福地。琅嬛，本是天帝藏书的神仙洞府，然而出于对故园往事的眷恋，张岱的心灵乐园坐落在了人间故土。

13 赵园：《明清之际士大夫研究》，北京大学出版社 1999 年版，第 57 页。

琅嬛福地这一纸上园林，来自张岱生命中的各处花园，它们重组在一起，成为张岱笔下的梦幻乐园。《于园》中的丘壑、《越山五佚记·吼山》中的陶氏书屋、《山艇子》中的棱石孤竹，与琅嬛福地的景观都有暗合之处。张岱家族园林别业甚多，其中得意之处，多可于琅嬛福地中见出。

琅嬛福地最重要的原型，大概就是张岱晚年寓居的快园，他儿时常至此地，所以琅嬛福地充满了他儿时的回忆。张岱《琅嬛福地》一文为《陶庵梦忆》的收官之作，写于晚年，可看作他一生的总结。于他而言，梦忆足以淡化心中的痛苦和失望，最终得以在梦境与回忆中寻得逍遥。

“郊外有一小山，石骨棱砺，上多筠篁，偃伏园内。余欲造厂，堂东西向，前后轩之，后磥一石坪，植黄山松数棵，奇石峡之。堂前树娑罗二，资其清樾。左附虚室，坐对山麓，磴磴齿齿，划裂如试剑，匾曰‘一邱’。右踞厂阁三间，前临大沼，秋水明瑟，深柳读书，匾曰‘一壑’。缘山以北，精舍小房，绌屈蜿蜒，有古木、有层崖、有小涧、有幽篁，节节有致。……门临大河，小楼翼之，可看炉峰、敬亭诸山。楼下门之，匾曰‘琅嬛福地’。缘河北走，有石桥极古朴，上有灌木，可坐、可风、可月。”[14]

读张岱的《琅嬛福地》，仿佛跟着一位老人移步换景地欣赏他一生的风景。琅嬛福地古朴幽雅，自然天成，少了昔日的奢靡与喧嚣，而多了繁华落尽之后的淡泊与真淳。虽然它只是一处想象中的园林，但对张岱来说意义非同寻常，这是他的精神家园，他就是在此度过了忧戚多梦的余生。

琅嬛福地这处梦中花园，汇聚了张岱所有

14 张岱：《陶庵梦忆》，马兴荣点校，上海古籍出版社 1982 年版，第 79 页。

的美好记忆。对于张岱来说，过去的繁华旖旎就是他梦想的全部，是他后半生的所有寄托，这个花园是如此美好，“唯恐其非梦，又唯恐其是梦”，只愿一梦不醒。在生命的最后几年，他以另一种方式在“此心安处”寻得了这个花园，也算是可以慰藉的事了。

可以深刻感受到，这些乌有之园的想象，就是对身处困境之中的文人精神乐园的一种隐喻，既是他们以时空变异下的文化表达唱响的一曲时代挽歌，也代表了人类亘古以来重返乐园之路、寻找精神家园的梦想与渴望。

未许凡人到此来

『大观园』

《红楼梦》中的大观园也是一座墨庄幻景的乌有园。这部小说本名《石头记》，石头，既是少年贾宝玉的前身，也构成了园林的基本要素。这块石头后来幻化为贾宝玉，他正是著名园林——大观园的核心，他身边的少女，则仿佛清澈明洁的池水和满含露珠的花草，环绕于山石周围。

大观园本应属于私家园林，但又是专为元妃省亲而盖的，必然要设计成一座富丽堂皇的园林，因此它又有皇家苑囿的气派，规模比帝妃临时歇息的行宫还大。贾府为了盖这座省亲别墅，不惜

〔清〕孙温《红楼梦》绘本

工本，大兴土木，花掉的银子连元妃看了都感叹“奢华过费”了，她作诗形容大观园：

衔山抱水建来精，多少工夫筑始成。
天上人间诸景备，芳园应锡大观名。

建成的大观园，方圆有三里半，其中风景区有七八处，亭台轩馆有十几座，真是“说不尽的太平景象、富贵风流”。宝玉和众姐妹奉命为大观园题咏，更为这座“天上人间诸景备”的园林增添秀色。

大观园是为了省亲而建，但这只不过是一个由头，曹雪芹是要将它定位为贾宝玉的精神家园。宝玉的原身是女娲遗弃的一块无才补天的顽石。女娲炼石补天时，在大荒山无稽崖炼成了 36501 块顽石，却只用了 36500 块，单单剩下一块未用，弃在青埂峰下。这块石头被一僧一道携入红尘，于是便有了《红楼梦》的故事。石头曾深深地感叹道：

无才可去补苍天，枉入红尘若许年。

此系身前身后事，倩谁记去作奇传？

可见，《红楼梦》就是无才补天的顽石在人世间的传记。贾宝玉由那块顽石幻化而来，这一来历暗示了他与生俱来的非主流品格，决定了他在幻形入世之后，定是一个被现实世界所放逐的“于国于家无望”的边缘人。处于边缘的人，必然要为自己寻找一个精神家园，来抗拒放逐，构建理想，确认自己存在的价值。在石头神话里，可以看出宝玉对“无才可去补苍天”是耿耿于怀的，既然前世今生都无“才”补天，宝玉想用“情”去补天，大观园就是他找到的一个实现理想的精神家园。

宝玉乍入“太虚幻境”，一如杜丽娘踏进后花园那样，欣喜之情溢于言表：“这个去处有趣，我就在这里过一生，纵然失了家也愿意。”（《红楼梦》第五回）他对太虚幻境的欣喜，正出于对精神家园的发现。对应于太虚幻境的，便是地上的大观园，大观园就是太虚幻境在人间的投影。宝玉随贾政一行人离开蘅芜苑，来到一座玉石牌坊前的时候，就觉得这个地方好像在哪里见过一样，却又一时想不起来是哪年哪日的事情，其实它就是宝玉当年梦中到过的太虚幻境。

名园一自邀游赏，未许凡人到此来。

李纨《文采风流匾额》

谁信世间有此境，游来宁不畅神思。

迎春《旷性怡情匾额》

相对于大观园以外的污浊黑暗而言，这是一块富于理想色彩的净土。曹雪芹苦心经营的这个大观园，与陶渊明的桃花源一样，与那些乌有园一样，不是现实中的一座园林，而是一个理想世界的隐喻。宋淇先生在《论大观园》一文中说，大观园是保护女儿们的堡垒，只存在于理想中。住进大观园里的，除宝玉之外，大都是年轻的少女，宝玉与她们一起在园中赋诗、猜谜、品茗、游戏和谈情，所以它就是宝玉和少女们的乐园，是一个“未许凡人到此来”的人间仙境。

一如道家对水的赞誉，宝玉时常说“女儿是水作的骨肉”，这是一个富有诗意的比喻，意味着女儿们的青春生命里闪耀着真和美的光彩，像水一样清澈、晶莹、明洁，这与大观园之外的现实世界形成鲜明对照。贾政迂腐，贾琏庸俗，贾环猥琐，贾赦所住的荣府旧园和宁府会芳园都是现实世界的肮脏所在，就像《红楼梦》第六十六回柳湘莲说的：“你们东府里除了那两个石头狮子干净，只怕连猫儿、狗儿都不干净。”

宝玉就在这两个世界中穿行，两个世界的鲜明区隔，使他有所感悟，加上他善良的天性，自然地把女儿当作善与美的化身，爱着她们，在她们身上倾注了无限的情。宝玉的这种“情”，是对所有美好事物自然兴起的一种珍惜赏爱之情，反映了他更深层次的精神世界对纯真美好人性的向往。他写诗，对女孩子表达倾慕之情，说“女儿是水作的骨肉”，出发点正在于此。

〔清〕佚名《清娱图》

大观园中的庭院有八个：宝玉的怡红院、黛玉的潇湘馆、宝钗的蘅芜苑、迎春的缀锦楼、探春的秋爽斋、惜春的蓼风轩、李纨的稻香村，此外还有妙玉的栊翠庵。这些庭院的设计都是那么契合人的性情，看这些院落，就仿佛看见了它们的主人，从风格到命名，都暗示了人物的个性与命运。

潇湘馆是黛玉的住处。在佳木茏葱、奇花闪灼的大观园里，倏尔出现一座翠竹掩映的庭院，这里一带粉垣，百竿翠竹，隐着二三间房舍，比别处幽静几分。后院里“有大株梨花，兼着芭蕉”，墙下开一隙清泉，更比别处灵秀几分。竹子飘逸灵秀，梨花和芭蕉则与雨、泪有关，都是些雅淡清秀、略带愁情的花木。

黛玉一眼就相中了这里，后来起诗社时，探春建议她的笔名就叫作“潇湘妃子”。这个名号与娥皇、女英的传说有关，“斑竹一枝千滴泪”，暗示着黛玉还泪报答知己的悲剧命运。按说用此名不太吉利，但黛玉竟然低头不语地同意了。竹的外形，竹的神韵，无一不与林黛玉的性格交融、叠印。翠竹修长，仿若林黛玉纤巧袅娜、弱柳扶风的风神；竹不与群芳为伍，永远清秀质朴，又隐喻黛玉清高孤傲、品质高洁。

离开灵秀幽雅的潇湘馆，就来到后面的稻香村。这是李纨的住处，位于一座青山的后头，院中泥墙围护，稻茎掩覆，纸窗木榻，全然一派村野气息。对于这一处园景的设置，贾政与宝玉还有一番争执，贾政以为这里“虽系人力穿凿，却入目动心，未免勾起我归农之意”，还着意要求“此处竟不必养别样雀鸟，只养些鹅、鸭、鸡之类，才相称”。（《红楼梦》第十七回）宝玉却不以为然，把稻香村说得一无是处，说它无自然之理，背自然之气，简直成了穿凿扭捏的怪物，这不正好暗示了李纨青年丧偶后的性格心境吗？在花簇锦绣的大观园中，出现一座富贵气象一洗皆尽的稻香村，正是李纨居于荣华富贵之家，“竹篱茅舍自甘心”（王淇《梅》）的性格写照。

过了稻香村，沿河川绕道过去，就是宝钗住的蘅芜苑，这一处所在与宝钗的性格一样稳重淡雅。贾政在刚进蘅芜院时，见一所清凉瓦舍，一色水磨砖墙、清瓦花堵，便道：“此处这所房子，无味的很。”（《红楼梦》第十七回）但进入院子，中央一个大玲珑山石屏风，上面长满了异香的蔓藤，予人耳目一新之感。自两边的抄手游廊步入正屋里，只见上面五间清厦连着卷棚，四面出廊，绿窗油壁，更比前几处清雅不同。所以蘅芜苑不觉惊艳，唯觉淡雅，以内在的端庄静默取胜，一如宝钗的性格。

至于宝玉所住的怡红院，是贾政游园的最后一处，是大观园中最雍容华贵、富丽堂皇的院落。刘姥姥二进大观园时，由于醉酒误进了宝玉的怡红院，竟认作是小姐的“绣房”，可见它确实十分绮丽。宝玉别号“绛洞花主”“富贵闲人”，怡红院自然就是一个“花柳繁华之地，富贵温柔之乡”。自外面看，此院粉墙环护，绿柳周垂，两边是抄手游廊。院中山石点缀，一边种几本芭蕉，另一边是一树西府海棠，其势若伞，丝垂翠缕，葩吐丹砂，五间抱厦上悬“怡红快绿”匾额，整个院落雍容华贵，富丽堂皇。后院则满架蔷薇、宝相，一带水池，沁芳溪在这里汇合流出大观园，这暗示大观园中的少女与宝玉这样那样的亲密关系，最后又都要回到外面的现实世界中去。

大观园像是恬静幽美、融和骀荡的人间仙境。宝玉读《西厢》，黛玉葬花，晴雯撕扇，湘云醉眠，藕官烧纸，龄官画蔷，小红遗帕，司棋幽会，香菱解裙，以及结海棠社，咏菊花诗，割腥啖膻，夜宴怡红，等等，都充满了一种“天然之气”。宝玉之所以对李纨所居的稻香村颇有微词，也可由此而得到解释。大观园中除过李纨外，皆为待嫁的女儿。稻香村在宝玉看来，正像李纨的守寡一样，系“人力穿凿扭捏而成”，并非出自“天然”。

贾宝玉绝意仕进，始终执着于大观园“情”的世界。大观园作为理想与幻梦的栖居地，作为乐园寻找者的灵魂殿堂和精神归宿，一切都按照诗的韵律与梦的节奏生长、开花，时间于此停伫，女儿像水一般的真和美在花园中定格，花园变成了一个永恒的梦境。

然而，唯其是梦，总有梦醒花残、多情肠断之时。宝玉与黛玉、司棋与潘又安的爱情，终于都在“风霜刀剑严相逼”（林黛玉《葬花吟》）的威势下，演绎成了悲剧。而晴雯这朵芙蓉花也是“零落成泥碾作尘，只有香如故”（陆游《卜算子·咏梅》），被过早地摧残而凋零了。

大观园寄寓了曹雪芹的人生及理想，鲜少功名利禄的世俗干扰，也没有现实世界的污浊恶臭。在宝玉看来，只有在园子里才能保持自己的真性情，女儿们才能永葆青春与纯净，他希望这座花园能常驻人间，女儿们也永远留在这里。

但是，大观园毕竟只是理想的存在，它依托于现实世界，自然不能隔绝世俗的袭扰，大观园的最终命运归于毁灭。第七十四回抄检大观园仿佛是一次“扫荡”，在这之后，大观园便笼罩在凄清、寂寞与悲凉的氛围之中，它的风花雪月、诗情画意一去不复返了。

花谢花飞花满天，红销香断有谁怜。

林黛玉《葬花吟》

宝玉总是用审美的眼光观察尘世，每每体验着无常的痛苦，他对事物的感受越深，事物带给他的忧愁就越深。他的多愁善感，他的执着深情，无不透着诗人的气质，散发着感伤的气息。

当宝玉所珍视的女儿们，或者像花朵一样无可挽回地枯萎下去，甚至被摧残而凋零，或者伴随着无法阻挡的成长规律，渐渐长大被男性世界所浊化，他所挚爱的知己情人林黛玉也泪尽而亡，他的痴情最终破灭。

宝玉满怀着理想和希望，到头来却发现找不到出路，因为他所反对的，恰恰是他所依赖的。于是，他感到了人生的痛苦，这痛苦，是感到人生有限、天地无情的痛苦，是灵魂无所皈依的孤独感和人生转瞬即逝的幻灭感。

宝玉就在这痛苦中思索，终于“翻过筋斗来”（《红楼梦》第二回），悟破人生，觉悟得道了。正如曹雪芹所说的，“情即是幻，幻即是情”（《石头记》戚序本第十三回），情这东西最是虚幻不实，以缥缈无形的东西，去抵御一个实实在在的世界，就像用梦幻去反抗现实一样，到头来只能是一场空。作为过来人，曹雪芹深悟这一点，所以他才说“满纸荒唐言，一把辛酸泪。都云作者痴，谁解其中味？”（《红楼梦》第一回）再想想脂砚斋所说的“此回中凡用‘梦’用‘幻’等字，是提醒阅者眼目，亦是此书立意本旨”（《脂砚斋重评石头记》庚辰本第一回），便可知道作者的用心了。

最能体现曹雪芹这一创作用心的是“天仙宝镜”，这四个字是玉石牌坊上的题词。民间有一个传说：天上的神仙有一种宝镜，当他想看人间时，只要把宝镜拿出来，想看的地方便会在镜中映现出来，但在镜中看到的东西并非实景，只是镜中的幻影而已。“宝镜”二字还提醒人们“不能把眼前的一切看实了”，它们不过是过眼云烟罢了。

传统的花园故事大都以大团圆结局，或者有情人终成眷属，或者死而复生，或者人间天上，那都是浪漫的虚化手段，给人一点希望、一丝安慰。而宝玉最终悟破人生，遁入空门，实际上是在告诉人们，那只是一场梦，该清醒了。

如果说《牡丹亭》是提示情的来处，《红楼梦》则是在思索情的去处。

汤显祖建构了一个至情“花园”，曹雪芹则把至情发挥到极致，沉湎于大观园中这水月镜花般的“情”。从《牡丹亭》的满园春色，到《红楼梦》的漫天冬雪，至情“花园”走过了季节的轮回，终究是落了片白茫茫大地真干净。

然而，失去的花园原是这般美好，我们又怎能不为之流连叹惋呢?